故乡故人

胡华强 著

四川人民出版社

图书在版编目（CIP）数据

故乡故人/胡华强著 . —成都：四川人民出版社，
2024.1

ISBN 978－7－220－13443－2

Ⅰ . ①故… Ⅱ . ①胡… Ⅲ . ①散文集－中国－当代
Ⅳ . ①I267

中国国家版本馆 CIP 数据核字（2023）第 163196 号

GUXIANG GUREN

故乡故人

胡华强　著

出 版 人	黄立新
责任编辑	李淑云
封面设计	叶　茂
内文设计	李其飞
责任校对	舒晓利
责任印制	周　奇
出版发行	四川人民出版社（成都三色路 238 号）
网　　址	http://www.scpph.com
E-mail	scrmcbs@sina.com
新浪微博	@四川人民出版社
微信公众号	四川人民出版社
发行部业务电话	(028) 86361653　86361656
防盗版举报电话	(028) 86361653
照　　排	四川胜翔数码印务设计有限公司
印　　刷	成都国图广告印务有限公司
成品尺寸	155mm×230mm
印　　张	17
字　　数	212 千
版　　次	2024 年 1 月第 1 版
印　　次	2024 年 1 月第 1 次印刷
书　　号	ISBN 978－7－220－13443－2
定　　价	89.00 元

回不去的故乡，忘不了的故人

绰号复锤打　壳落惠心出（代序）

敬一兵

　　《故乡故人》属于系列人物传记式纪实散文。昔日旧时光是今天宏阔世界的一个凝固场景，也是我们未来一切美好憧憬与寄托的提前感知。如何切入与记录，既关乎作者的情感和心性，也关乎作者的视觉角度与认知和审美。作者将自己的视觉切入点定位在人的外号（绰号）上，从而决定了这本书拥有写独特、独特写的散文真谛与特征。同时从人的外号这个角度来发掘人性，还有与人的生活息息相关无法割离的自然环境，不仅可以直接诠释文以心为驿的内涵核质，还能更好地收到客观毕肖、质感厚实的效果与情愫宣泄带来的感染冲击力。

　　从哲学考量的角度来看，一部散文作品如果没有揭示自然、叩问丈量生命乃至日常琐事中的本原、本体、本性和本质的走向，就无从挖掘、揭示、驮载和呈现蕴含在自然、生命乃至日常琐事中大美的元素和人性本真。《故乡故人》这本书具有十分明晰的问道色彩。具体到书里，不难发现一个人的外号，是他人对这个人的感性认识综合归纳的认定结果。它的内涵和意味，包括行为判断、个性总结和习俗特征等认知，无不是从一个细节出发进而演绎出他的生活走向的概括过程。作者正是基于这样的哲学性通感，才能够通过细节呈现全局、局部对应整体、糟粕孕育精华、卑微闪现伟大的合二为一性以及极端与普遍的相互过渡关系等富有哲学元素色泽的认识论上，揭示出人物外号背后更为日常和内在的层面。就以书中的《长壳蛋》来说，表面上看人物叙述有亦步亦趋的表象铺陈感，实则在铺陈的背后，却是作者通过曲笔描述，活灵活现反映了外号叫长壳蛋的人的自私德性，并借由糟粕之中有精华的辩证认识，深刻揭示出了隐藏在所谓自私德性下困难年代人们普遍的惜物心态。在《老兵》这个篇章中作者沿循合二为一的哲学要素，通过平铺直叙的手法生动展现了国军士兵的身份，使得外号叫老兵的这个人物在历史阴影里承受了巨大压力的情形，从而顺藤摸瓜展示了极端场景的囚禁并不能够限制人性向善的本质继续向外呈现的事实。这种对极端与普遍的辩证共存关系的诠释，在文章的各个人物的描述里比比皆是。

本书中的每一个草芥人物生活的经历，都是物质与精神的一次知遇，都是作者对自己的记忆、情感、人性和感怀感念的一次检阅与精神维度的丈量。作者在人物叙述中不断泉涌出来的悲悯向善的情感，更多的还是源于贫困、苦楚、辛酸，还有感怀感念延伸而至的悲悯之情的疼痛。这种疼痛是肉体的，也是精神的。疼痛从本质上来自深沉的爱。一个人必须具有了真爱的情愫，才能体会到真正的疼痛。当然，疼痛也来自怀旧与伤感的自觉内省和其间时间的伤害，这种伤害的走向是从肌肤到器官，从身体到灵魂的扩散和碰撞。它们具有导致情感疼痛的伤害成分，但更多的还是属于蜕变和涅槃性质的。《故乡故人》在疼痛之中把握生、把握死、把握对人类灵魂的描述、把握对生存环境的勾勒，并被挖掘呈现得如此精彩、精妙和精细。

《故乡故人》这本书给我留下的第一个艺术印象是65个人物的外号背后，都有或心酸或疼痛或苦涩或卑贱的历史，作者像蜜蜂一样采集花粉般的草芥人物，实际上就是直接和间接地品尝到了花粉的苦涩和花蕊上的甜蜜，这是生活里两种相反事物的神奇转换，也是作者视觉敏锐独特的表现结果。藏在作者心中对草芥人物长久的博爱之情，总是通过努力剔除形容词和副词只留下名词和动词的具象叙述方式，一针见血地显露出来。例如在《老腮壳》《张巴三儿》《翘沟子》和

《红鼻子》等篇章里，作者都是用我迷恋的这种平铺直叙的手法，干干净净一针见血地勾勒出了人物的轮廓与线条，让我顷刻间就生发出了我在寻找历史的同时，历史也在寻找我的强烈感受。

这本书给我留下的第二个艺术印象是文学创作的艺术或者技巧能够直接融合在文字中。《故乡故人》一书无论是内容、叙述还是语言文字，都折射出了维特根斯坦"我语言的界限意味着我世界的界限"的韵致。《腌臜麦子》中作者对乡下土话腌臜一词的考证解构，《四壳子》中对四川方言文字的运用，《冯聋子》中对描述对象所说习语的引用等，都以顺口溜、川渝方言、习语和日常语言中的格言成语方式，以文字的张力和弹性，特别是丰腴的寓意直指被描述者的内心，为文章的艺术感染力增添了光彩。顺口溜、川渝方言、习语和日常语言中的格言成语等文字，本身并没有修饰的成分，但没有修饰就是最大的修饰，情形一如辩证论者就是微细事物的热爱者那样，用不加修饰的思想对事物进行思考。

这本书给我留下的第三个艺术印象是作者痴迷地沉溺于对细节的挖掘和呈现之中。从《二粑粑》里对外号叫二粑粑的人提着箢箕捡狗屎的翔实缜密描述，到《屠夫王》里对杀猪卖肉情节的细致呈现，作者关注细节，努力用细腻到细腻的深处与深刻到深刻的微观中的手法，透过细节来呈现外号背后的走向的艺术特征十分鲜明突出。里尔克说过，"若是你依托自然，依托自然中的单纯，依托于那几乎没人注意到的渺小，这渺小会不知不觉地变得庞大而不能测度。"以小见大的特征是心灵的需求在艺术上的折射，具体到这本书里来看，应该就是作者努力沿循人物外号这条线索不断追问、诉求、丈量、寻觅和自我审视，从而试图翻越一个个外号构筑的人文地理坐标，以便抵达更高更阔或者更深厚的境。甚至，我还在这本书里读出了作者痴迷地沉溺于细节的挖掘和呈现式的写作中疗伤抑或自我救赎的气息。

一滴水珠可以捕获阳光，一本书可以呈现人性的世界。这本书最值得重视的人性挖掘与呈现的意义，特别是针对草芥人物的外号见情见性的开发拓展特点，依旧是作者继续沿循写作的道路，抵达他和我们共同期待的高度的动力。

是为序。

被时空过滤了的往事

——谈《故乡故人》

胡华强

说起写这个系列人物传记式的散文，其实很偶然。

有一天，我脑海里突然浮现出了我故乡的一个熟人，一个与我的父亲同年代的人。他由于性格古怪，到了老年几乎众叛亲离。我于是提笔将这个人物的故事简单地敷衍形成一篇随笔式的文字。接下来几天，我脑海里竟然逐渐浮现出很多个类似的人物来，这些人物越来越清晰，越来越生动，以至于我最终不得不决定坐在电脑前敲打键盘，把这些人物的故事都还原出来。

时间和空间的移动对于人的记忆来说，真是一个奇怪的事情。我感觉，那些已经被时间推得很远、已经被空间隔得很开的往事，却往往异常的清晰，清晰到连一些幽微的细节都历历如在眼前。童年，故乡，那片丘陵遍布的土地，那里的一草一木都鲜活在我的记忆里。那里生活着的人们，他们很多就是我的亲戚；对于我来说，他们的故事，我不仅是个看客，我本人就常常是故事中的一员。那些卑微的生命、坚韧的生命，如同乡野的草木，既有疯长的季节，也有枯萎的季节；疯长也好，枯萎也好，也就是自生自灭，在自然中无声地轮回着。在这无声的轮回中，既散发着良知的芬芳，也散发着愚昧的苦涩，既诠释着生命的坚韧，也诠释着生命的脆弱。

社会在走向现代化，对往事的频频回顾成了像我这样喜欢怀旧的人的一种习惯。就是这样一种习惯，才突然让我在纷纭繁杂的记忆中逐渐清理出了这样一堆素材。在我进一步对这些素材进行思索的时候，我突然间被那些面孔震慑了，他们其实就是我的祖父、父亲和兄长，他们的人生几乎就构成了我的故乡那个时期的全部。他们的死、他们的生、他们的哭、他们的笑，与政治有关，与经济有关，与文化有关——在那个最卑微的角落，一群卑微的生命，同样演绎了人世间完整的生命之歌。在写作这个系列的时间里，我常常不由自主地神游在故乡那些岭冈沟畔，会很清晰地感受到乡野傍晚时分那种令人迷醉也令人窒闷的炊烟。我童年的世界也就这么大，但是它同样完整地给了我整个世界的感触。那些自然的、荒谬的，甚至还有些魔幻感觉的往事，都是真实地发生在我的身边的，它们给我更多的是感性的记忆，而不是理性的结论。

要写好这个人物系列，如果没有一个角度的限制，可能就会导致信马由缰、散乱无魂的结果。于是我从第一篇的题目得到了启发，干脆全都从人物的外号的角度来写，这样既有一定的理趣，也有一定的吸引力，同时我也要尽可能地从这个人的外号中去揭示这个人物的灵魂。因为，从一定程度上说，外号比人物正儿八经的"大名"更能显示他的灵魂。大名多是对未来理想的盼望，而外号则多是对现实人生的形容。于是初稿定名为《外号背后的故事》。

同时，即便是在那个时代的乡村，也往往夹杂着有外号但却是"城里人"身份的人，这样的话，写下来也会显得太杂，于是我便只写了他们在乡村活动的情节，且这样的人物不多（如《蓝电影儿》），其余基本上都是土生土长的乡下人。他们的故事，有的是我听到过的，有的是我看到过的，有的是我"猜到"的（文学允许合理的虚构），有的甚至就是我参与过的。如果从叙写手法上讲，老实说，中国古典人物传记教给了我不少的技巧：叙述与描写相结合的技巧，点与面相结合的技巧，用细节展示人物性格的技巧。加上我并不回避川渝方言的

"粗俗"，所以也就更多了一点生动。我已经写出了六十五个外号的故事，感觉我还可以继续写一些。当然，我面临的最大的困难就是如何避免雷同。

说"外号"太老土，文明地叫"外号"其实就是"绰号"。乡人把"外"字变调为上声，变调之后，就产生出一种只可意会而不可言传的意味来，反复揣摩，似乎有着"不正宗""不端正""不严肃""不古板"等既不确定也似乎可以肯定的含义来。给人取外号、叫别人的外号，在文明世界看来是不文明的行为，但在我童年的乡下，这几乎不存在是否文明的争论，外号就是一个人的另一个名而已。而且，外号更能勾起对这个人的真实记忆。

理论家们早就在争论"文学是否有永恒的人性"的命题，我不管这些。我只想通过这些跟"外号"联系在一起的文字来表达我对生活和生命的理解，表达对故乡的怀念和热爱。

目 录

冯聋子

冯聋子是个老顽童。

冯聋子的耳聋，据说是年轻时跟师傅学木匠活，被粗暴的师傅一耳光给扇聋了的。跟他说话，需要凑近他的耳边他才能听清楚；稍远点，他就无法听清，只能看别人的手势或者估计别人的口型来理解。因此，他错误地理解别人说的话也就是常有的事。人们知道了他这个特点，就放肆地对他说些出格的玩笑话，久了，就成了习惯。其实，他自己也喜欢找别人开玩笑。他说："我怕啥子嘛？你再说些啥子乱七八糟的我也听不见，就当你没有说；我说啥子呢，你是句句都听到耳朵头去了的哟！"看这个冯聋子，有点板眼儿吧？

在那个年代，冯聋子的生活算是非常幸福的了。他的两个儿子都在县粮食局工作，他吃穿不愁，早已不再参加生产队的农活，在家当老太爷了。在农村，老太爷这样的称呼不是每个人都可以得到的，那一定得是年寿高且儿女成器又孝顺才行。在乡人看来，冯聋子是个不折不扣的老太爷，便生出很多羡慕。受人羡慕的冯聋子，本来该颇得别人的敬重的，然而乡人却喜欢拿他开玩笑，且玩笑开得很痴。不过，我理解这只是另一重敬重的方式吧。冯聋子对别人过火的玩笑一点也不恼火，相反，他自己常常像个小孩子一样，开心得洞开掉得只剩下几颗牙齿的瘪嘴，呵呵直笑。别人洗刷他，他也洗刷别人，所以有冯聋子在的地方，永远都充满了欢笑。

冯聋子一辈子的业余爱好就是打鱼。这个打鱼，不是驾一叶扁舟撒一张网的那种打鱼，而是用网兜在水田里打鱼。一个锥形网，用一个三角形的钢条支架撑住口子,再用一根有弹性的竹竿连在钢架上,延伸出去挑住网的扎紧的尾部,就形成一个一端开口的网兜(我们称为撑兜),再配上一个用青枫条拐成的三角形的套着几个竹筒的"捅竿"就可以了。冯聋子腰上拴了笆篓,一手提撑兜,一手握捅竿,裤腿挽到大把腿,光着脚板在田坎上跳一跳地走,摆动着两条老而雪白的细腿。那时乡村的水田,鱼多得出奇,且又肥又大。冯聋子既不怕热也不怕冷,尤其是在冬天,人们都冻得缩手缩脚的时候,他还敢下田打鱼。他先把撑兜轻轻没入水中,再用捅竿从远处围着身体绕半个弧形从水中一直捅过来,同时配合着一只脚形成一个紧密的包围圈,想象着把水中的鱼儿赶进撑兜里面去。然后提起撑兜来看——有鱼,就捉进笆篓;没有,又放入水中继续新一轮包围。

这时,常常便有人在田坎上与他打招呼:"冯聋子,你有屁眼儿虫!"

"呵呵,看样子,有几个都不多。"冯聋子以为别人在问他田里鱼多不多,很谦虚地回答。田边的人哈哈大笑。

又有人在比画着大声地喊:"冯聋子,你婆娘在屋里偷人。"

"嗯,好像是有几个在晃!"冯聋子专心致志地打鱼,还是以为别人在问他田里的鱼多不多。

人们笑得更凶了。偶尔抬头一望的冯聋子,到这个时候就会明白他又被别人"涮了坛子",就又埋头打鱼,自言自语地说:"你们这些东西子,没得点老少,要遭雷打的!还不快回家去看,你老汉在屋头烧你婆娘的火呢!"然后又开始念叨那句顺口溜:"鱼细不捎毛,逮到就请遭。"他说话的声音很大——大概聋子都这样,自己听不见,觉得别人也听不见。

冯聋子喜欢打鱼,主要是他喜欢吃鱼。他喜欢吃鱼,且吃出了水平,小鱼不用说了,就是巴掌大的鲫鱼,他也能从鱼头嚼到鱼尾不吐一根鱼刺。他有不少吃鱼的方法，煎着吃，烧着吃，炖着吃，炸着吃，蒸着吃，甚至放入泡菜坛泡成酸鱼来吃。他爱吃鱼，又是由于他喜欢喝酒，用鱼下酒是他一生的最爱。酒，有两个儿子不断地给他提回家来，不愁断顿。鱼，儿子说要给他买回家来，他不要，说还是自己到田里打来的鱼好吃些。他几乎天天就这样用鱼和酒享受着赛神仙的日子。

他老太婆开始时不喜欢他这个样子，就爱念叨他。有一次他为了讨好老太婆，就夹了一条鱼给她吃。她怕腥，不吃，他就硬劝，结果劝出了大麻烦。一根鱼刺卡在了她的喉咙里，弄得死去活来，在县医院住了好几天院才得以脱险。从此，老太婆不再吃鱼。她不吃鱼，却天天给冯聋子烹鱼，日子久了，也就练就了一手高超的烹鱼手艺。她每天专心致志地伺候老头子，冯聋子也就心理得地摆起他的老太爷架子。更有意思的是，他还经常与他老婆子像小孩子一样疯疯打打的。有一次我就看到他突然跑过去在他老婆子的耳根挠了一把就迅速跑开，然后他老婆子就颠着小脚返身来撵他；冯聋子就假装跑，老婆子就抓起烘笼里的灰远远地撒他。我那时只有八九岁，看得呵呵直笑。

说起吃酒，这个冯聋子更是远近闻名的角色，据说从他年轻时开始就离不得这个东西。他酒量大，却又每饮必醉。每次赶场都会进馆子去喝二两，好多次在街上喝酒喝到天黑，在回家的路上就倒地睡着。他老婆子着人到处寻找，找的人还是满坡满野大声叫喊，他其实根本听不见。找他的人回家了，天亮的时候他也一步一倒地回家了，只有他自己知道他在哪一个土沟沟里面过的夜。后来，他儿子不放心，就要接他们老两口儿进城，他不去，他嫌城里不能打鱼。儿子死劝他少喝酒，他才有些收敛。随着年龄增大，他也就喝不了多少了，但是还是每天必饮。他常常爱说："活着赛神仙，要死球朝天！"是的，冯聋子的确有洒脱的资本。

关于冯聋子，我记得最清楚的一件事，发生在我大概八岁那一年。那是一个寒冬的深夜，我和哥哥蜷缩在冰冷的被窝里不能入眠，房顶上北风吹动竹子，发出噜噜的声响。院子里的几条狗开始汪汪地叫，不久就疯狂地叫，接着就蹦来蹦去地叫。父亲在黑暗里说话："这又黑又冷的夜晚，哪个贼娃子这么吃得苦嘛？"狗一直在狂叫不停，父亲不放心，点灯起床，披衣出门。不久就听到了院子里浮起了嘈杂的人声，我迅速穿衣下床跑出去看热闹，就看到父亲和另外几个院子的男人拉手抬脚地从外面弄回一个人来，那人全身透湿，好像已经死了。

"是哪个嘛？"我问母亲。

"冯聋子嘛，这鬼老头儿，总是又屙痢（老家对"吃喝"的不满的说法）了酒嘛，栽到水田里了。"母亲说。

"死了？"我问。

"好像还有点气在悠。"母亲说。

全院子的人都起来了。院坝上晃动着杂乱的人影。有人已经跑到房后的草树上抱了好大一堆谷草过来在院坝上点燃。人们七手八脚地把冯聋子给脱了个精光，又迅速用抱来的被子将他裹住，扶他在大火边烤。过了好一阵，烧了好多谷草，终于听到冯聋子开始哼哼；慢慢地，他苏醒了过来。他躺在被子里，像个婴儿一样转动着眼睛，感到很迷茫。

我伯伯凑到冯聋子的耳朵边，大声地对他喊："冯聋子，海龙王请你喝烧酒没有？"

"你说啥子啊？"冯聋子声音嘶哑地问。

"我说，你老婆子在屋头偷人。"伯伯大声说。

冯聋子想笑，但是似乎很艰难。他闭上眼睛，还是幽幽地说道："都几十岁的老婆子了，哪个要，就让他偷去算了！"

大家哈哈大笑起来。大家的笑，主要不是因为冯聋子的笑话，而是看到冯聋子已经被"烤"活转来了的缘故。

冯聋子又说:"老婆子到儿子那里逍遥去了,我就到街上去逍遥,遭我陈老表劝了酒……"

伯伯从屋子里拿出半瓶白酒来给大家轮流喝着御寒。伯伯说:"冯聋子,来哟,整几口!"

"明天再说吧。"冯聋子在被子里颤抖着说。大家又一阵哄笑。

这个夜晚,我们就这样烧着谷草烤火,一直到天亮。天亮后,院子上的人们把裹在被子里的冯聋子像抬个笼子猪儿一样,七手八脚地送回了家。

红鼻子

　　红鼻子是生产队长，姓季，人们当着面都叫他季队长。小时候我这样叫着他的时候，感觉"季队长"就是他这个人的名字，没有觉得那是他的职务。但是私下，人们都叫他红鼻子。红鼻子这个外号，人们在私下叫着的时候，总是带着点敬畏感的。不是畏惧叫了他的外号，而是这个外号有着传奇色彩。

　　红鼻子身材魁梧，说话声音很大很浑厚，有种天然的威慑力，但是他却不是很爱说话，看起来有点严肃。每当我们在路上碰到他的时候，心里便有些忐忑，双眼死死地盯着他，两只脚便不自觉地往斜边移动。他总是爱突然伸出手，把我们的小脸捏一把，说声"调皮将"。我们盯着他那像红萝卜一样的鼻子，笑一笑就跑开，其实心里并不怕他。他的鼻子大概就是我们常常说的那种酒糟鼻子，一年三百六十五天都像在脸上戳了一个新鲜红萝卜。那红鼻子红而且大，鼻子上总冒着一些小疮，泛着油油的亮光。

　　大人们都只有在背后叫他红鼻子，而我有一次竟然当面叫了他红鼻子。

　　读小学的时候，每个学期二块七角钱的学费，家里也常常不能交齐，一般都要申请减免一块钱。要减免学费就得写减免条，减免条必须要盖上生产队和大队的公章。一天早晨，我和哥哥去找红鼻子盖公章，出门的时候，母亲说："看到季队长要叫表叔公，不要叫红鼻子哈。"我说："我晓得。"我们来到他的家门口，我正准备开口叫"季表叔公"，可是脑子突然短路，竟然大声地叫成了"红鼻子"。一叫出口我就感觉麻烦了，心里一急竟然突然语塞。哥哥猛然就给了我一拳头，那一拳正擂在我的鼻子上，鼻血一下就冒出来了。我不敢哭，知道自己闯了祸。这时候，红鼻子正从里屋出来，听到了我叫喊"红鼻子"，吃了一惊；又看到哥哥擂我一拳，就突然抢了过来，把我哥哥掀开，吼道："你打他干啥嘛，手还这么重？看鼻血都出来了。"哥哥支吾着说："他乱喊人！"红鼻子突然蹲下来，边用巴掌给我揩鼻血边说："谁说他乱喊人？我的鼻子本来就是红的，我就是个红鼻子嘛！"接着进屋找来棉花给我塞住鼻孔，还从屋子里抓了一把花生装进我衣兜里去。

盖了章出来，哥哥竟然说："下次我也敢喊他红鼻子了。"那时候，我觉得我哥哥简直有点无赖相。

说起红鼻子的传奇，那是发生在他才十多岁的时候，还在解放前。红鼻子的父亲是个生意客，很早以前就开始跑云南，据说干的是贩卖鸦片的买卖。在红鼻子十多岁的时候，他父亲就把他带到了云南教他做生意。所以他还很小的时候，就已经开始见识大世面了。有一年，他父亲在蒙自做生意栽了，债主带着一帮刀客来追债，红鼻子的父亲没法，就私下与对方讲定，把儿子送给对方抵债，然后就悄悄溜掉了。红鼻子在不明不白的情况下，就成了别人家的小伙计。当他知道是他父亲抛弃了他的时候，他既没吵也没哭，而是默默地接受了这个事实。然而，他的内心别人是不知道的，实际上从这个时候开始，他就在寻找逃跑的机会了。他逃跑了两次，两次都被主人抓了回去。第一次，被毒打了一顿，在草堆里躺了一个多月才好。刚爬起来的第二天，他又寻着机会逃跑，又被抓住，结果被主人按在板凳上，用一大把点燃的香熏烤脊背，烤得脊背嗞嗞地冒油，疼得他昏死了过去。后来，主人看这个家伙实在喂不家，就把他卖给了一个保长去充了壮丁。那时正是国民党远征军远征缅甸的时候，他就成了远征军的一员。

冬天，他随着部队到了腾冲。一路都有人开小差，红鼻子看在眼里，也在心里不停地打主意、找机会。凡是开小差的，大多会被骑马的宪兵追回来，追回来之后，都会被打得死去活来，红鼻子知道不能贸然行事。直到有一天，他终于寻到一个机会。部队在一个村子吃晚饭，晚饭是米饭，但是米饭里掺了很多谷子，士兵们不能吃得太快，而红鼻子却狼吞虎咽地很快干掉了两碗，趁别人不注意，假装解手悄悄溜进了旁边的一个小树林，当觉得没有被发现的时候，他就扯伸脚杆亡命地飞跑起来。跑了几里路，突然听到后面传来了急骤的马蹄声，他知道宪兵追来了，情急之下，他跳进了路边的一个粪坑，抓了一把粪草顶在头上。他泡在又冷又臭的粪坑里，看见无数的马脚从他的头顶急速地驰过，吓得魂飞魄散。但是他很机灵，一直等到那些马脚再次从他的头顶往回跑去，直到声音彻底消失，才颤抖着从粪坑里爬起来，摸黑跌跌撞撞地进到了一家农舍。农舍主人是一个孤老头，好心的老人让他洗了身子换了衣服躺到床上去，说如果有人来问，就称是他的儿子。所幸那些追兵并没有再来搜查，而红鼻子却病倒了。老人殷勤地照顾他，半个月之后他才恢复。老人知道他回家心切，也没有挽留他，送了他些干粮打发他上路。红鼻子的回乡之路并不顺利，从腾冲回到老家，他竟然一路讨口卖力，走了两年多时间。他以为回家可以看到他的父亲，可当他回到家的时候才知道，他的父亲一直没有回来过，而且从此就杳无音信。

后来看到他的鼻子总是鲜红的样子，曾有人好奇地问过他。他只说那是被粪水呛了的，用了好多药也医不好。到底是不是这个原因，人们也不得而知，然而红鼻子的外号就这样被叫开了。

红鼻子是见过大世面闯过大风浪的人，队上的人们都很敬服他，总想听他讲一讲那些惊险的故事。可是，他似乎不太愿意提及那些往事。很多年之后，人们才偶尔从他的口中听到过杜聿明、戴安澜这样的名字，关于他的那一段惊险往事也是人们听了很多年之后才拼凑完整的。"文革"时期，听说那些曾被国民党抓过壮丁的人大多没有逃脱被批斗的厄运，而红鼻子却逃过了这一劫。有一次，有人来抓他的时候，他跑进灶房抓了一把菜刀，在门口一站，大声地说："老子是国民党的逃兵，当逃兵就是反对国民党，凭啥子批斗我？"兴冲冲而来的那些人竟扫兴而去，从此再没有人来招惹他。

红鼻子有四个儿子，而四个儿子都参过军，这在我们老家一带几乎是绝无仅有，而且他也并没有托什么关系。我听外公说，那是红鼻子他们家的祖坟占"武运"。我不知道迷信中有没有"武运"一说，但是我是非常相信的，不然，别人家的子弟为什么常常拼着老命也参不了军呢？四个儿子在部队都混得不错，转业之后都在县城工作，并且都当上了不大不小的官。于是红鼻子在生产队更是受人羡慕而尊敬，他当队长，大家都愿意听他的指挥。他也让他在县农业局当领导的大儿子为生产队做了不少的好事，比如提供一些种子之类的。我记得我读小学的时候，我们生产队种过叫生地（制了之后叫作熟地）和荆芥的中药，就是他儿子拿回来的种子，听说生产队还卖了不少的钱。生产队还在荒坡上种过一种叫紫穗槐的灌木，那种子也是他的大儿子从县林业局拿回来的。这些都让邻近的生产队很是羡慕。

队上的人家，无论是家庭内部，还是家庭之间闹矛盾，只要红鼻子出面，没有谁不听他的。即使双方已经闹得不可开交，只要红鼻子一出面，双方就会自动休战。他的劝人话并不多，大家却总愿意接受，即使不能心服，起码也会口服。这大概与他的人生阅历、沉稳性格、家庭地位都有关系。他常常爱说："争啥子嘛争？命中只有八合米，走遍天涯不满升。"大概他也真的是相信"命"的，相信他所遭受的磨难和他正享受着的幸福都是命中注定的。

相信命运的红鼻子的晚年的确活得平静而幸福。他当队长一直当到了二十世纪的八十年代末，那时他都六十多岁了，他与老伴就到县城生活去了。只是他每年都会有近一半的时间要回到乡下来住。现在都八十多岁的红鼻子，还坚持着这样的生活习惯。他说城里人太挤，房子太高，接不到地气，还是乡坝头舒服些。他这话，很多乡下人是不能完全理解的，但是他确实活得很自在。

海螺蛳

因为大名中有一个"海"字，他便被人叫成了"海螺蛳"，即使他已经六七十岁了，大家背后还是这样叫他。海螺蛳不是因为这个外号出名，而是因为他"捡狗屎"出名，所以，他又被别人派送了"海狗屎"和"狗屎大王"这样的外号。

他有两个女儿，已经出嫁；有一个小儿子，年龄比我稍大。他是我同族的祖辈，我们当面都叫他"海二公"，背后还是没大没小地叫他"海螺蛳"。小时候不懂事，坐在他家的后门土坎上扯长声音唱儿歌——海螺蛳（本来歌词是"山螺蛳"），快出来，有人偷你的青枫柴……唱着唱着，海螺蛳真的就从后门拱出个脑壳来，吓得我们翻身就跑，却听得他在后面叫喊——狗儿，慢点慢点，不要摔倒了。

海二公捡狗屎有独门秘诀。那个年代，农村化肥极少，基本上都用农家肥。狗屎被认为是农家肥中肥分最高的畜禽肥，最受农民欢迎。除了每个生产队定期收购外，附近的场镇上还形成了规模巨大的狗屎市场。每到赶场天，狗屎依着马路边摆得接连不断，虽然臭气熏天，但人们却个个面带喜色，因为狗屎能换成钞票。在我读小学的那几年里，我的业余劳动除了放牛就是捡狗屎，其他的小孩子也是一样。我们常常是提着一个小篾篼，满坡满野跑上半天，还往往打篾灯笼（即空篾篼）。原因很简单：捡狗屎的人太多，而狗的数量毕竟有限。有时为了抢先，我们在天还没有亮的时候就起床，打着电筒去捡狗屎，由于看不清，常常要把头都勾到地上去寻找。母亲笑我们不是在"捡"，而是在"闻"，事实上也差不多了。我们即使这样辛苦，也往往收获不大，

011

而海二公却不一样。

他出门总是挑着一双大篾筐，他走的路线常常引起我们好奇的研究，但是我们看到他也是走的我们常走的地方，我们捡不到，他却总有收获，这实在是很神奇的事情。海二公有绝招，只是他从不给别人说。他捡狗屎会走很远的地方，至少方圆一二十里路吧，半天回来，满载而归，扁担都压得颤颤悠悠的，引起我们无穷的羡慕。也因为这样，他那"海狗屎"和"狗屎大王"的称号也就全高峰公社甚至全万古场闻名。每到赶场天，他就和小儿子拉着板板车到街上去卖狗屎，每次都会换回十多块钱。就这样慢慢地积累，他家竟然是我们老家一带最先在马路边的坎上修起了青砖楼房的。人们赶场时经过他家楼下，总会指指点点，有人就说：看，那座楼房是狗屎堆起来的！说这话的人并无恶意，而是羡慕和敬佩。

海螺蛳是个非常善良的人，也是个很女人气的人。对所有的人说话他都非常小心、非常客气，说话带明显的娘娘腔，就是到了年龄很大的时候，他说话听起来都有点嗲声嗲气的感觉。他无论什么时候看到我们，都会很亲热地叫我们"狗儿"——他对所有孙儿辈的都这样叫。我都三十岁了，从外地回到老家，他还是这样叫——狗儿，你回来了吗？"狗儿"是他招呼人最暖人心窝的叫法，我们都很喜欢。也许是他那种女人气的缘故吧，他很爱摆龙门阵，无论男女，只要站在一起，就有着说不完的话。记得有一次他捡狗屎经过我们家的后门，看到我母亲在灶上做饭，他就站下来隔着木窗户打招呼：媳妇儿，你在煮饭了吗？然后就开始摆龙门阵，南山北望地扯了好一阵。母亲说，海二公，就在这里吃午饭吧！海螺蛳才忽然想起回家，笑嘻嘻地挑着满满一担狗屎回家去了。母亲看到他走远了，长出了一口气说，臭得我差点饭都煮不下去了。母亲虽这样说，其实也不是厌恶海螺蛳，只是有些怕和他摆龙门阵耽误时间。

后来，土地承包，农村开始大量使用化肥，狗屎便逐渐没有了市场，海螺蛳就"失业"了。以前，我们常常研究怎样从他那里淘到捡狗屎的秘诀，现在我们已对此毫无兴趣。"失业"了的海螺蛳转行拉板板车了。板板车是现成的，以前卖狗屎的专用车。每天一早，他拉着板板车到街上去，把板板车摆在汽车站外面的马路边等生意。开始还有不错的收入，后来那里的板板车多得吓人，常常是一溜儿几十上百架摆过去，在这个小镇上本来也没有多少货物可拉，拉的人一多，也就无钱可找了。加上海螺蛳个儿瘦小，年龄又大，性格又温和，往往被其他的同行欺负。好几次，已经把老板的货物都放上板板车了，又被其他的人硬给抢了下来，他对此无可奈何。他只好拉着板板车到街上去碰运气，碰上的生意也不多。经常就这样一早拉着板板车出门，在街上晃了一整天也没有揽到一个生意，只好蔫瘪瘪地回家。再后来，他就放弃了这个行当了。海螺蛳再次"失业"。这一年，他的老伴去世了。

他本身就是一个勤快人，"失业"回家又如何闲得住呢？这时，他的小儿子突然生出了要买车搞运输的想法。小儿子多次在他面前软磨硬泡，要他出钱。开始海螺蛳总是说没钱没钱。最后实在经不住儿子的纠缠，答应把自己悄悄存下来的两千块钱给儿子买车。并且自己亲自到亲戚熟人家到处说好话，又借来了一千块钱。儿子终于买了一辆农用三轮摩托车，开始在万古街上的三岔路口跑起了客货运输。虽是非法运输，生意却异常火爆。每到赶场天，很多农村人都愿意花一元钱赶一程路，每一趟车都挤得满满当当。小儿子赚了钱，喜上眉梢。一天对海螺蛳说，大大，我实在忙不过来，干脆你来帮我收钱。海螺蛳于是开始帮小儿子收车费——这个时候他已经六十多岁了。有一次我回老家，正赶上了他的车，他仍然是高兴地叫着"狗儿"与我打招呼，并且坚决不收我的车费。看到一路上来来去去的三轮车风驰电掣，看得出这的确是一门赚钱的生意。

然而，赚钱的生意永远都有人来竞争。一年之后，场镇上的三轮车多得来堵断了马路，常常轮上一天也跑不了两趟；加之这属于非法经营，有关部门时不时来清理一次，弄得鸡飞狗跳，这个生意也就逐渐无钱可赚了。海螺蛳于是第三次"失业"，只好回家种小菜卖。剩下小儿子一个人还在苦苦撑着。

两年前，我突然听人说海螺蛳死了。其实他这样的岁数，死了也没什么值得奇怪的，只是那人说他是怄气怄死了的，这就让我有些吃惊。一打听才知道是这样一回事——

海螺蛳的小儿子继续经营着三轮车。有一次，由于车上载人太多，为了抢生意又跑得太快，三轮车在转弯的时候竟直直地栽到马路边的一块水田里去了。虽然没有死人，却残废了三个，三轮车也报废了。为了赔偿，海螺蛳一家弄得倾家荡产，最后连那座青砖楼房也卖掉了。由于修的时间较久，房子显得很陈旧，加之买房子那家人有点乘人之危，也就没有卖得多少钱。小儿子跑到外地打工，从此杳无音信。两个女儿也不愿意接纳他，海螺蛳在侄儿家中借了一间小屋住着，不久就一病不起，拖了几个月，就死去了。

海螺蛳的小儿子直到现在也没有回过家。我也不晓得他是否知道他大大已经不在了！

老兵

　　老兵本名季荣光，解放前被国民党抓了壮丁，当了几年兵，打了几年仗。虽听说他还在军队里做过什么文书之类的事，解放那一年他却回家来了，一条腿受了伤，成了跛子。原来的两间草房早塌了，他只好住在生产队的灰圈里。当过兵，却并不光荣，他的名字似乎就有了点讽刺意味；打过仗，也不敢炫耀，所以，他几乎不讲他当兵的经历。本来就老实的他，顺理成章地成了孤人。乡人对他倒也友善，似乎从没看见过谁欺负他，大家还送了他一个亲切的外号——老兵。

　　当然，我认得老兵的时候，老兵都已经是个老头子了。那时他已住在了他一个远房侄子的一间空房子里。那间房子前后都没有墙壁，站在院坝上往里一望，可以望见后阳沟那面阴森森的长满了虎耳草的石崖。他就在这个对穿对过的空间里用篾块给自己夹了一个狭小空间作为卧室。

　　我们最好奇他那做饭时用的风箱，那东西即使在当时的乡村，一般的家里也还很少用。风箱用一个竹筒连到灶膛里，点燃柴草的时候，就扑扑扑地拉扯风箱一端的拉杆，把灶膛里的火苗吹得左摇右摆地跳动。他做饭时，我们就常常愿意帮他拉风箱，那的确有着一种难以言说的乐趣。就是他不做饭时，我们只要从他那穿堂屋子跑过去，也会停下来，狠命轰轰轰地拉上几把，把灶膛里的柴灰吹得满屋乱飞。老兵看见了，却从来没有责备过我们，只是喊："鬼猴儿，别乱整别乱整！"

　　老兵是个很温和的老人，全湾的小孩子都喜欢他。没事的时候，他喜欢拄着拐杖到队上的各个院子去闲逛。他有一条腿膝盖受过伤，治好了，膝盖处却直直的，无法弯曲，他在躺椅上坐下来，又喜欢跷二郎腿，于是将那条直腿架到另一条腿上，就活像一座高射炮。我们跑过去往他身上爬，有小孩子要将小身子吊到那炮筒上去，立即就听到老兵开始哎哟哎哟地大叫，并差点要从椅子上跌下来。老兵也很喜欢我们这些孩子。夏天，他爱光着上身，腰上勒一条汗帕子。他的背上长了好几个指头大的肉瘤，这就成了孩子们耍弄的玩具了。他总是很温和地让孩子们在他的背上胡闹，自己却像如来佛一样笑眯眯地稳坐着。有些大人看不过了，要招呼孩子们，可老兵却是正享受着呢！

后来，他住的那个房子在一次大风中被掀掉了屋顶，没法住了，生产队便安排他住到了猪场屋。猪场屋其实只有两间土墙屋子，进门一间比较小，门口处一台大灶，是用来煮猪食的；里面空着一个角，铺着老兵的木床，床前有一个小炭炉，那是老兵做饭的灶。穿过左边的门进到了猪圈屋，中间一条十米左右的甬道，两边各排列了三个猪圈，屋子里黑黢黢的，猪儿们常常在圈里长声短声地哼哼。满屋弥漫着浓烈的猪粪刺鼻气息和潲食的苦涩气味，而老兵早已是"入鲍鱼之肆，久而不闻其臭"了。我们路过猪场屋，常常看见老兵在门口的躺椅上架着他那一挺"高射炮"，手里拿着一本什么书或者一张报纸在专心致志地读。

老兵是"五保户"，但他有一手不错的篾器活，一般农户日常使用的东西他都能编。所以，他常常被生产队的人家请去编撮箕箢篼背篼箩篼之类，编几天，就在那家吃几天。即使那时农村条件很差，普遍贫穷，大家对老兵还是非常尊敬而友善的，总是会拿出家里最好的东西来招待他。各家各户杀年猪，都要请老兵去吃"刨汤"，走的时候，也会割下一小块肉让老兵提上。

那一年，老兵病了，病得很重。他睡在猪场屋的木床上，别人不知道，那个喂猪的女子忙上忙下也没有注意到老兵生病的情况。他想了结自己的生命，就解下自己裤腰上的布条来勒住自己的脖子，大概是病重乏力的缘故，他没能勒死自己，却把自己弄得摔到床下晕死过去。第二天早晨，喂猪的女子开门一看，吓得魂飞魄散，跑去告诉队长，说老兵死了。队长跑来一看，老兵还有气，马上把他背到大队卫生站，那个赤脚医生居然把他给抢救活了。

老兵大病不死。病好了之后，身体居然比原来还要硬朗，心情也比以前更加开朗。虽然腿不方便，但基本上不影响他在乡间爬坡下坎。队上照顾他，让他专干"照山"的活路。所谓"照山"就是守护封山育林的山坡。高峰寺，是我们童年的天堂，也成了老兵晚年的乐园。老兵在高峰寺的楠竹田湾，用竹子搭了一个窝棚，那儿成了他的另一个家。我们上坡打柴割草的时候，都喜欢围在他的身边，听他唱川戏。他把挂在腰上的镰刀取下来，叮叮地敲打石块，扯长喉咙唱。至今还记得他唱那一句"娃儿下地就哭哀哀呀……"，虽然我不知道这是哪部戏文里的唱词，但我清楚地看见过他的眼眶里有泪花。

有一年，老兵在"照山"的窝棚里无声无息地死去了。生产队出钱为他办了一场热闹的葬礼。后来人们在窝棚里见到了一张纸，纸上写了一首诗：

> 无儿无女过一生，
> 不悔此生苦伶仃。
> 来世如能再相会，
> 守得青山万年春。

从这几句诗里看得出老兵曾经在军队里做过文书的本事了吧！

老汤锅

　　首先请饶恕我用这样一个名字来称呼这个主人公，因为这有点大不敬的味道。

　　老汤锅是我的长辈，从我的家族来算，他应是我的一个远房叔公；从我的祖母来说，他又是我祖母的妹夫。我们一直都当面叫他二公，背后却叫他老汤锅。所谓汤锅，是指牲畜被宰杀之后的一种吃法。我们乡下人常常骂畜生就是骂汤锅或者瘟汤锅，"汤锅"的读法是带着明显儿化音的。老汤锅的名字也不是我们这些晚辈给取的，是他的老伴，也就是我祖母的妹妹，我叫作姑婆的给取的。

　　老汤锅已经去世二十多年了，他去世时我才十多岁。在我的记忆中，老汤锅永远都是一副凶狠的模样，几乎没有对我们院子上的小孩子温和过，我们都很怕他。他似乎从来没有在生产队出过工，可能是因为他那时年龄已经大了的缘故，六十多岁了吧。而那时和他年龄差不多的人，比如我的外公都还在生产队出工，而老汤锅却天天坐在家里，这原因我是一直不知道的。他每天要做的事情就是坐在他家堂屋的一个架子椅上编笤箕，他编的笤箕的确很漂亮很好用，因此在我们附近一带很有些名气。印象最深的就是他剖的细篾丝，比筷子要细好几倍的篾丝被剔得光滑圆润，长长的一大束，整齐地摆在他的脚边，他手上拿一丝在架好的竹圈上飞快地来回。他编笤箕的动作很潇洒很专注，那时他的神情看起来是很宁静的。

　　然而他最讨厌的就是疯张的小孩子在他的身边跑来跑去，踢乱了他的篾丝。他的椅子下随时都准备着一条一米多长的粗篾块，只要有小孩子从他旁边跑过，不管踢没踢到他的篾丝，他都会不声不响地取出篾块来，对准那一双瘦小的腿子唰的一声抽过去，然后就在喉咙间发出几声很恶毒而含混的骂声。被抽的小孩子忍着疼痛快速地逃到一边，然后才捞起裤管检查受伤的情况，如果挨得较重的话，这才开始咧着小嘴哭。因此，我们一般都不会到他那堂屋去玩；如果非去不可，就会像箭一样射过去，射过去了还常常心有余悸。

我们的院子在一条大路边上，村里要到公社去的人基本上都要从院子旁边过。一次我们几个小孩子在竹林里玩藏猫的游戏，看到一个陌生人从大路上过来，一个叫华能娃儿的小孩子大概是玩得兴起，就从竹林里跳出来拦住那人，用双手把一张小脸挤成一副怪样去吓那过路人。这恰好被在竹林里砍竹子的老汤锅看到了，他用出乎意料的温和声音叫："华能娃儿，你过来帮我拿一下东西呢。"华能娃儿果然就过去了。刚近到身边，老汤锅突然啪啪地扇了他两个耳光，华能娃儿的鼻血一下子就流了出来。华能娃儿被打蒙了，双手捂住脸竟然哭不出声音来，而老汤锅还厉声地骂道："我叫你装鬼，你装你妈的大头鬼！"我们一看这阵仗，早吓得一溜烟儿地跑了几面坡。

这样一个二公，叫我们如何愿意叫他"二公"呢？于是，在私下我们都是叫他老汤锅，并总是带着畏惧和恨意。

据说他年轻时很有些传奇经历的。开始时是挑草鞋走几百里路到自流井（自贡）去换盐巴，在这样的经历中他就私下结识了一些贩鸦片的人，并且还涉及过鸦片的贩卖，只是没有干几次就收手了。而就在这时候他却沾上了烟瘾，不过也不是好严重。在他二十多岁的时候，就因为鸦片的事情差点丢了命。

一天夜里，当地的土匪头子季瞎子带人来围住了院子，要他把鸦片交出来。不知道是他不愿意交出来还是的确手头没有，反正最后恼羞成怒的季瞎子把他绑在了一架木梯上，将木梯斜靠在屋檐边，在木梯下堆上柴草点火来烤他，逼他交出鸦片来。可是他直到被烤得昏死过去也没有说一句话，土匪们只好在院坝上放了几枪退去了。当人们把他从木梯上救下来时，他的肚皮已经被烧坏一大块。这被烧坏的肚皮我是有着深刻印象的，夏天他爱光着上身坐在那里编箬箕，那肚子上的确就有好大一块光滑得反光的像一层膜似的东西。还听说就是在经历了那次事情之后，他的性情就变得沉默而粗暴了。由于他还有点烟瘾，不知道是后来无钱抽了还是自己主动不抽了，反正他的确是把烟瘾戒掉了的。不过戒掉了烟瘾后，却留下了头痛的毛病。所以，我小时候的记忆中，他要么是坐在那里编箬箕，要么就是躺在一张自己用木棒捆扎的床上，不停地发出极有节奏的痛苦的呻吟。每当他头痛时，就必须要吃一种叫作"头痛粉"（即解热止痛散）的药才能缓解，我知道这药是一直伴随了他终生的。也总是他躺在床上痛苦地呻吟的时候，我们才敢放心大胆地从他那堂屋以正常速度走过去。

在我的记忆中，他和他的老伴（也就是我的姑婆）从来没有心平气和地说过一句话，他们之间不是互相不理不睬就是用压得很低的声音吵架。看那咬牙切齿吵架的样子，绝对是对对方恨之入骨。老汤锅的名字就是我那姑婆在吵架的时候挂在嘴上的"咒语"——老汤锅，老汤锅，你个狗日的老不死的老汤锅——姑婆总爱这样不断地朝他点着头重复着骂。老汤锅呢，也是只有一句"咒语"——你个狗日的龟娼妇！他们这样吵架的时候又总是靠得近近的，夏天我的姑婆手里拿着蒲扇，不停地扇着自己也顺便把风扇给老汤锅；冬天姑婆就提了一个大大的烘笼，一边吵着架，一边又把烘笼顺到老汤锅的脚下去。那时我是觉得不可思议的，后来我明白了，那其实是他们的一种独特的交流方式而已。

老汤锅——啊不，我的二公，在我童年的记忆中是让人敬而远之的恶人。现在我回忆起他来，自然已经不是孩提时的感觉了，因为我早已懂得从他的人生经历的角度去看待他了；而且，他的儿子一辈也都在逐渐老去，那些遥远而灰色的记忆也被时光渐渐淡去了。

丝鼎锅

丝鼎锅姓季名思敬。他家族的同辈人常常亲热地叫他思敬哥。四川方言，"哥"与"锅"同音，所以听起来就像叫的"丝鼎锅"。我们老家的方言中，"丝"有"开裂"的意思。所以，丝鼎锅就是一只开裂的鼎锅。鼎锅是拿来煮食物的器具，裂了缝的鼎锅自然就不能煮食物了，这与丝鼎锅一生的命运倒的确有点相像。

我童年时看到的丝鼎锅就已经是一个五十多岁的老头子了，身材瘦长，常常穿的是布纽扣那种对襟蓝布衣服，收腰裤子，穿一双草鞋（很多时候是赤脚）。特别引人注目的是他那颗头，头发几乎要掉光了，只在后脑勺还有一撮花白的头发。他却不愿意把它剃掉，留着它并且让它长得老长老长的。那老长老长的一撮毛就常常要飞到额头前面来，在他的眼前调皮地晃来晃去，于是他就在头上箍了一个篾条做的圈，把那一撮花白的调皮的长毛固定起来。这样的印象在我的记忆中似乎一直没有改变过。

丝鼎锅是个砖瓦匠，他的两个儿子也跟着他干同样的事情，三爷子都没有在生产队干农活，专门负责队上那个砖瓦窑的活路，挖泥塘，糊泥坯，制砖块和瓦片。由于长期取土，就在狮子湾砖瓦窑下的田冲里挖出好多个很深的泥塘来，泥塘中就会汇集很深的水。夏天，我们喜欢跳进泥塘去洗澡，顺便就黏在他们身边玩耍、调皮。我对他制砖瓦的技艺非常着迷，常常要亲自去试一试，结果就把黏熟的泥土弄得一塌糊涂；有时与别的孩子在砖坯瓦坯之间疯打，一不小心，轰隆一声把堆得整整齐齐的砖瓦坯给推倒了，打坏一大堆，吓得心惊胆战。

这时，丝鼎锅会笑嘻嘻地叫我们不要疯，谨防砸到脚。他似乎并不很心疼我们打坏了他的东西，他从来不对我们生气。

童年时，我的好多乱七八糟的乡村故事都是在砖瓦厂里听丝鼎锅讲的，他脑子里不知道从哪里装了那么多故事，我很羡慕。他有一次问我："你说怎样才能够最节约粮食？"我说："一天只吃一顿饭嘛！""笨蛋！我告诉你个办法，一天想吃好多顿都行，而且还能够节约。""你吹牛嘛。""真的呢，我告诉你，你不要告诉别人哈！就是把你吃的东西用一根线串起，吃下去，把线头子留在嘴巴外面，等一会儿觉得不饿了又把它扯出来，等你饿了的时候又吞下去，觉得不饿了又扯出来……这就叫作'金线吊葫芦'。"这是我记得最深刻的一个段子，而且那时我是真的相信的，觉得这的确是一个好办法，丝鼎锅真聪明。我问："你就是这样干的吗？""是啊，不相信你问他们两个嘛。"他指了指他的两个儿子。他的两个儿子就笑着对我说："是真的，你回家去告诉你老汉，只准你们一家人晓得，不要告诉别的人哈。"我说："那是当然。"回家我给父亲说了，父亲嘿嘿地笑，对我说："叫你妈找几根线来，我们也这样干，反正现在我们也缺粮食！"

自然，很快我就知道了这只是个玩笑，不过丝鼎锅倒的确是个想尽一切办法节约粮食的人。听说三年自然灾害期间，丝鼎锅差点饿死，吃观音泥，屙不出屎，肚子痛得在地上打滚，还是他老婆子用篾块给一点点地掏出来，才保住了命的。我清楚地记得，有一次他发现了一堆狗屎，那是一只偷吃了小麦没有消化掉的狗拉下的。丝鼎锅居然用篾篼把那一堆麦子装了，在泥塘里洗得干干净净的，放在太阳下晒干拿回家去了。我回家给父亲说，父亲沉默了好一会儿才说："想来那应该是吃得的吧！"

那时候，农村人家都很穷，丝鼎锅家也不例外。两个儿子也成了年，常常饿得干活身体打晃。"打砖"是个重体力活，要用泥弓从泥坯上切下一块大小合适的黏土，然后抱起来高高举过头顶，使劲摔进砖盒子里面去。因为饿得乏力，他的两个儿子就常常将土块摔到一边去了，或者无法把砖盒子填满。这时丝鼎锅就要骂："我日你妈，你多使点力要不要得嘛？"儿子就赌气坐到地上去，有气无力地说："你说起比唱起来还好听，你来试试嘛，我脚都软得抽筋了。"丝鼎锅就不骂了，坐下抽闷烟，然后就跑到田坎上去转来转去，找回一大把野菜，丢给儿子，说，拿回去让你妈煮起，这个东西吃了当几斤红苕。我现在都不知道那是些什么野菜，曾听父亲说，我们的乡下的确有一种野菜，很苦，但是吃了过后很抵饿。

每年稻子收割之后，水田在日头下被晒得开裂。一场大雨之后，就可以在裂缝中去抓泥鳅。丝鼎锅抓泥鳅非常厉害，常常抓很多泥鳅来养在砖瓦厂的一个大瓦缸里面。我记得砖瓦厂的那个草棚下，一个瓦缸里装了满满一缸泥鳅。他舍不得吃，他说这个是好东西，解放前地主老财都喜欢的。他的两个儿子早就馋得喉咙里伸出爪子来了，可他就不答应，说你们还没有饿得要断气嘛，等到要断气的时候我拿来给你们吊命。结果，有一天夜里，不知道哪个偷儿，把缸钵都给他一起抬走了。丝鼎锅气得大病一场。

后来我因为一直在外面读书，很少见到过丝鼎锅了。偶尔回家，到砖瓦厂去耍，看到他还是那个样子，头上箍个篾圈圈，一撮长长的花白头发铺在光光的头顶。再后来，就听说丝鼎锅死了，死得很惨，是在床上被烧死的。

据说他生病，起不了床了，他老婆子和儿子要抬他到街上的医院去，他不干，舍不得花钱。他告诉家里人，到坡上去采草药就可以治好他的病。家里人就按照他的说法去采草药，每天都煎上一大锅黑黢黢的药水放在他的床前，他睡醒了就爬起来喝一大碗。喝草药自然无法治好他已渐入膏肓的疾病，他就这样一天天地衰弱下去了。有一天，家里人都不在家，他自己起床来，在床前生起炉子煎药，然后又躺到床上去，迷迷糊糊地睡过去了。结果，破被子掉下床来，被炉子里的火点燃，他就这样被烧死在床上。连他家的房子都烧掉了一面墙壁！

许大马棒

那些年全国到处都流行排演样板戏，连我们偏远的乡下也不例外。《智取威虎山》乡民们个个耳熟能详，其中有个奶头山的土匪头子就叫许大马棒这个名字。他姓许，人也长得粗壮黝黑，便顺理成章地得到了许大马棒这样一个外号。不过这个外号对其外表来说还基本恰当，而对其性格来说，却相差甚远，因为他一点都没有"匪气"。

许大马棒其实是一个很随和很喜乐的人。他长得牛高马大，却娶了个又瘦又矮的老婆；那又瘦又矮的老婆一口气给他生了五个儿子。在那样的年代我无法想象他们是怎样把这几个家伙给养大的。我记事开始，就看到他最小的儿子都已经开始使牛犁田了，大儿子的儿子都有十多岁了。听大人们说，那五个家伙小时候天天都坐在院坝边的洗衣石上望着天叫喊"我饿"，结果却个个都像他父亲许大马棒一样，长得高大壮实，简直就是五个"小马棒"。一大群男人个个是"吞口"，每年生产队分那点口粮自然就远远不够。许大马棒的老婆即使想尽一切办法，也还是最多只能让他们吃个"半饱"。所以，在农村最艰苦那些年，一家人总是饿得睐眉睐眼的。还真应了那句老话：饱暖思淫欲，饥寒起盗心。几个被饥饿逼迫的男人就打起了生产队的稻谷的主意。

农村打谷子的传统习惯，都是四个男人配一张斗。两个割稻，两个打谷，轮番进行。傍晚"收斗"后，如果一块田还没有打完，就常常会有偷割稻子的事情发生，而且偷割之后还不容易被发现——偷割者会顺着白天别人割了的方向割下去，只要不割得太狠，一般很难被发现。于是，也就有人发明了一种防贼的方法——在自己收镰的某个位置，将弯月似的锋利的镰刀刀口朝天埋在水田中，只要自己记住标记就行，这样，如果有人来偷割稻子，就可能踩在刀口上。即使侥幸没有踩上，只要稻子被偷割了，第二天埋镰刀的人也会因为镰刀与稻子的距离发生变化而发现情况。那一年，搭木桥那块大堰田就发生了稻子被偷割的事情，被偷割的稻子面积大致有一米宽、七八米长，那在有着十多亩面积的大堰田中几乎是看不出来的，是根据埋镰刀的位置才发现的。事情很快就传得全生产队大人细娃都晓得了，生产队队长立即组织人员清查。

很快就查出了盗贼，原来就是许大马棒一家。

其实开始没有人想到是他们，后来有人看到田坎上有一只狗弓着背在那里舔什么东西，过去一看，原来是一摊血。于是马上就有人喊叫，偷儿肯定是踩到镰刀了。生产队队长发动人们扩大搜索范围，结果又在下一根田坎上发现了血迹。于是又有人说，这偷儿好狡猾，是从水田里跑的，是为了不露痕迹。慢慢地，有人在许大马棒院子屋侧边的竹林里又发现了血迹，一直往他家的后阳沟去了。目标锁定，找许大马棒来问话，许大马棒自然是矢口否认。大家正无计可施的时候，突然有人说，今天早上怎么没有看到许五娃出工呢？许大马棒说，他生病了。没有那么巧吧？大家一致的怀疑，让许大马棒脸色立即变青了，牙巴直打战。这时，便有急躁的人强行闯进了许大马棒的家，一会儿就听到屋里撕心裂肺的一阵大叫，几个人把许五娃连拖带拽地架到了院坝上。许五娃的右脚裹着一大堆棉花，棉花都被染红了。他斜靠在一根木头上坐着，将那一只脚伸出去，把脚跟顶在地上，浑身颤抖。突然，许大马棒咚的一声跪在了地上，将自己的脑袋在地上不停地撞击，不说话，一直撞个不停。他老婆和几个儿子早吓得呆若木鸡了。几个人跑进屋里，从许大马棒家的几张床的席子下找到了还未脱粒的谷把子。

那个时期，农村正在开展打击盗窃的运动，许大马棒一家撞到枪口上了。他和四个儿子被民兵连长带走，许五娃走不得路就饶过了。在大队待了一个晚上，第二天，他们同另外几个据说犯了盗窃罪的人一起，在几个背着步枪的民兵的押送下，开始"游村"。当时，"游村"还有个规矩，就是每个人不仅胸前要挂白底黑字打着红叉的牌子，还要手提一面秧歌锣，走到有人的地方就要边敲锣边念悔罪的一些话。这个许大马棒是读过高小的，有点知识，他竟然在那个被关押的晚上给自己"游村"编了一段顺口溜。当他走到人群面前，民兵要他悔罪的时候，他就将秧歌锣当当当敲几下，开始念——锣儿当当当，我叫大马棒；养了五个儿，顿顿吃猪糠；后背挨肚皮，走路打郎当；后悔一念差，半夜去偷秧；对不起毛主席，对不起党中央。听的人疯狂地拍巴掌，大声叫喊，"念得好，念得好！"

"游村"一个星期，把十多个生产队都游遍了，几爷子才被放回来。回来才知道，许五娃的脚伤得很厉害，连脚板心里的一根筋都被割断了。许大马棒接着有半年时间背着许五娃找草药医生，后来许五娃还是成了跛子。人们在闲聊的时候，看到许大马棒就问，你念那个顺口溜好是好，就是有点不对头，你说"半夜去偷秧"，那明明是谷子嘛！开始许大马棒很难堪，后来只好说，那是为了顺口嘛。大家也就一阵哄笑了事。后来，人们便很少提起这事了，尤其是看到许五娃成了跛子，人们开始觉得有些于心不忍，开始后悔当初太过认真了。其实大家心里都明白，在那个时候，被饥饿逼迫的人，有过小偷小摸的人，绝不仅他一家，于是连心里的那点嘲笑的意味都逐渐消失了。

许大马棒一家后来生活状况的明显改善却又算全生产队最早的。那是二十世纪八十年代中期，他的五个儿子在一个亲戚的带领下，全部外出卖铁货。两年后，他们就在西安租了门市开始搞批发，生意做得非常红火。五个儿子回家来各自修了一栋一楼一底的楼房，修起房子就让它空着，这着实让队上的人羡慕不已。又过了几年，几弟兄就开着小车回家来过年了。六十多岁的许大马棒老两口，要被儿子们接到西安去生活。临走前，许大马棒带着几个儿子，挨家挨户送礼物，每家一把菜刀、一把剪刀、一个勺子、一根磨刀棒。

他对人们说，其实也是对他的儿子们说："真要离开这个湾了，还正儿八经地舍不得。我许大马棒的根在这个地方啊，今后我这把老骨头一定还是要埋到这里的！"

老腮壳

　　老腮壳看起来实在是显得老，他有个只比他小几岁的弟弟，和他站在一起的时候，不知道的人一定会认为他们是父子俩。

　　他们家是富农成分，兄弟俩到三十多岁时还是两条光棍儿，即使他那弟弟长得牛高马大，一表人才，还是没有媒人登门。兄弟俩的家是单家独户，穿斗木结构的老房子早已严重倾斜，似乎随时都可能垮掉。然而，在我童年十来年的记忆中，那房子竟一直没什么变化。

　　乡下人给人取外号，有的一听就懂，有的则只可意会，不可言传。老腮壳名叫季中银。他这个外号的得来，其实现在我都还只能去意会，而很难说清楚来龙去脉。"老"，不用说了；这"腮壳"应该就是指腮帮子，大概也就联想到了他那过于显老的面部长相。腮帮子又与嘴巴有着直接联系。老腮壳的嘴巴的确值得一提，他是个大舌头，发音含混，粗得像牛叫。说话慢一点，别人还能够基本听懂，要是他一发急，那就简直像缺嘴巴吹唢呐——咿里哇啦，把人完全整蒙。其实，这个外号还暗含着另一种意味，就是老实巴交。老腮壳的确是个老实巴交的人，虽然三十多岁了，见到本生产队的人面对面打招呼，他那张腮壳老脸还会发红。他点头哈腰，嘴里发出含混的声音，并总是突然将身子一侧，闪到路边，让出路面的全部宽度给对方，即使对小孩子他也是如此。这并不是队上的人有谁欺负他，而是他长期养成的习惯；而队上的人其实还是很尊重他兄弟俩的。这种习惯，与其说是他性格老实，不如说是他内心谦卑。

　　他的谦卑，大概缘于他的父亲生前的为人。据说他的父亲在解放前是个精明透顶的人，还与山里的土匪暗中勾结，那时我们老家一带被土匪抢劫的事件大多与他父亲有点干系。不过，这终归是怀疑，始终没有被证实过。后来他父亲突然出手置下了三百多石水田的家业，也只是加重了人们的怀疑和畏惧而已。他父亲自从置下了田产之后，就开始抽大烟，一直抽到新中国成立前三四年的时候死去了，而那时他们家也就基本上没有什么田产了。还听说，他父亲临终时抓住老腮壳的手交代，要他一辈子与人为善。老腮壳记住了他父亲的话，便逐渐形成了他后来的性格。也幸好他形成了这样的性格，要是他张狂一点，他们家后来的成分大概就不是富农而是地主了。

成了富农的老腮壳和他的弟弟，过着一贫如洗的恓惶日子。每年生产队分得的口粮很少，两个大男人的胃口又大得惊人，这样，他们的粮食就严重不足。听说老腮壳曾经坚信煮稀饭多掺水，只要能胀饱肚子就可以缓解饥饿感觉，于是就天天顿顿喝清汤寡水的稀饭，结果弄得兄弟俩每天要屙几十泡尿，直到有一天俩人都躺床上起不来了才被迫停止这个"试验"。别人取笑他，老实巴交的老腮壳竟然说了一句经典笑话——小便淋菜，要多少有多少！

大概是 1973 年吧，老腮壳那时都四十岁了，却突然惹了一场大祸。

生产队打谷子，又热又累的几个男人在劳动的间隙，坐在田坎上突然起了打赌的兴致。赌喝凉水，谁输了谁就拿出二十斤谷子给赢家。结果，可能因为曾经有过狂喝稀饭的训练，老腮壳竟然咕嘟咕嘟地连喝了三大瓢凉水没事，而与他打赌的是他的一个体弱多病的远房堂弟，在喝了一瓢半的时候就已经瘫在地上起不来了。那人躺在树荫下，嘴角一直在淌着清水，脸色青紫，一动不动。乡下人一直都认为水是"稀"的，只胀人不死人的，所以竟然没有引起这几个人的警觉。好一阵过后，几个人看到那人还没有动静，过去一看，已经没气了。很快，老腮壳就被公社的杨刘公安五花大绑地押走了。过了几天，他竟然又回来了，只是听说他被打了一顿，但公安说并没有犯什么法。作为富农的老腮壳，竟然在那样时期那样的灾祸中得到保全，实在是一个幸运得令人费解的事情。

更为幸运的是，老腮壳还因祸得福。在别人的撺掇下，老腮壳居然成了那因打赌而死去的远房堂弟家的当家人。女人比老腮壳小十岁，能干诚实，还有一儿一女。女人毫不计较老腮壳的过失，认为那是打赌，是双方自愿的。更幸运的是，那一双儿女也很接纳老腮壳，一开口就脆生生地叫"大爸爸"。这让好多人意外而又嫉妒，说老腮壳这便宜捡得太大了，就有些不良的男人找机会在女人面前挑拨，也想去占点便宜，结果遭到了女人狠狠的训斥和严厉的拒绝，后来这些人也就断了念想。成了家的老腮壳比以前更加勤劳，一家四口的日子过得虽是清寒，倒也快乐。大概过了一年多，他那个长得牛高马大的已经三十多岁的弟弟也成了家。

后来，老腮壳的两个儿女到云南昆明的建筑工地打工；再后来他们成了不大不小的包工头，在昆明安了家。几年前，已经七十多岁的老腮壳和他的老婆，被儿女接到了昆明。听说现在他的身体都还很硬朗呢！

碚碚儿

碚碚（我们念作 luīluī）儿在我们老家的方言中就是碡子，就是辘轳，就是轮子，就是一切圆形的可以滚动的东西的通称，也叫作磙磙儿。碚碚儿之所以叫作碚碚儿，不仅是由于他身高不足一米五，长着一副圆滚滚的身材，还跟他小时候一哭闹就不断地喊"滚，滚"直喊到气竭为止有关。据母亲说，碚碚儿小的时候，横得要命，谁惹了他，立即倒地撒泼打滚，不停地叫喊"滚，滚"，把地面都要蹬出好大一个坑坑来。碚碚儿是个独儿，他父母很娇惯他，撒起泼来，连他妈的脸也被他抓烂了好多回。他爹说，要横就让他横嘛，他是"人种"，惹不起的。

母亲曾经给我说起小时候的碚碚儿的事情的时候，我始终没法把他和眼前这个三十多岁的碚碚儿联系起来。因为我所知道的碚碚儿，不但不横，而且还很懦弱。碚碚儿的父母我是没有见过的，碚碚儿是属于我的父母那一代的人。碚碚儿家在张家大院子东北转角的地方，他家在那个张姓的院子是个外姓。虽说张姓的几家人并不怎么欺负他，他却在那个角落里生活得小心翼翼。这也许有着身材不伟的一点因素，而更多的恐怕还是与父母过早地去世，使他在年少时经历了太多的孤独和磨难有关。所以，我从小所看到的碚碚儿其实就是一个老实得近乎窝囊的人。

碚碚儿在楠竹田犁田，那是块冷浸田，泥脚深得很。碚碚儿在牛后面挥着吆牛棍不停地发出"嘘嘘"的声音驱赶着牛儿，水深，牛儿拉起来很轻松，跑得快，拖着犁铧一路蹿上了田坎往大路上跑，水淹没了礌礌儿的胯裆甚至腰杆，他简直就像在游泳一样，哪里跟得上望见了崖上青草的牛儿？牛儿拖着的犁铧挂上了石头，咔嚓一声折成了两段。还漂在田中间的礌礌儿急得大呼小叫，却迈不动步。生产队队长红鼻子过来，看见犁铧折断了，生气地骂道："狗日的礌礌儿，你把牛都骇到坡上来了？"礌礌儿却不知道，那是别人为了要他，专门给他指定的一块烂泡田。挨了骂的礌礌儿笑嘻嘻地爬上田坎来，直喘粗气。

生产队分稻谷，礌礌儿被指定负责抬秤杠，礌礌儿个子太矮，每次都要费劲地踮起脚跟来。一踮起脚跟，身体就摇摇晃晃的，搞得秤杆就跟着摇晃，那个叫作棒槌的保管员于是就骂："你晃个锤子啊你晃！"就跑到晒坝边去搬一块石头来垫在礌礌儿的脚下。礌礌儿老老实实地站上去，身体一下高了十厘米。大家开始开他的玩笑："礌礌儿长得好快！"礌礌儿于是跟着呵呵地笑。笑声还没有结束，啪嗒一声，礌礌儿从石头上跌了下来，栽倒在谷堆上，秤砣猛地落下来，砸在了他的脚上，痛得礌礌儿直叫唤。没人去关心他是否被砸伤，大家只是更加疯狂地大笑，边笑边叫喊："礌礌儿礌下来了！礌礌儿礌下来了！"笑声在刚刚收割了的秋天的田野回荡，在刚刚退凉了的夜空回荡。贫穷的乡村难得有这样生动的时光！

母亲经常教育我们对人要礼貌，看到熟人要招呼，要喊人。那次在大堰田的田坎上，我看见礌礌儿挑着一挑粪桶过来，就很亲热地叫他"礌礌儿表叔"，礌礌儿一听，开始有些意外，接着便笑起来。母亲站在我身边，突然往我屁股上狠狠给了一巴掌，骂道"短命的"，然后很是尴尬地岔开话题跟礌礌儿说话。母亲叫礌礌儿"季老表"。礌礌儿大名其实叫季正才。记得后来礌礌儿碰见我，把我拉住，认真地对我说："二娃，你就喊我礌礌儿表叔就是了，别听你妈的！"他这样跟我说的时候，双手握住我的手，我记得他的手很小，肉肉的，感觉很柔和。后来，我一直都是这样称呼他。

礌礌儿有个儿子，叫大狗。大狗其实不大，大狗比我小两岁，除了比礌礌儿小个型号之外，父子俩简直就是一个模子铸出来的。大狗经常爬在礌礌儿的背上，礌礌儿就背着大狗到处走，大狗的脚尖都要触到地面了。于是有人开他玩笑："礌礌儿，你两爷子一样长了哈！"礌礌儿于是把大狗放下来，双手将大狗圈在自己的肚子前面，仿佛随时都怕大狗飞走了一般。大狗也是个独儿，所以礌礌儿自然把他看成了"人种"，对大狗百依百顺。不过大狗很安静，不像小时候的礌礌儿那样横。

　　农闲时，很多人都喜欢下田去抓鱼摸虾。大狗眼馋嘴馋，就缠着礌礌儿要吃鱼，礌礌儿没法，便提了笆篓去捉鱼。出去转了半天，只抓了大拇指大小的两条，还是沙棒头，别人根本不要的小杂鱼。他还是把小鱼剖了抹上盐晒在院坝边的石板上，晚上就在灶火上烤给大狗吃。大狗说，羊二哥爸爸怎么抓了那么多大鱼？礌礌儿就说：别慌，明天爸爸给你抓大鱼哈！但是礌礌儿几乎从来没有抓到过什么大鱼，因为礌礌儿根本就不会抓鱼。别人晚上提着亮壶捉蛤蟆，大狗也喊着要吃蛤蟆，礌礌儿于是提了蛇皮口袋，打着亮壶去捉蛤蟆。转了几湾几岔，还滑到河沟里去搞得全身湿透。半夜回来，口袋里只有两只干蛤蟆在蹦。自然，第二天早晨，大狗还是享用了两只火烤干蛤蟆。

　　全队上下的人都喜欢拿礌礌儿取乐，这虽免不了有以大欺小、以强欺弱的嫌疑，倒也没有太多的恶意。关键是礌礌儿自己有意无意地采取了笑笑而过、不以为意的态度，所以那些外来的逗弄竟然没有给他造成什么伤害。不像肖癞儿，别人一提及"癞"字就要提起扁担拼命，最后落得上吊身亡的结局。礌礌儿那张脸似乎总是带着和善甚至有些懦弱的笑容的。而作为土生土长的农村人，礌礌儿在做农活之外的其他方面却出人意料的笨，大概这跟他小时候父母对他过于娇惯有直接关系。好在这些本事并不是维持一个家庭的至关重要的条件，最多就是少吃两口而已。不过，礌礌儿笨是笨，他对儿子却是爱得巴心巴肝的，就像当初他的父母爱他一样。

在礌礌儿的爱心滋养下的大狗就一天天长大了。大狗也不肯长，小学毕业时班上最矮，初中毕业时不到一米三，高中毕业时勉强一米五。礌礌儿和大狗走在一起，就是两个礌礌儿。总免不了让一些人指指点点。也许礌礌儿早就把那种坦然的人生态度教给了大狗，所以大狗和礌礌儿一样坦然。大狗在县中学读书，名列年级前茅，毕业考上了上海交大。队上便有人不无妒忌地喊住礌礌儿说："礌礌儿，你狗日的歪竹子长出了正笋子了哈！"平时不抽烟的礌礌儿摸出一包纸烟来，边递过去边哼哼哈哈地说："碰上的，碰上的！"

四年后，大狗毕业分配到了重庆工作。礌礌儿两口子仍然生活在乡下，土地承包后，勤快的礌礌儿把自己那点责任田侍弄得很下细，虽说不上有多好的收成，却也感觉到了一种自足。礌礌儿还是一如既往地笑嘻嘻地过日子。如果说有什么大变化，那就是几乎再没人肆无忌惮地去逗弄他了。又过了好几年，大狗成家了，便把礌礌儿两口子接到了重庆。那之后，我便再也没有见到过礌礌儿，算算的话，有十五六年了。现在的礌礌儿也该是七十岁左右了吧。

前不久我回老家，看见一条在建的高速公路从生产队的地面上穿过，土地被占去了一半。礌礌儿家所在的院子被全拆了。我听说了一件关于礌礌儿的事——工程队赔给礌礌儿家的钱将近二十万，礌礌儿竟然一分未取，全捐给生产队的饮水改造工程了。还听得有人感叹：狗日的礌礌儿，发了财了，二十万还看不起了耶！

蔫笋子

首先要说明的是这个"蔫"字的读音，它在我们川渝方言中并不读"niān"，而是读作"yān"，"笋"也要读作"sěn"。竹林中那种拱出地皮不久就因为生病或者生虫或者别的原因而停止了生长、身形歪斜了无生机的病笋，人们习惯称之为蔫笋子。蔫笋子也常常被人们借来称呼那种精神萎靡、行动迟缓、缺乏活力的人。而且一定要读成"yān sěnzi"才能表达出那种独特的味道来。这个比喻性的称谓的确很形象，不信的话就看看对面田坎上走过来那个人——他就是蔫笋子，那个三十几岁了还是光棍的蔫笋子。

蔫笋子双手背在背上，勾着头，弓着腰，赤着双脚，以比一般人走路慢得多的速度移动脚步。他走路不是全身上下协调运动，而是那两条腿好像总是眷恋着刚刚踩过的脚印而不愿移动，上半截身子就只好拖着两条腿往前走。有人形容走路慢的人"把路上的蚂蚁子都踩死完了"，用这话来形容蔫笋子还未必恰当，所以队上的男人就爱说蔫笋子"胯裆把卵都磨肿了"。宗祥在田坎这头，手里举着一根纸烟准备递给蔫笋子，等不及了，就骂："我日你先人，你硬是要把卵磨肿了才走得过来吗？""嘿嘿，忙啥子嘛？"蔫笋子有气无力地把声调拖得长长地说，脸上带着温和的笑意。

蔫笋子在生产队保管室等着分谷子，独自站在三合土坝子的边上沉默不语。夏天的傍晚，队上的少年都集中到了这里，正是疯张的好时机。那时有几个特别捣蛋的家伙，喜欢玩一种脱裤子的把戏，就是趁别人不注意，突然将他人的裤子从腰间褪到脚弯去。要是看不准对象去脱，常常免不了要挨一顿"傻打"，所以他们就盯上了蔫笋子。夏天刚从田里忙完收工的人们，都只穿一条单内裤。一个捣蛋鬼从后面的谷草堆里悄悄钻过来，突然褪下蔫笋子的短裤，那时他几乎就是全裸着身体站了坝子上。那种羞辱和难堪使他一时间竟不知所措，他把已经垮到脚背上的短裤往上扯，习惯性的缓慢动作加上慌乱紧张，他费了好一阵工夫都没有扯上去。人们的笑声一浪高过一浪，那裤子就是缠在脚弯处上不去，最后他痛苦地坐在了地上，脸色铁青地骂了一句："鸡巴娃儿，你球莫名堂！"那语速慢得惊人，又引得大家一阵狂笑。

蔫笋子的慢性子自然养成了一种温和的性格。他从来没有对别人使过脸色，不过他似乎也不敢对别人使脸色，因为他们家是地主成分。不过奇怪的是，全大队经常开会斗地主，蔫笋子居然都没有被斗过，而他那六十几岁的母亲却次次都没有逃脱过。记得我读小学三年级时，在学校那个土操场上开批斗大会，全大队的社员都集中在那里。我们小学生全部盘腿坐在坝子中间，台子下安了几张高板凳，听到那个口吃很厉害的村主任宣布"把坏……坏分……分子押……押上来"的时候，几个被五花大绑的男女，被几个背着步枪的民兵揪着领子按着脑袋，不知道从什么地方噼噼啪啪地押了过来，差点冲翻那些一心只注意会台的人。被押上来的人，其中就有蔫笋子他妈，那个老实瘦小的老婆子。等到呼"打倒恶霸地主×××"的时候，大家就歪过头去看蔫笋子。蔫笋子开始是很迟疑的，并不打算跟大家一起挥起拳头呼口号，但是看到别人都在看他，他便勉强把拳头举一举，却并不高过肩膀。他的慢动作让他总不合拍，别人举起了，他放下，别人举了三下，他才举两下；别人呼口号，他也呼，只是能够勉强看到嘴巴在动，听不到声音。他把头勾得很低，独自在那里做着那种不合拍的表演，旁边的人便忘记了高板凳上的挨斗地主，全都把头转过来看他。这就把台上的大队干部惹毛了，村主任就脖子上青筋鼓涨着大喊："蔫……蔫……蔫笋……笋子，滚……滚一边……边去，不然把……把你一……一……一起斗……斗！"大家又哄堂大笑。村主任觉得大家是在笑蔫笋子，其实大家主要是在笑他"夹舌子"。蔫笋子慢慢地弓着背走出人群，去到了教室外面那棵拐枣树下坐了，等批斗会结束。批斗会结束了，大家一哄而散，几个被五花大绑的男女地主被丢在那里无人管，便总是他们各自的家人过去松绑。这时蔫笋子便慢慢地过来，一句话不说，帮他妈解开绳子，然后把他妈往背上一背，回家去。批斗会经常开，所以这两娘母早已习惯。习惯忍受，习惯沉默，习惯散会后的一整套回家的程序。

蔫笋子和他老妈生活在一起，家里穷得叮当响。对于他来说三十几岁了还打光棍非常正常。就像有人说的，哪家有姑娘就是拿去沤粪也不会拿来嫁给蔫笋子的。我想蔫笋子大概也没有这样的"非分之想"，因为他太老实，因为他是地主，因为他那"走路要把卵子磨肿"的慢性子，谁会看得起他呢？

但是，蔫笋子却有绝活——吹笛子、拉二胡。他家单家独户地住在火镰湾那片竹林里，我们深夜里常常可以听到从那里传来二胡或者笛子的声音，那些声音穿过氤氲的夜色在贫穷的乡村旷野里回荡，神秘而忧伤。是的，那时我虽然并不懂得音乐，但是我能够听得出那种声音的韵味来。父亲曾经告诉过我，蔫笋子的父亲解放前也是个老实巴交的农民，几十年的"死积"，最后买下了几十石水田，刚买了田就解放了，田被收归公家，还被定为地主，蔫笋子他爸想不过就跳堰塘自杀了。蔫笋子他爸以前就很会吹笛子拉二胡，那是他年轻时去鱼口坳山里帮人砍笔杆时向一个老师傅学的。自然，蔫笋子的师傅就是他的父亲了。

蔫笋子会乐器，我们那时却从来没有亲眼见过他的演奏。记得有一次队上杀老牛，大家像过节一样兴奋，队长就请蔫笋子给大家露一手，让大伙儿高兴高兴，甚至亲自跑他家去把二胡笛子都取来了，然而蔫笋子却死个舅子都不干，大家也就只有悻悻作罢。

大约是在1975年吧，大队成立了专业队，在十几个生产队转来转去地造梯田修水库。专业队还成立了文艺宣传队，每个月都要到公社那个大礼堂去汇演。宣传队缺少懂乐器的人，于是，蔫笋子的才华终于被人想起，他被安排进了宣传队。宣传队在大队那个会堂的舞台上排练，我们下课跑去看热闹，这时我才第一次亲眼见到了蔫笋子演奏乐器的风采。我站在台下，很想让蔫笋子看到我，我估计他是看到了我的，可是他就是不理睬我。他正在拉二胡，一副忘情的样子，眯着眼睛，摇晃着脑袋。后来到公社汇演，我们又撵到公社去看，那一晚我不但看到了坐在台子侧边拉二胡的蔫笋子，还看到了独奏笛子的蔫笋子。我完全被他的音乐被他的风采给迷醉了，从那时起，我算是开始迷上了乐器。以前在我印象中像烟灰一样的蔫笋子，在那之后竟然发生了很大的改变。这种改变其实并不只是我们的心理发生了改变，而是蔫笋子自己真的有了很大改变——走路的腰直起来了，步子跨得高远了，说话声音响亮得多了，脸上也常常可以见到温和的笑容了。

性情大变的蔫笋子这时已经是个四十岁的男人了。不过就在四十岁这一年，蔫笋子娶老婆了——一个二婚嫂。我记得他们后来是有了一双儿女的，日子清贫，倒也平静。蔫笋子在劳动闲暇时，还是常常自娱自乐地摆弄一下笛子二胡，并且再也不回避别人了。

鱼鳅猫儿

我牵着我家那条大牯牛从季云章家侧边那个竹林中的斜坡下来，正看见鱼鳅猫儿埋着头翘起屁股在大方田的田角角钓黄鳝。太阳很烈，苦楝树上的蝉叫得一塌糊涂。我想快点回家，大牯牛却恋着一路的嫩草，走一步，啃两口。我急了，用竹块"啪"地抽在牛屁股上，牯牛看了我一眼，不情愿地抬起了头。

"你个烂贼（贼，我们读作 zui，阳平），把老子的黄鳝都吓跑了。"鱼鳅猫儿抬起头来，看着我，恨恨地骂道。

"我又不是故意的……"我说，"你别屙屎不成怪茅厕。"

我不敢跟他过分顶嘴，他很恶；况且我那时心里还有个打算，是决心要向他学抓鱼的本事的，不愿惹他冒火。鱼鳅猫儿用手分开高粱林，哗啦哗啦地钻过田坎去了。母亲站在我家菜地的阴凉处拔草，她问我在跟谁说话。我说，鱼鳅猫儿！母亲说，鱼鳅猫儿真不怕热！

鱼鳅猫儿这个外号我是从来没有当着他的面叫过的，而且几乎所有人都没有当他的面叫过。但是，几乎所有人背后都叫他鱼鳅猫儿。鱼鳅是我们乡下对泥鳅的俗称；猫喜腥，大家都知道，我们乡下便把那种特别喜欢摸鱼捉虾的人叫作鱼鳅猫儿。鱼鳅猫儿住在我家对面院子，算起来也是我家一个远房的亲戚，他的确是我们那一带远近闻名的抓鱼高手。在我们老家一带，连像模像样的一条小河都没有，只有那些散布在丘陵之间的大小不一的水田。水田里虽然鱼不少，却不是每个乡下人都抓得住的。最笨最可靠的办法就是把田放干水捉鱼，但是这种"竭泽而渔"的办法连最调皮的小孩子也不敢用，因为水源非常有限，随便放水是要挨恶揍的。况且，像泥鳅黄鳝这样的鱼类，没有本事的话，即使放干了水也是捉不住的。

但是，鱼鳅猫儿在任何情况下都能抓鱼，抓各种各样的鱼。他们家的厨房里常常飘出泡菜煮鱼的异香，他们家院坝的三合土地面上，常常晒着很多从背部剖开翻成两片的干鱼。

有一次我对正在剖鱼的鱼鳅猫儿说："六表叔，你教我抓鱼嘛！"那时，我在上小学二年级了。

"教你？这个东西还要教？哪个教过我呢？你给我好多投师钱嘛？"他头都不抬地说，一副不理不睬的样子。我觉得很没趣，就走开了。当然，我还记得有一次是亲耳听到过他跟他儿子说："千万不要教小二娃（我的小名）捉鱼，那个狗日的聪明得很！"

其实，那时我根据平时对他的观察，也渐渐摸索到了一些捉鱼的技巧，比如在浑水脚印中抓泥鳅的办法。我每次下田去也能抓不少回来，但是比起他来说还是差远了。我曾痴迷于抓泥鳅，有一次在上学的路上，我把书藏在麦地里，用书包装泥鳅，我几乎装了半书包，以致忘记了上学。回家被母亲知道，挨打自然是少不了的，半书包泥鳅也被母亲倒进了水竹林旁的污水凼。鱼鳅猫儿是断不会教我的，我知道他怕我和他竞争；但是，我仍然痴迷于摸鱼捉虾。

鱼鳅猫儿一年四季都在抓鱼。春天抓产子鱼。开春了，鱼儿们在水田的丝草间成群地追逐，他在寒凉的水田中双手合围，就可以将那些倒霉的求偶者抓进笆笼里。夏天涨大水，是他抓鱼的高峰期，他在很多田坎的水缺上安竹笼，那些顺水而下的大大小小的鱼一个也逃不掉，有时还会抓住几斤重的大乌鱼；晴天，他就在青纱帐一般的田野里，在高粱林里，在大豆垄里穿来穿去，寻找水田边钻洞的黄鳝，用一根自制的伞骨钢丝磨成的钓钩，穿上蚯蚓钓黄鳝。秋天，在夏季里已经干涸又收割了稻谷的水田被一场雨重新淹没之后，泥鳅黄鳝钻出泥土出来撒欢，别人看着是干瞪眼，鱼鳅猫儿是一抓一个稳。冬天抓鱼，才是他最显本事的时候——一场雪过后，水田里结起了薄冰，冻僵了的鱼，将头拱进稀泥里，将尾巴露在外面一动不动，鱼鳅猫儿背着笆笼，光着脚下田去"捡"鱼，每天可以"捡"回几十斤大大小小的鲫鱼。其实，这个时候抓鱼倒说不上什么技巧了，主要是不怕冷。鱼鳅猫儿在别人连冷水都害怕摸的时候下水田抓鱼，让人羡慕，也让人不敢学。除了抓鱼，他还偶尔去十几里路外的胜天湖水库钓鱼。

鱼鳅猫儿抓的鱼，除了自己一家人吃之外，主要是拿到街上去卖。那时虽然价钱很低，虽然市管会的人常常来驱赶没收，他卖鱼所得的收入还是让他成了我们队上最富的人。因为有钱，儿子参军，他不费吹灰之力就搞成功了；因为有钱，他和大队支书成了干亲家；因为有钱，在农村刚刚开始出现小洋楼的时候，他家是我们队上建小洋楼的第一家，买14寸黑白电视的第一家。生产队那口十多亩大的鱼塘要承包了，他干亲家支书出面，他就一举夺标，并且一承包就是十几年，十几年承包费没有提高一分，而他的效益却一年好过一年。社员有意见也不敢说，因为书记在那里罩着。后来，鱼鳅猫儿又干起了收购活鱼到重庆销售的生意，几年下来，赚得越是大发了。鱼鳅猫儿成了我们队上第一家在镇上买房的人。儿子当兵几年后要复员了，鱼鳅猫儿去了一趟部队，儿子转了志愿兵，后来儿子转业进了重庆的一个政府部门当了领导的司机，在重庆安了家。

鱼鳅猫儿，还是住在老家的镇上，继续干着他贩鱼的生意。他在镇上过得很潇洒，大家都知道他有钱，打牌喝酒都不含糊。稍有闲暇，他还是会回到我们湾里头，背起笆笼下田去摸鱼捉虾。这样的日子就过了好多年。

几年前，六十多岁的鱼鳅猫儿开始觉得自己老了，下田怕冷了，跑生意没力气了，就让他儿子给弄到重庆度晚年去了。

到了重庆，闲下来的鱼鳅猫儿很快便感觉到了空虚无聊。儿子的家在三十多层的高楼顶楼，成天站在窗口看风景也没什么意思啊。他要克服这种无聊首先想到的便是钓鱼。重庆，有两条大江，钓鱼还不是一件简单的事？可是这倒还真成了一件不简单的事——这个重庆大得吓死人，他儿子的家距离江边十几里，去江边钓鱼不现实。附近倒有一条小河，但是河边到处立着牌子，提醒"严禁垂钓"。鱼鳅猫儿实在手痒，去钓过几次，都是躲在河边那个大黄葛树下。结果，还是被巡视的人发现了两次，遭了警告。有一天，他儿子被派出所电话叫去，发现鱼鳅猫儿蹲在派出所的屋角，身边的网兜里有几条已经死去的小鱼。原来那巡视的人发现这个老家伙竟然多次警告不听，就去抢夺他的钓鱼器具，鱼鳅猫儿奋力反抗，手中的鱼竿将巡视人的脸给戳了个口子，鲜血淋漓，于是他就被扭送到了派出所。

　　显然，小河边是不能去钓鱼了，鱼鳅猫儿异常郁闷。鱼鳅猫儿在想办法，总得给自己找个乐子吧——还得跟鱼有关的哈！没想到，几个月后有一天，儿子隔壁的邻居哐哐哐敲响了儿子家的门，大呼小叫的，气得脸色煞白。原来，这个老家伙又惹麻烦了。几个月来，他背着儿子悄悄地在楼顶上建了个鱼池，灌上水，还去农贸市场买了几十斤小鲫鱼来养在里面。空了，就拿着鱼竿在池子边钓鱼过干瘾。他偷偷地乐着呢，没想到水池竟开始漏水了。奇怪的是，水池就建在他家的顶上，他家的屋子没漏，邻居家却遭了殃，滴下去的水不但浸湿了电视，还浸透了别人的床铺。自然，鱼池立即就被"强拆"了。

　　……

　　现在，已经七十几岁的鱼鳅猫儿独自住回了老家的镇上。

　　而在我们老家的田间，又常常可以见到他摸鱼捉虾的身影。

欧打输

正常情况下，想必无论怎样的父母也不会给自己的儿子取这样一个名字吧？当然。欧打输的真名其实叫作欧大银。只不过，这个看起来长得牛高马大的男人，却有一副近似于女人的脾气，即使他还养了两个同样牛高马大的儿子，也总遭别人的欺负，每次和别人打架，他家都必输无疑。在川话中，"银"和"赢"的发音是没有区别的，既然总输不赢，那些刻薄的人干脆就给了他取了个"欧打输"的外号。

欧打输的年龄大概和我的父亲差不多，属于我们相邻的三队，住在那个在我的印象中永远肮脏永远破烂永远充斥着大声的叫骂和暴力的王家大院子。我到村小读书每天都要从那个院子旁边经过，我曾经写到过的那个叫翘沟子的人就住在这个院子的北侧，我永远消不掉被翘沟子唆出的狗撵得魂飞魄散的记忆。那时的翘沟子还只是一个十多岁的棒棒娃儿就这个样子，而那个院子的成年人，在我的眼中几乎个个是天棒（家乡土话，即性格粗暴之人），一说话就像在吵架，声音大得吓人，争吵不到三两句话就可能动手。在田中使牛犁田，常常用的是像甘蔗一样粗的青枫棒，把牛打得在水田中打滚。那个大院子几乎住了三队所有的人，而院子上的人大都姓王，于是欧打输一家便成了外姓人。他的女人性格又遗传给了他的两个儿子，三个男人都有着女人一样的性格，照今天的说法，就是"母兮兮的"，天生一副招人欺负的德行。欧打输一家被夹在这样一种环境中生存，不被欺负才是怪事，每打必输乃是必然。

有时看见三爷子在路上前后走着，总是欧打输在最前面，大儿子其次，小儿子在最后，就像刻意按照高矮次序排列。这本身就有些怪异，更怪异的是三个人都手心相合地把双手上下叠着捧在胸前，走路的姿态简直一模一样。走路总是习惯性地把双手捧在胸前的欧打输，看见熟人就不断地搓手。打招呼的声音很嗲，连说话的内容也很女性化。比如看到我母亲，他就喊："王家外（外，外侄儿外侄女的简称），晌午（午饭）都煮熟了吧?"说完了还要扭一扭他的水蛇腰。看到我们这些小孩子，他也会停下来，摸摸我们的头，叫一声："狗儿，乖!"你想想，那时，他还是一个三四十岁的大男人呢。

我记忆之中他就常常这样捧着手从我们家旁边急急地走过，那大多是去公社兽医站请那个叫胡春和的猪儿医生。去时一个人，回时两个人，欧打输帮胡春和背着药箱。欧打输家中一直养窝猪（母猪），他的身上总有一股猪粪的气味，所以当他从我旁边走过准备摸我的头的时候，我就会突然跳开去，欧打输便将伸出的手在空中停顿一霎又捧到胸前，只是不解地看我一眼，似乎觉得我很调皮。

其实我从来都不讨厌欧打输，我从小就知道他是一个善良人，我的父母一直这样告诉我。父亲曾经在说起欧打输的时候，就感叹道"人善被人欺，马善被人骑"。这也让我很长一段时间对父亲给予我的教育感到困惑——因为，我的父亲一直是要我们向善的，但是父亲似乎也看到了善良的弱点，他也无法在自己的灵魂里协调这种矛盾。所以，欧打输在我的印象里最终竟成了懦弱者的象征。欧打输的大儿子在大队专业队，也是个只知道闷头干活的角色；小儿子在村小读书，比我高三个年级。我们的学校就在三队的地盘上，距离王家大院子只隔了个田冲，所以几乎王家大院子里发生的所有事情我们都会知道。

有一天我们正在上课，突然看到欧打输满脸鲜血地从我们教室门口匆匆跑过，很快就看到他带着他的小儿子从我们教室门口跑回去。不久我们又听到王家大院子稀里哗啦一阵乱响。又过了一会儿，我们竟看到欧打输的小儿子也满脸是血地回学校来了。我们的老师跑出去看，我们也趁机跑了出去。原来欧打输的一只小猪跑进了别人的家里，被那家一棒子敲死了。欧打输去讨说法，人家二话不说，直接就给了他两记老拳，砸出了他的鼻血。欧打输气不过，跑学校来把小儿子叫回去继续讨说法，结果小儿子也挨了好几拳头，被打出了鼻血。父子俩眼看莫法，只好像以前一样，偃旗息鼓，抹抹脸上的血，回家的回家，上学的上学。类似这样的诸如争田边地角，为一根竹子一片瓦，就算欧打输主动忍让，结果大多还是要被别人打上门来，被逼无奈的欧打输就算父子三人齐上阵也从来没有过得胜的纪录。

欧打输的大儿子二十多岁了，开始有人给他介绍媳妇。姑娘一家人来看家屋，小伙子自然很高兴，客人刚坐定，他看见水缸里没水了，便挑起水桶去水井挑水。可是水还没有挑回家，就和院子上一王姓人家打起来了。王姓人家也有个儿子，与欧家大儿子年龄差不多，媒人起先就打算把这个姑娘介绍给他的，后来女方家听说这一家人性格很暴躁，便没有答应，倒看上了老实本分的欧家老大。欧老大挑水从王姓人家门前过，水桶里有水溅出，打湿了地面上晒的麦子，那王家人满心的仇恨就借机一下爆发出来。王家老男人顺手抓起地上一条扁担，在骂声出口的同时就劈了过去，一只水桶便嘭地破了，另一只往地上一坠，也破了。欧老大本想息事宁人，一走了事，而王家人并不罢休，那家的儿子从屋里冲了出来，一拳就把欧老大给打下院坝边的水田里去了。院子上的人趁机乱吼，欧家人跑出来一看，傻眼了。欧老大从水田里爬起来，全身泥水，只看到两只眼睛在转，一副狼狈不堪之状。姑娘家人一看这情形，心便灰了，觉得把姑娘交给这个家庭实在不保险，于是连招呼都不打就匆匆走了。

欧打输一家一直就这样在这个王家大院子里日光黯淡地生活着。直到我离开村小，上初中，上高中，他一家人的境况几乎都没有什么改变。记得我在大学即将毕业的那年春节，在万古场三角碑那棵黄葛树下碰到了欧老二，也就是那个在村小高我三个年级的校友，那家伙已经是一个高高大大的粗壮男人了。虽然还是看得到一些"婉约"的影子，但是已经完全没有了以前那种畏畏缩缩的德性，相反，却是满满的自信了。言谈之中我知道了他们兄弟俩在几年前就经一个亲戚介绍到贵州安顺一个煤矿去挖煤，兄弟俩都很吃得苦，便积攒了一笔钱，现在他俩已经在那里承包了一座煤窑，做起了老板，收入非常了得……这次他回来，就是接他父母过去常住的。

告别之后，我很为此感慨——我感慨欧打输一家终于终结了多年来的那种霉冬瓜一般的日子，也感慨那些曾经总是欺负别人占别人便宜的人，至今仍然还过着比霉冬瓜好不了多少的生活！

"欧打输"终于成为"欧打赢"了！

狗大王

要不是去年狗大王突然从云南回老家来修了一栋三层四开间的漂亮洋楼，我估计好多人都已经记不得狗大王这个人了。狗大王离开老家到云南干泥水匠大概已经二十多年了，其间回来过几次，但是待很短的时间就又走了。他的父母早已逝去，他在老家除了一个嫁到一百多里外的姐姐，别无其他亲戚。看来他对老家已经了无眷恋了，何况，狗大王在云南已经发了财，且在云南结婚安家了。

其实，我倒常常想起狗大王这个人来——因为，童年时我们几乎是一起玩大的。

"狗大王"这个外号是他爹送他的。狗大王家有一条黑母狗，大概由于饥饿，瘦得仿佛只剩了一张皮，身上常常一绺一绺地挂着毛团。就这样一条瘦狗，竟然怀上了狗崽子，后来生下来更让人吃惊：一窝竟然下了8个。虽然乡下人养狗是常事，但是在人都缺吃的年代，就很少有人养狗了。母狗下了崽，人们也常常毫不手软地拎起刚落地的小狗崽的脖子扔水田里去。狗大王的爹自然也这样，可他刚左右手同时发力扔下两只小狗，准备继续扔的时候，却看见狗大王突然又哭又喊地从竹林里冲了出来，一下扑到水田里去，把那两只在水里挣扎的狗崽子给抢了回来。

你抢回来干啥？你养得活吗？他爹问他。

我养得活。狗大王拧着脖子说。

你拿啥子养它？你屙屎养它吗？

我不吃饭，我把我的饭给它吃。狗大王哭着，大声地喊叫着说。

他爹把拎在手中的两只狗崽扔在地上，走了。走了几步，回头来对狗大王说：你自己去养吧，你就去当你的狗大王！

从此，"狗大王"这个外号就被叫开了。那一群狗，由于缺少吃的，后来有的死了，有的不见了，甚至那条黑母狗后来也听说成了疯狗，被狗大王他爹用锄头砸死埋在他家的核桃树下了。狗大王家好像再也没有养过狗，狗大王也就徒有虚名地享有"狗大王"这个称号了。

狗大王的家境和当时大多数农村家庭一样，是很贫困的。我们小时候常常在一起玩耍，狗大王最爱提及的话题就是"吃"。有一次，我们骑在桐子树上耍，大概是在那不久前他有幸品尝过皮蛋的美味，他就对我说："我要是大官就好了！"我问："为啥子呢？"他说："我要是大官的话，我起码一顿要吃五十个皮蛋！"这话我信，因为我知道大官是没有办不到的事的，是没有吃不了的美味的。而且，那时我其实也从来没有吃过皮蛋，真不知道皮蛋到底是什么味道，听狗大王如此说来，我对皮蛋便充满了极度的向往之情了。还有一次，他对我说："我要是解放军就好了！"我知道他又要说吃的了，就问："解放军可以吃啥子好东西啊？"他说："我要是解放军的话，我就可以每顿吃五十根油条了。"这话我也是相信的，因为狗大王的幺舅舅就是解放军，估计他的幺舅舅在部队里吃过油条。而油条于我而言，也只是在几里路外万古镇上食店门口的案桌上看见过，金黄油腻，苍蝇翔集，却也从来没有机会品尝，想必那也是无可比拟的人间美味。我们都在自己的心里将那些觉得味美的东西贪婪地进行着"精神上的享用"，却从来没有想过"每顿五十个（根）"到底意味着什么！

我们就在这样的精神会餐中慢慢地长大。初中毕业，我上了高中，狗大王放弃了读高中的机会，到云南学泥水匠去了。在这之前，狗大王的父母都因为生病无钱医治而死去，死去时都才五十岁不到；姐姐已出嫁，这个家除了他之外，别说狗毛，连人毛也没有一根了。狗大王这个称号就更是有其名无其实了。其实那时候狗大王是很想读高中的，他曾经就对我说过，可是他已经没有了读书的条件，只好放弃，出远门去寻找生路。

后来的好多年，我与狗大王之间的见面就很少了，只是间接地听到一些与他相关的事情。由于他的父母以前生病，在他叔父家借过钱，父母双亡之后，叔父就要找狗大王还钱。叔父说是借了五百多块钱，而狗大王说父母告诉他的只有一百多块钱。双方争执不下，狗大王年龄也小，实在扛不过叔父的追逼，就写下了欠条。他外出学手艺，前几年几乎是没有什么收入的，他的叔父逼他还钱，他还不了，他叔父就擅自把他家里的老屋强占过去了。狗大王想，占去就占去吧，也省得成天来逼他还钱，就默认了叔父的行为。记得有一年狗大王从云南回来，他就在我家与我住在一起，几百米之外就是他曾经的家，他站在坡坎上默默地望了好一会儿，神情黯然。他叔父来叫他吃饭，他没有理睬。在我家住了几天，他就回云南去了。

在云南打拼的狗大王终于在事业上有了起色，他逐渐从学徒成长为熟练的师傅，然后开始承包一些小的工程。再后来，逐渐壮大起来，现在他已经拉起了一个颇具规模的建筑公司，成了一个不大不小的老板了。其间，他与一个云南女子结了婚，并有了一个孩子。

前年的有一天，他突然从昆明给我打来电话，告诉我他在昆明有了一栋别墅，开的是几十万的豪华轿车。现在他又开始养狗了，他在别墅里养了几十条狗，当然，那些狗不是那种乡下的土狗，都是些名犬，甚至藏獒都有好几条。那时我突然想起来，看来他那"狗大王"的外号也实在不是浪得的虚名，因为他骨子里有着爱狗的习气，虽然童年时养狗的经历已经过去很久，还是不能彻底忘怀的。我说："你真是个'狗大王'啊！"他笑着说："那是！"我又问："你现在一顿吃五十个皮蛋不？"他又笑，然后反问我："你一顿敢吃五十根油条不？"我俩哈哈大笑。

去年，他回家来，只花了不到二十天时间，就在他原来的家（现在已经成了他叔父的房子）不到十米远的地方建起了一栋三层四开间的楼房，这栋房子不仅比全村的都高都大，而且比全村的都装修得豪华。有人问："你修这样一栋房子在这里，你准备回来住啊?"他说："我永远不会回来住，我就修在这里当作一个风景来看!"其实，狗大王的那点心思是无人不知的，他的叔父就从来没有出面来帮过忙，而且现在，他叔父的家（当然也包含狗大王以前那个属于自己的家），像一只丑小鸭匍匐在一只高傲的大雁的脚下，显得那样的沉默而猥琐——这正是狗大王想要的结果。

回到云南的狗大王打电话把这事告诉了我，言语之间似乎有着不小的快意。我感慨良久，很想对他说：你都混到这个份上了，何必呢?可是，我最终还是忍住了，只是哼哼哈哈，含糊其词了事!

徐棒客

棒客，是川话中对拦路剪径或入室抢劫者的俗称，后来对凡性情粗暴行为乖戾者也以此相称。徐棒客，即是属于后者。

徐棒客，大名徐帮雨，小名徐八。自小丧父，十多岁时，母亲再嫁，跟了一个矮个子男人，自那时起他便几乎没有再与母亲生活在一起，而是成天在外晃荡，游手好闲，养成了一身匪气，成了远近闻名的混混儿，被乡人称为徐棒客。

当他母亲决定再嫁的时候，年龄不大的徐棒客是拼死反对的，也不知道是他反对母亲再嫁的行为还是实在看不起那个将成为他继父的矮子。有一天，矮子到他家来，他母亲在灶上做饭，矮子就在灶前烧火。徐棒客悄悄地从外面摸了回来，手里提了一支不知道从哪里搞来的自制火药枪。进到屋里，朝着正在往灶膛里添柴的矮子"砰"的一枪，然后丢了枪就跑了。这一跑，大半年之后才回来。他以为那一枪已经把矮子给"出脱"了，所幸的是，一大把喷射出来的铁砂子，竟然对矮子毫发无损，只是把他妈的铁锅给打漏了。魂都吓丢了的矮子抽身就走，再不敢进徐棒客家门。他母亲着人到处寻找徐棒客的身影，最后终于打听到他躲藏的地方，找了去，告诉他那一枪并没有伤人，而且矮子也答应不会追究他，他才又回来。回来后的徐棒客竟然发生了很大的转变，同意他母亲再嫁，只是要求分家独立过日子。伤心无奈的母亲只好答应了他。矮子住到了他家里后，徐棒客便独自住在他家的牛圈屋里了。那时他才十五岁。

他在牛圈的顶上用竹子搭了一个床，悬在半空中。在牛圈外的竹林下用石头垒了一个灶，当作自己的厨房。成天无事，就躺在吊床上睡懒觉，常常整天整天地睡，睡得天昏地暗，人们也没有见他做过什么饭吃。他母亲看着他可怜，就时不时给他端饭来叫他吃，他多半是不会接受的，只顾埋头大睡。矮子偶尔也会过来叫他："徐八，你起来吃嘛，我给你端了回锅肉来！"一副提心吊胆的样子。徐棒客仍是不动，要是矮子再多叫几声，就会有破鞋子、烂竹筐之类的东西飞下来，吓坏了的矮子于是也再不会去"关心"他了。我们这些小孩子却并不怕他，他也不对我们发狠。我们就常常到他牛圈的床上去玩，而且会觉得那里有无穷的乐趣。虽然那里夏天蚊子多得会把人抬走，冬天北风猛得要把人吹走，徐棒客却似乎丝毫不觉，逐渐成熟起来的身体竟然是那样出奇的强壮。

土地承包那一年，生产队为了照顾徐棒客，特意分了一块水肥条件都是最好的水田给他。其实，他哪里会种田呢？每年插秧时节，全队上下的秧苗都开始返青了，他还在吊床上睡懒觉。他母亲来叫他，他闷着一声不吭；矮子实在看不下去了，过来给他说："徐八，我帮你把秧子栽上吧？"徐棒客便突然凶狠地冒出一句："关你球事！"矮子便不敢擅自行动了。直到哪一天他似乎突然睡醒了，爬起来，提了锄头到田里去乱捣一通，然后横七竖八地插上秧苗，之后就睡觉等待收获稻谷。到收获时节，他的谷子的确还不错。不要以为是他那块田好，这其中主要是矮子的功劳。矮子趁他不在家的时候，就帮他薅秧择稗，施肥管水。按说，这事徐棒客也是不领情的，有一次矮子帮他薅秧，被刚回来的徐棒客看见了，他站在田坎上大声地吼："我要你来帮忙吗？给我起来！"被吓住了的矮子尴尬地站在田中一动不动。徐棒客便拾起田坎上的土块往田里砸，砸得矮子像一只受惊了的秧鸡，扑扑扑地爬到了上面的田坎去。毕竟矮子是个善良人，并不计较，还是常常趁着徐棒客不在，像照顾自己的田土一样照顾着这块秧田。也许正因为这样，渐渐懂事的徐棒客后来竟慢慢改变了对矮子的态度，虽然并不亲近，但也少了不少敌意了。

徐棒客其实并不怎么让乡人讨厌。他虽然粗暴，却从不偷摸。乡人最恨的人就是所谓"手脚不干净"那种人。而他的粗暴后来也成了乡人喜欢甚至佩服的一个因素。队上与邻村在一个干旱夏天为争水源争吵，直到后来即将引发一场群众性的械斗。两个生产队的村民各自手里都提了锄头踩锹，扁担竹杠。情势一触即发的时候，徐棒客从人群里站了出来，大声叫喊："哪个龟儿子敢来跟老子单挑？"对方一看，有人大叫："徐棒客来了，快跑！"一百多人瞬间作鸟兽散。徐棒客于是一时成了队上的英雄。

不过，英雄倒是英雄，其品性却也没有几个人看得上眼，二十几岁的徐棒客在人们的眼里到底还只是一个穷困潦倒、得过且过的棒客而已。吊床已睡坏了好几铺，仍然还是住在牛圈里。母亲和继父对他先是担心，后是无可奈何，最后就是"下河的鸭儿，让他去吧"，也不再管他。

突然有一年，听说徐棒客到江西去了，说是去开发鄱阳湖。一去就好多年没有回来。村人遂渐渐地将他淡忘了。几年前，他突然回家来了，还带了老婆和两个孩子，人们倍感意外。更意外的是，徐棒客简直没有了丝毫"棒客"的习气，一副成熟稳重、彬彬有礼的派头。他是带着老婆孩子回来探亲的。矮子这次受到了徐棒客非常客气的对待，不断地接受着徐棒客递来的纸烟，一副受宠若惊的样子。徐棒客一家回江西了，听说走的时候留了一笔钱给他的母亲和继父。以后就再也没有回来过。

现在，村民们说起他来，还常常有人感叹："看嘛，人一辈子这本戏，谁说得清呢？"

孔老二

　　朱高亮是大家公认的人精。朱高亮被大家称为诸葛亮那是顺理成章的事情，后来被授予"孔老二"的外号，却跟那个叫作屁巴虫的人有关。屁巴虫高中毕业回乡，正遇到"批林批孔"大运动，被大队安排去各个生产队刷标语。他在那些院子的装板壁和土墙壁上，用大号的排笔蘸上墨汁，写"将批林批孔的运动进行到底！""克己复礼就是复辟！""打倒孔家店！"这三句标语。人们对这些标语口号的意思完全不懂，有人好奇地问屁巴虫："孔家店是哪个？"那个屁巴虫就说："孔家店就是孔老二，孔老二就是孔明，孔明就是诸葛，诸葛亮就是朱高亮！"听的人哈哈大笑，骂一声"屁巴虫"就走开了。但是那个朱高亮却因为屁巴虫的信口开河而吃了大亏。

　　大队要开"批林批孔"大会，觉得再把那些老地主捆来批斗似乎有点与主题不符，有人就突然想起了朱高亮——因为朱高亮是富农，更因为屁巴虫那句信口开河的鬼话使他和"孔老二"产生了关联。大队书记一愣——朱高亮，不是他表兄吗？又一想，实在找不到合适的人，就斗他一回又何妨，免得全大队的人说自己一味地袒护他？就让民兵连长带上几个基干民兵，去把朱高亮五花大绑地弄到了村小的那个土操场。全大队一千多男女老少聚集在操场上开批判大会，朱高亮被押到台子边的高板凳上。他个子近一米八，高雄雄地站在高板凳上，不肯低头。民兵连长就站到板凳上去按他的脑袋，他脑袋一扭，身子便站立不稳，噗的一声从板凳上倒在了泥地上。几个民兵过去抬他竟然抬不动，弄得开会的群众哈哈大笑。终于被再次抬上高板凳，稳稳地站住了，批斗大会正式开始。屁巴虫站在土台子边带头呼口号——"打倒孔老二!"大家跟着喊。屁巴虫又喊——"打倒朱高亮!"大家也跟着喊。口号喊过了，很多人都茫然——这个朱高亮跟孔老二有啥子关系呢? 朱高亮跟林彪反革命集团有什么关系呢? 大家当然弄不懂他们之间有什么关系，但是，批斗会就是一场狂欢会，大家跟着狂欢了就行。这次批斗会过后，朱高亮那"孔老二"的外号就全大队出名了。

不过，"诸葛孔明"代表着聪明，"孔老二"也是个智者，要表示朱高亮的精明的特征，给他这个"孔老二"的外号也还算是贴切，虽然"孔明"和"孔老二"毫无关系。朱高亮，也就是孔老二，在乡下的精明那的确是出了名的，虽然他家是富农成分。据大人们讲刚要解放的时候，他就把自家的二十多石水田全部卖了，换成了银圆;他还把自家院子的十几间瓦房送给了另外几家同族的人居住。土改的时候，有人揭发他家的老底，他凭借精明的手腕，居然逃脱了被定为地主的命运，最终只评了个富农成分。即使被定为了富农，他也基本上没有像别的"五类分子"一样隔三岔五被抓去挨批斗，这都与他和村支书是亲戚有关。其实，他在生产队里和大家相处得都很不错，这一次被捆绑被批斗只是意外地上了屁巴虫的当。

孔老二小时候上过高小，在乡下自然是个比较有文化的人了。他记得很多历史故事，尤其是《封神榜》《三国演义》《说岳全传》，他也常常很乐意讲给我们听，虽然现在想来他当时讲的很多内容是错误的，我们还是听得津津有味。不过听这些故事，我们是付出了很多劳动的，那就是大热天用大蒲扇给他不停地打扇。

那时候的乡下人由于生活条件差的缘故，很少有长得比较胖的，孔老二却例外。他给我留下的印象永远都是腰圆体壮，力大无穷。生产队的男人们在田边地头劳动，歇气的时候，喜欢玩一种扭扁担的游戏，就是一人用一只手握住扁担的一头，另一人握住另一头，然后使劲扭转，以此来赛输赢。孔老二似乎是战无不胜的，即使那时他已经五十多岁了，好多二三十岁的年轻人也胜不了他。他有时会从我们背后突然抓住我们的衣服，然后捏住我们的小腿，把我们的身子高高地举到头顶上去，吓得我们哇哇大叫。

那个年代物质匮乏，加上被定为富农成分，孔老二家自然比一般家庭过得更艰难一些。支书就悄悄跟我们队长打招呼，队长就常常让孔老二悄悄把队上的一些东西往家里拿。这样的事队上好多人都撞见过，只是大家都不说出去罢了。记得有一次，我那善良还有些懦弱的父亲气喘吁吁地跑回家来，给我母亲说："我撞见孔老二偷队上的谷种了！"母亲说："偷就偷嘛，谷种偷吃完了，大家都喝风去！"其实母亲很气，一是气父亲的胆小懦弱，二是气孔老二连谷种都敢偷。可是，也不过就这样背后说说气话而已。即使这样，孔老二家的境况也并没有得到多少改变。

后来，孔老二开始跟别人一起做小生意，比如去上半县的中敖场买花生回来卖，比如去珠溪区收棕丝和油桐回来卖。这样，他家才慢慢开始有了起色。但是，有一年政府打击投机倒把的时候，因为他经常跑到几百里之外的内江去买"内江猪"回来转手赚钱，被市管会的人给抓住了。有一天，我看到孔老二家的那两条大肥猪被公社的人给强行牵走了，两头猪开始还听话地跟着走，走到大方田的时候，突然跳下冬水田就往回跑。孔老二的老婆开始只是哭，一看见猪儿往回跑，就兴奋地大声地唤"猡猡"，那两条上了岸的猪儿一溜烟儿就跑回去了。那些牵猪的人很恼怒，就咒骂那女人，孔老二实在气不过，就和那些人吵了起来，结果，不但猪儿被牵走，孔老二还被弄到公社那个黑屋子去关了三天。

后来，孔老二家又开始生产红苕粉条。他先把洗净的红苕在机器里打成糊糊，再倒在打谷斗里加水搅拌，然后舀进挂在一个十字形的滤架上的兜状的滤帕里，滤出一种白色的液体。白色液体装在一些木桶瓦缸之类的容器里，让它们静置一个晚上，第二天就可以倒掉已经澄清了的水，下面就凝满了许多雪白的淀粉。我们看孔老二干这些事情简直就像在看什么精彩节目一样，特别兴奋。

更精彩的是看他在他们家的锅台上打粉条。在大铁锅里把水烧开，把稀糊状的红苕淀粉放进一个底部有着许多指尖大小的圆孔的木瓢里，用一只手的手背轻轻拍击瓢里的淀粉，淀粉就会从那些圆孔里像线一样流出来，落进滚水里去。滚水里的粉条煮熟后就变成了暗灰色，捞起来，挂在竹竿上，让风吹干。吹干了的粉条被打成捆，然后拿去卖。据说孔老二在那几年是狠赚了些钱的，但是他那些粉条到底拿到哪里去卖的，至今也无人知晓，因为孔老二是断不会告诉别的人的。

孔老二用赚得的钱在老房子的旁边另盖了三间大瓦房，作为他的儿子结婚的新房。他儿子长得倒像他一样牛高马大的，却与他的精明劲儿差了一大截，老实本分得近乎木讷。孔老二张罗着给他儿子娶了老婆，到1981年的时候，他都有两个孙女了。由于孔老二无论如何都要他儿子给他生个孙子，结果因为"超生"，瓦房顶被工作队的人给蹬了，不久又莫名其妙地给一把火烧掉了。孔老二看到自己多年的心血就这样白白地毁掉，站在地坝上捶胸顿足。

不过，孔老二可不是白得了这个名号的，这件事情过后不久，他就突然带着他的儿子出远门了。到底去了哪里，去干什么，也无人知晓，连他的老婆和儿媳妇都不知道（我估计是知道的，只是她们不说而已）。那一年春节，两爷子回来了，似乎没有什么变化。过了年，又走了，第二年春节回来，人们便逐渐知道了他们的一些情况——原来他们是到贵州遵义做铁货（小五金）生意去了。两年后，他们已经在遵义开了一个很大的门市做批发了。孔老二一家发了财的消息大家很快都知道了。

发了财的孔老二，却又开始为他那个孙子烦恼了。那小东西从小就聪明可爱，深得孔老二喜欢，就像队上的一个人在背后说的那样——当成了"金包卵"！读小学也成绩优异，老师也说其前途无量。可是，自从上了中学之后就变了，先是成天沉迷于武侠小说不能自拔，接着耍朋友谈恋爱逃学，成绩一落千丈。初中毕业，孔老二出了一笔不菲的择校费让他去读了县里的省重点中学。但是那小东西仍然不认真读书，过去养成的坏毛病一样没改，还生出了一种新的毛病——"操打"（练武术）。每天晚上半夜翻墙出校，不知道和些什么人搅在一起。多次被巡逻的老师抓住，被学校给予记过处分。一年下来，成绩已经是一塌糊涂，他自己也不想读了。孔老二亲自去学校把他接回家，把他送到他父亲那里学做生意。后来，那小东西又养成了进网吧的毛病，而这个毛病让孔老二再次遭受了致命打击——在网吧里，小东西与别人发生了矛盾，用刀子把一个十几岁的少年捅成了重伤，孔老二为此赔偿了别人二十几万，几乎把多年赚得的钱赔光了。那一年好像是2000年，孔老二已经七十多岁了。

去年，我回到老家，看到了孔老二，他正在他家老屋基上大兴土木，一幢三层楼房即将竣工。我知道他的家除了他和他老婆子住之外，再无别人，他儿子一家外出做生意并且办了当地的户口，不会再回来住了。从他建的这栋房子来看，这几年他们家的生意应该仍然做得火红。可我就是不明白孔老二为什么还要回老家来建这样大一座房子——谁来住呢？什么时候回来住呢？即将满八十岁的孔老二，看起来精神状态还不错，他不停地使劲地吸着叶子烟，大口地吐着口水。他说：我也不准备再出去了，还是在家里过几天清闲日子。这做生意啊，赚钱不赚钱谁也说不准，赚了钱谁用谁也说不准。我造一栋房子在这里，我忙活了一辈子总该看到点什么吧！

其实，我还是不解他这大兴土木的真正用意。不过既然他是孔老二，是智者，是聪明人，就相信总有他的道理吧！

矮脚虎

从这个外号就可以想象得到他的身高。的确，他的身高充其量也就一米五左右，但横坯却宽大，这样看起来就更矮了。这个名字的出处凡是读过《水浒传》的人都知道，就是那个娶了一丈青的名叫王英的梁山好汉。队上曾有说书人来说过《水浒》，加之他也姓王，这外号也就适得其所了。梁山好汉矮脚虎勇猛暴躁而好色，这也恰恰是我们这个矮脚虎所具备的特点。由此说来，我们的乡人也实在是不缺乏幽默和机智，虽然是给人取外号。

矮脚虎在四弟兄中排行老大。三个弟弟都很高大，只他例外。由于他生性粗暴，在家中就经常与弟兄争斗不休，更别说与乡人邻里之间。他最大的特点就是逞能出风头，什么地方都要显示自己的存在。他说话从来不考虑别人的感受，甚至也常常忘掉了自己的身份。有个人娶了个老婆，是个斜眼儿，矮脚虎就当着那个人说："那么丑个婆娘，拿来做啥子嘛？"即使那时他自己还是个光棍儿。生产队开会，他总要打断队长的话发一通牢骚；别人在说话，他总要站拢去发表一通意见，把别人奚落一番。要是别人敢于反驳他，他就立即开始吵架，并且往往发展到干仗。他干起仗来很亡命，抓到什么用什么，不计后果，因此队上的人大多怕他且恨他。

矮脚虎竟然娶了个老婆，还很漂亮。结婚的那一天很热闹，我的印象中是满眼的大红色。新媳妇穿了全身红，新房也贴满了红纸。可是，结婚的那一天晚上他就把他媳妇打得遍体鳞伤，几天后两人就离婚了。隐隐地听大人们说，是由于他干那事太粗鲁，他媳妇简直无法忍受的缘故。

刚结婚就成了光棍儿。他一个人的家，别人是不会进去的，他不欢迎。就是小孩子从他门前跑过，他也会扔一把扫帚来，并常常伴着骂声；要是谁家的鸡狗误入了那是非之地，总免不了断腿折翅。他养着一条黑母狗，又大又瘦，却长了四条短腿，走起路来肚子都拖到地上了，很凶恶，除了他，谁都不认。他家的后坡有一片斑竹林，竹兜里常常长有露水菌，那是很吸引我们这些村童的东西，我们便常常到那里去寻。只要被他看见，一定会遭到他恶毒的咒骂，即使他还是我一个远房的亲戚，他也照骂不误。我不知道他骂人的原因——是我们偷采了他家的蘑菇，还是我们会踩坏他家的竹林？要是他发现我们挨了骂还不离开的话，那条黑狗就一定会从屋后猪圈的那个缺口冲出来追咬我们。我的妹妹曾经就被那狗咬伤过双腿。因此，我们也是怕他且恨他的。

可是，后来他得了一种叫作"巴骨流痰"的怪病，两条腿到处长出一些包，不久这些包就开始化脓。这儿刚好，另一个地方又长出来。这怪病弄得他终于下不了床了，伤口里长满了蛆，成天躺在床上哼哼。看着他可怜的样子，他的兄弟，甚至队上的很多人也消除了对他的怨恨，大家都给他想办法，出主意，还出钱帮助他。就在他病得大家都觉得必死无疑的时候，他竟然又奇迹般地痊愈了。这次大病之后，也许是他终于感觉到了别人对他的好，他的性格也改变了很多，变得和善多了。几年后，他又娶了一个二婚嫂，后来有了一个儿子，算是又有了一个像模像样的家了。

然而，本性的东西实在难以根除，婚后他与老婆打架很快就成了家常便饭。他的老婆很高大，他根本就不是她的对手，而实际上他老婆却总是被他打得满坡满野跑。就有人编派他的笑话，说是有一天，他和老婆吵架，只见他突然端了一条高板凳跑过去，把板凳放在老婆面前，站上去给他老婆一耳光，然后跳下来端着板凳就跑开了。这个笑话我是不相信的，不过就是讥讽他的矮，但揭示他粗暴好斗的本性却并不为过。后来，他慢慢地又恢复到了以前那个样子，成了人人见而远之的角色了。由于他长期打骂老婆，他老婆后来患上了精神分裂症，成天神癫癫地到处走到处骂人。

随着儿子一天天长大，转眼就到了说媳妇的年龄了。可是，矮脚虎的恶名早就传到了四乡八镇，再加上还有一个疯疯癫癫的老婆，谁愿意把女儿嫁到这个家里去？看了无数次"人户"，却一个未成。儿子一气之下，外出打工，多年不愿意回家。

去年春节我回老家去，正碰上他那外出多年才回来的儿子，竟然还是光棍一条。矮脚虎正张罗着媒人给儿子说媒。据说，那个女子也是脑子有点问题的。我就想，要是真成了，一个家里两个这样的女人，再加上一个像土匪一样粗暴的老男人，那日子该怎么过啊！

杨金良

杨金良本来不是个外号，是一个正儿八经的人名。那时叫杨金良的那个人已经是个七十多岁的老头子，家住下湾那个早已垮塌了的瓦窑旁的杨家院子。杨金良是个孤人，为人稀松豁达，有句口头禅——卵了！所谓卵了，是指不好了，坏事了，不中用了等意思。比如，看到哪家的猪生病治不好了，他就说——卵了！

我这里要讲述的人物还不是这个杨金良本人，是一个外号叫杨金良的人。

杨金良成为他的外号，自然这个人就具有"不好了，坏事了，不中用了"这些特点，并且也喜欢说"卵了"。他其实姓王，当过兵，复员回老家时，大概是二十世纪七十年代初，那时我才几岁，常常看见他穿着一身草绿色军装，觉得他威武无比，便对他生出无限崇敬之情。人们把杨金良这个名字作为外号戴在他的头上，那是后来的事，那时他早已经没有了一点点军人的气质，连那一身草绿色军装也早已穿烂，连一根布条也找不到的时候了——也就是他显示出了很"卵"的时候了。人们不再叫他真正的名字，杨金良就完全取代了他原来的名字，而那时真正的杨金良已经死了几年了。

为了表述清晰起见，我要特别强调，以下的杨金良就是指这个姓王的人了。

杨金良回家两年后，由于家境贫寒，娶不了婆娘，就跟他一个远房的亲戚学补锅。当时的补锅匠除了用烧化的铁水补锅（我们称为热补）之外，也会用一些特殊的材料补破坛子、烂缸钵、碎瓷碗等东西

（我们称为冷补）。杨金良跟他师傅学了一段时间后就独自担着补锅匠的挑子转乡村找活路谋生了。我最记得杨金良在乡下田坎上那种独特的吆喝声。一副挑子，一头是一个风箱，风箱上一个铁皮煤炉子，还放了一些杂物，另一头是一个有三个格子的约一米高的抽屉样的木箱子，里面装着煤炭、碎铁片、铁夹子和油布疙瘩等。他在田坎上慢慢悠悠地走着，突然昂起脖子一声长啸——"啵——"。这个"啵"其实是"补锅"两个字被浓缩过后的声音，大概他师傅就是教他这样吆喝的。事实上，的确这样的吆喝才具有穿透力，才会产生一种独特的意味无穷的效果。每当这样的吆喝声回荡在我们乡间那些丘陵之间，我就异常羡慕，要是我能够像杨金良一样挑着这样的挑子，叫喊出这样的吆喝声该是多么愉快的事情啊。

杨金良在我们院子里扎起堂子准备补锅。大伯伯把他家灶上那口尺八锅提了出来，放在杨金良的脚下说："我这个锅就底部有一个小丝路（也就是细小的口子），有点漏水，你给我补一下。"杨金良胸有成竹地说："你放心好了，包给你搞定。"他点燃煤炉子，把碎铁片放进一个像酒杯大小的坩埚里，然后把坩埚埋进煤炉子中心，开始拉扯风箱。然后他坐在小马扎上，把铁锅反扣着靠在自己的双腿上，拿起一个尖嘴榔头就开始当当当地敲起来，很快，那个小丝路的地方就出现了好几公分长的口子。大伯伯说："我这么小点丝路你就敲那么长的口子啊？"杨金良说："要敲那么长才好补。"大伯伯不说话了，杨金良继续敲，突然"咔嚓"一声，整口铁锅破成了两半，杨金良大叫一声——"卵了！"大伯伯目瞪口呆，看热闹的人哄堂大笑。杨金良只好赔了大伯伯两块钱，自己挑起挑子走了。

还听说过他给一家人补瓦缸钵的故事。一只一米多高的瓦缸钵碎成了四大块，杨金良给人家夸海口，我包给你补好，补好了敲都敲不破。然后他就开始把师傅教给他的那些他吹嘘是什么秘方的灰色粉末加水搅和成糨糊状，把那些糨糊涂抹在破口上，小心翼翼地把四块碎片拼凑成了一只完整的缸钵，然后又找来一根篾块绕成一个圈箍在缸钵的口沿上。那时的杨金良大概真有点"庖丁解牛"的那种踌躇满志的样子。他得意扬扬地对主人家说："怎么样？怎么样？不就又是一口好缸钵了吗？"伸手在缸沿上梆梆梆敲几下以证明自己手艺高超，突然"咔嚓"一声，原本四块的破缸钵散落在地变成了六块。杨金良还是一声大叫——"卵了！"担起挑子就跑了。

这样一个补锅匠，我们已经不难想象他能干得了多久。也就是说，大概干这个手艺不到一年，他自己就已经"卵了"。然后他又改行学木匠。听说他给人家做的凳子，刚做好，他自己坐上去试一试就哗啦一声散架了；给人家做的床，还摆在院坝上就被上去玩耍的小孩子给搞散了架。于是，木匠手艺又"卵了"。他又去学杀猪，结果杀猪又杀出一个传奇。

一家人请他杀过年猪，堂子扎起了，水已经烧开了，人们七手八脚地把肥猪从猪圈里揪了出来，杨金良早已把衣袖挽得高高的，把磨得锃亮的杀猪刀的刀背衔在嘴里，一副信心百倍的样子就去扳住肥猪的嘴巴，一只手从嘴里取下刀来，很潇洒地一下子就从猪的喉咙处捅了进去，那肥猪开始尖声叫喊，接着声音开始越来越小，杀口里的猪血冒了两股就变成了一条细线。杨金良说，好了！大家一松手，肥猪闷声跌落在地上，却突然又站了起来，撒开四脚就跑。杨金良一看，大惊失色，跟着猪就撵，一直撵到了坡上，死死抓住猪尾巴不放，肥猪这才因为失血过多倒地死去了。杀年猪出现这样的事情是很不吉利的，主人家会输不起，杨金良自己知道无法向主人家交代，连招呼都没有打一声就灰溜溜地自己回家去了。这次人们没有听到他叫那一声"卵了"的哀叹，我估计他肯定是那样叫了一声的。当然，他干杀猪匠的事业也就从此"卵了"。

听说他后来还干过砌灶的活儿，他砌的灶不好烧，所以也没有干得长久；还跟公社兽医站的胡医生学过骟猪的手艺（骟猪也常常骟鸡骟狗等），也听说他好几次几乎就在手术中就把那些畜生的命给取了。这样一个杨金良，谁还再敢请他？他就这样晃来晃去好多年，几乎就是一事无成，却在远远近近闹出了"卵得没力"的大名声。

有一年春节我回老家，又碰上了多年未见过的杨金良，那时他都五十多岁了。我本家的二叔曾经和杨金良一起去河北参军，二叔在部队当了军官，后来转业在一个乡做党委书记。我和二叔正在院坝上摆龙门阵，看见杨金良背了一个篾背篼，背篼里装了一些柏树丫枝，手上还拿了一把，一路吆喝着"送财神送财神"从院坝外的田坎上走来。这个送财神的习俗据说是解放前有的，解放后基本上没有人再干这样的事，这其实有点近乎乞讨的味道了。杨金良吆喝着走到院坝上来，一眼认出了二叔，突然一张老脸变得通红，立即转过身去要走。二叔喊："嘿，老战友，忙啥子呢？抽支烟嘛！"杨金良假装没有听见，迅速从屋侧边的竹林里逃走了！

这样又过去好多年我都再也没有见过他了。前几年我从老家人们的谈话中知道了杨金良的近况——他已经在镇上的敬老院待了好几年了！

邓晃晃

"晃"字，解释起来不外乎两个意思，一是"光芒闪耀"，二是"很快地闪过"。都有一个"闪"字，都离不开"快"的意思。两个字叠加，我想，那"快"总该"更快"了吧。用来形容人，就指"不安分""行为不端""不务正业""抛家浪荡""轻佻好色"等品性。人们也把具有以上品性的人，称为"晃晃"。

邓晃晃就是这样得名的。邓晃晃年轻时真是一表人才，而且脑子灵活，口才出众。在当时的农村，基本上没看到过他在生产队出工，一年到头都在外面晃荡，回来的时候却洋盘得很，背着一个大大的帆布包，戴着手表，穿着皮鞋，话语里带着点外地口音，让本队的人个个屏气羡慕。但是很少有人清楚知道他在外面是怎样求生活的，只是偶尔听到一些传言，说他在鱼口坳西山林场砍笔杆，也有人说他在龙水经营铁货，更有人说他在黄泥塘劳改农场管理茶园。反正，他在外地做的事情是大事情，是能够赚钱的事情。然而这些都未必可信，因为他的家并没有因此而有起色；可信的是，在那个年代，一个农民不在生产队出工，长年在外晃荡竟然没人敢管他——也不知道他对那些生产队和大队的干部使了什么手段。

邓晃晃二十几岁结婚。媳妇是本队的人，一个解放前私塾先生的女儿，性情温和善良甚至有些懦弱。邓晃晃本来就是个晃晃，对自己那懦弱的媳妇也并无多深的感情。当她接连给他生了两个女儿之后，邓晃晃就越发厌弃她了。他在外晃荡的时间越来越长，几个月，一年，有时甚至两三年音信全无。晃荡了很久回家，一般在家里只待几天时

068

间就又走了，也从不给家里的老婆和两个女儿留下点什么钱物。这样多年下来，两个女儿也对他越来越陌生，而他的老婆更是在伤心之余视他为活死人了。

我曾隐隐从我父亲的口中听到过一些有关邓晃晃的故事。说他在西山林场的山路上看见了一个年轻女子，挑着一挑箩篼，一只箩篼里装了一个一岁多的小女孩，一只箩篼里装了一些蔬菜粮食。邓晃晃就从竹林里跑出来拦住那个女子，硬要帮人家挑担子。开始那女子不答应，也不知道他使用了些什么手段，说了些什么话语，后来那个女子竟然答应了他。他就帮着那女子将担子一直挑到了山坳下面的那个小学校，原来那女子是那个村小学的老师。自然，很快邓晃晃就和那女老师搞在了一起。然而，事情最终还是败露，小学老师被开除，又和她老公离了婚。当那个女子抱着女儿来找邓晃晃的时候，他已经不知去向。

有一年，他回来约了几个本队的人去帮他砍笔杆，我父亲就是其中之一。大伙儿在西山林场的山沟里拼死拼活干了四个月，眼看就要过年了，都指望着他发工资。结果他却拿着大家的钱带着那个小学老师出去鬼混了。大伙儿左等右等等不回他，只好在腊月二十九那天走了一百多里路回到家来。面对失望的母亲，父亲竟然坐在门口放声大哭。邓晃晃年轻的时候，这样拈花惹草的事情多得很。难怪他长年在外找钱却没拿回家一分钱，也难怪他长年在外晃荡不肯回家。

后来好多年他又到了哪些地方却少有人知道。大概都在他近五十岁的时候，人们又才隐隐地听到了关于他的一些事情。据说他到了合川，在那里又勾上了一个女人，那个女人还给他生了一个儿子。儿子都三四岁了的时候，那女人的男人不依了，带了一帮人来要卸他的膀子。最后邓晃晃只好出钱给那家修了一栋三层楼的房子，然后滚蛋了事。而邓晃晃的人生走下坡路大概就是从那个时期开始了，时间是二十世纪九十年代初。

他回家的次数开始增多，有时回来还会待上十天半个月的。虽然他还是显示出长年在外的人的那种派头，而以前那挺拔的身材已经不再，背有些驼了。他患上了严重的支气管炎，不停地咳嗽，不停地吐痰，然而烟瘾竟大得惊人。那个时候，他的大女儿已出嫁。不过，要他再也不出去晃那也是不可能的。他给老婆说，他准备改邪归正，他要开始为家庭负责任，所以他还是要出门赚钱。他开始在邻居和亲戚间游说借钱，十元二十元五十元一百元不等，大家要么是碍于情面不好拒绝，要么是相信他的话而支持他。他甚至劝说老婆把圈里那两头还没有喂大的猪卖了，作为他准备东山再起的本钱。邓晃晃带着近千块钱又走了，这一走，又是好几年杳无音信。这几年中，他的小女儿也找了个上门女婿结了婚。

大家都以为他死在外面了的时候，又再次听到他的消息。他从外地回来了，不敢回家，住在镇上的小旅馆里，找人带信给他的两个女儿，说想见见她们。两个女儿早已知道母亲的绝望和愤怒，所以也不敢让母亲知道，只好偷偷地去看他，给他带了好吃的东西。一见面，他还是说钱。他给女儿们编了一个发大财的谎言，说是他已经在龙水镇联系好了一批小五金，准备运到绵阳去销售，而绵阳那边的买家也已落实，生意成功的话，可以赚好几万，现在就差本钱。两个女儿很为难，一来自家并不宽裕，二来对自己的父亲也并不十分相信。这时，邓晃晃发挥了他蛊惑人心的强大本事，竟然让两个女儿动了心，并且让两个女婿也跟着动了心。于是，两家出面去镇上的农村信用社给他贷了一万元的款，虽然心存犹疑，还是满心期待着他能赚一笔大钱回来。

然而这一次仍然没有发生人们所期望的奇迹——他又一次消失了好几年。而这一次对家人的欺骗，竟差点毁掉了两个女儿的家。两个女婿自然会对邓晃晃的欺骗出离愤怒，但是人毛都见不到一根，所以一切愤怒就发泄到了自己的老婆身上。吵架，甚至打架，差点闹到离婚。最后，婚倒是没有离，却要想方设法去还贷款。那个时候，一万块钱的贷款不是一笔小数目，而且利息也很高，很快就将两个女儿本不宽裕的家逼进了绝境。

时间一晃，就到了2005年。在人们基本上都不怀疑他已经死在了外面的时候，他又一次出现在了镇上。在小旅馆里，他还是悄悄地找人给两个女儿带信，不过这一次他已经躺在床上不能动了。虽然怨恨他一辈子不争气，怨恨他没有尽到丈夫和父亲的责任，但毕竟血脉亲情的纽带是割不断的。两个女儿在小旅馆里看到的父亲，已经骨瘦如柴，病入膏肓。她们决定把他接回家去，但这一次，她们的母亲竟发了一生中最大的也是唯一的一次脾气，说要是谁敢把他接回家来，她就把他丢到院坝上去喂野狗。两个女儿无法，只好将他安置在院子后坡上一户人家闲置的房子里，每天给他送吃的，有时又给他送一些药。这邓晃晃命硬，都病到这个程度了，他竟然还是在那个空屋里顽强地活了大半年。

邓晃晃死了。两个女儿按照农村的风俗给他办了丧事。但是，他没有像别的农村人那样享受入棺土葬，而是被火化后土葬的。这样的结果，大概体现出了两个女儿对自己这个父亲的一种爱恨交织的复杂感情吧。

蓝电影儿

　　蓝电影儿到底叫什么名字我从来不晓得，只晓得他是区里放电影的人，姓蓝，大家都叫他蓝电影儿，我们这些小娃儿也就这样跟着叫。蓝电影儿四十岁左右，身材高高的，一副高颧骨把一张脸撑得仿佛雕塑一般轮廓瘦硬，在很多人看来，大概属于美男子一类的角色。

　　那时区里电影院赶场天会放电影，平时就是下乡去放映，也就是我们说的坝坝电影。回想起那个时候十乡八岭地追着看坝坝电影的往事，常常生出无数的感慨。最远我们走过四十多里山路去米粮公社的尖山坡看《侦察兵》；《南征北战》看了起码不少于二十回；看了《渡江侦察记》回家的路上，我滚进了冬水田。那些电影中很多对白至今我都还记得清清楚楚。更有好多次，因为远处人家在坡上晒着白色被单，就误以为那里要放电影，于是早早赶去，结果闹了笑话。追看坝坝电影自然于我们有着无穷的乐趣，即使没有看上，这样来回地跑路我们也无怨无悔。由此可以想象我们对电影的痴迷，也由此可以想见，蓝电影儿在我们乡下人心中的地位了。

　　乡下的人们因为喜欢电影于是喜欢蓝电影儿，同时也因为蓝电影儿是区里有工作的人，这也让我们乡下人羡慕而敬重。蓝电影儿虽是个放映员，却是个只放映而不出力的人。要是哪个大队要放电影，一定会先派两个人到区上去把放映的全部设备抬回来，蓝电影儿总是一路跟在后面打甩手。来到大队里，第一件事自然就是吃喝，那个时候虽然物质匮乏，但是一只鸡是绝对少不了的。大队书记当然也就陪着打一顿牙祭。酒足饭饱出来，蓝电影儿用手抹抹嘴巴，然后把手在自己那蓝色的长工作服上揩两把，再把右手的小手指伸进嘴里来来回回地掏弄一回，大声地吐几泡口水，就往大队小学堂的操场走去。操场上，有人正在挂挡子（银幕），蓝电影儿就大声日妈捣娘地骂着脏话指点，人们一点也不生气。然后他背着手来到放锅炉（我们对发电机的称呼）的教室里，同样大声骂着那些看稀奇的大人小孩，人们就给他让路。他像一位傲慢的将军一样，坐在板凳上抽烟；烟抽完了，他开始连接电线。电线连接好了，他把一根一米多长的绳子套在一个小轮子上使劲一扯，锅炉便轰轰轰地响了起来，挂在锅炉上方的一个灯泡就亮了。蓝电影儿便朝操场走去，我们就像跟屁虫一样跟在他的后面，简直对他充满了无限的崇拜。安放放映机桌子的那个地方我们是无法挤过去了，蓝电影儿从拥挤的人们自动让出来的缝隙挤到桌子旁，捆在桌子腿上那个竹竿上端挂着的那盏电灯就突然亮了起来，人们便开始兴奋，因为大家知道电影马上就要开始了。

那时候看电影，在正式放映影片之前都会有一段甚至两段"加演"（即中央美术电影制片厂拍摄的纪录片），人们大多不感兴趣。而蓝电影儿在"加演"之前竟然还有一段自己创作的节目——顺口溜，这个节目却深得观众的喜欢。他自己编了好多这样的顺口溜，都是宣传政治、教化乡民之类的东西。他把那些顺口溜制成幻灯片，投在挡子上，然后边翻动幻灯片边抑扬顿挫地朗读。我至今还记得每次结尾的时候都有这样几句——还有一点要说清，地下电线有一根，警告那些小学生，不要扯来不要绷，破坏公物要赔偿，谨防触电要伤人。他在话筒口套上一根橡皮筋，边念边扯动那根橡皮筋，弹出"啵啵啵"的节奏，煞是好听。每次当他念的时候，小孩子就成群地坐在挡子的下面（有时坐后面），跟着大声地念，逗得满场大笑。乡下的坝坝电影，简直就是我们乡村的狂欢节。

蓝电影儿每年都要到我们大队放好几场电影，每次来放电影几乎都会闹一点风波，造一点故事。

有一次，大概是放映《抓壮丁》，在放映之前，蓝电影儿突然觉得内急要上厕所。村小的厕所就在操场边上，蓝电影儿走到厕所边，明明就看到有女子在右边这个门口出入，他竟然旁若无人般钻进女厕所里去了。他一进去，里面突然发出一阵惊叫，接着就看到年龄不等的几个女人面红筋涨地从里面跑了出来，还有个五十几岁的女人竟然拎着裤腰跑出来，一扑爬摔倒在阳沟里。过了一会儿，蓝电影儿出来了，站在厕所门口扣裤门的扣子，望了望吃惊的人们说："看啥子嘛看，又不是没有见过二月八。这个卵子厕所壁头上又不写个字，怪得到我吗？"人们大笑，大声说："对头，咋能够怪蓝电影儿呢？人家蓝电影儿是遭那个钨丝灯泡射花了眼呢！"那时我们早就知道钻错厕所是蓝电影儿经常发生的事，还在村小读小学的我也早就知道了蓝电影儿是个"骚棒"。

蓝电影儿到我们大队来放电影，每次都固定在那一家吃饭，我们都知道那家的女人跟蓝电影儿扯不清。那女人三十多岁，据说常常在赶场天去找蓝电影儿要电影票，免费看电影。那家的男人长得很清秀，却很老实，我不知道他是否晓得人们的传言，反正他们两口子似乎也从来没有闹过什么矛盾。每次蓝电影儿到大队来放电影，那个女人必定会得到最好的位置，也就是蓝电影儿身边，放映机下面，这是全大队的人包括我们这些小孩子都知道的事实。而奇怪的是，每次那个女人的男人都是被安排在教室那边守锅炉。至今，全大队年龄稍大点的人恐怕无人不记得曾经发生过的一件让所有在场的人差点笑破肚皮的事情。

那天要放映的是《奇袭白虎团》。在放映之前，蓝电影儿照例要表演一段顺口溜。喇叭里传出来蓝电影儿那略有些单薄却也清晰的声音，同时伴着那"啵啵啵"的弹奏，大家都在聚精会神地听。这时，人们看到在蓝电影儿身后有人站了起来伸长脖子看什么，有人在指指点点，接着站起来的人挤拢去的人越来越多。突然，只听得轰隆一声，拥挤的人群把搁放映机的桌子压塌了，电灯熄灭了，在一阵乱哄哄的惊叫吵嚷之后，听得蓝电影儿在黑暗里大声地骂着脏话，打开电筒一看，放映机摔坏了。蓝电影儿气急败坏，把电筒也摔了，骂道："看锤子看，把老子的行头把子都出脱了，我日你先人些！"

第二天我才知道，原来是当蓝电影儿在聚精会神地念顺口溜的时候，有人发现了那个坐在蓝电影儿身边的女人正伸手在捏蓝电影儿的大腿根，那人就告诉了身边的人，身边的人就挤过来看，结果很快很多人都知道了，都要挤过来看，于是就把桌子给挤垮了……那天晚上的《奇袭白虎团》自然没有看成，但是"奇袭白虎团"这个说辞倒成了我们全大队别有意味的一个"典故"，至今流传。

那之后，蓝电影儿还是每年都来放几场电影，若无其事的样子。而我感觉最奇怪的是，在那个时代，凡是发生过类似事情的人往往被人们彻底地鄙视，而人们对蓝电影儿却出奇地宽容。人们竟然说，人家蓝电影儿的老婆长得丑，他这样风流也是可以理解的；人们还说，蓝电影儿长期在外面工作，出点这样的事情也没有什么好奇怪的……反正，因为是蓝电影儿，所以他就不是一个坏人。而那个女人，因为是和蓝电影儿扯上关系，人们也并不把她等同于别的风流女人来鄙视。

在那个年代，蓝电影儿还算是个幸运的人吧！

长壳蛋

这个名字来自他的脸型——窄而长，通常称为"马脸"。据说是在他的八妹出生之后，他母亲才封给了他这样一个生动形象的外号。大概他母亲觉得自己就像一只母鸡，每日辛勤地觅食，先后生下了八只"蛋"，猛然发现这第一只"蛋"竟如此与众不同，母亲很得意，单独送他这个称号，以示与另外七只"蛋"的区别。

他的确与另外七只"蛋"不同。其他几个均为矮小粗壮型，他却个子高挑近一米八，瘦长的身子上面又顶着这样一颗扁长得如同石臼棒的脑袋，"长壳蛋"这外号实在是形象至极。他在二十多岁时结了婚，老婆虽说不上漂亮，倒也能干贤惠。他老婆娘家在古龙山的油槽子，是长壳蛋家的一个远房亲戚。媒人提亲的时候，那个女子的父母是不答应的，因为他们知道长壳蛋那长相不受看，然而那女子却是满心的愿意，说长相当不得饭吃，身材高大正是干农活的好条件。父母拗不过她，也就不再反对。他们婚后育有一男一女。儿女大概综合了他与他的弟兄姊妹的特点，个个身材竟出奇的匀称。

那么，想必这个长壳蛋生活该是很幸福吧？其实不然。原因就是他那古怪的性格——固执、自私、贪小便宜，这些毛病甚至使他的家人到后来都无法忍受并厌恶他。

他儿子出生的时候，他的八妹还不到十岁。长壳蛋觉得自己要养儿子还要帮着父母养弟妹很吃亏，就提出了分家。他那个永远剃着亮晃晃的光头的爹气得破口大骂，抄起一根竹竿去追打他。站在院坝边核桃树下的长壳蛋看着他爹冲过来，也不慌张，只把手一蓑，就抓住了竹竿的另一端，和老爷子玩起了拔河的游戏。他爹抓着竹竿捅也不行、抽也不行，气得双脚跳，突然长壳蛋一松手，老头子一个仰翻叉栽进了身后的粪凼里。长壳蛋竟不慌不忙走过去把他爹从粪凼里一把捞起来，扔在坎上，一句话不说，独自走了。自然，很快他就与父母弟妹分了家。作为大哥的他，不能做出大哥的样子，连他老婆都反感他，都骂他。从此，他的弟妹就与他疏远了。

空闲时男人们喜欢坐在一起吹闲牛抽叶子烟，不管谁带了烟叶，都拿出来大伙一起抽。长壳蛋也喜欢跟大伙儿搅在一起，但是他不肯把自己的烟叶与大家共享，总是抽"孤人烟"。要是他自己的烟叶抽完了，却常常涎皮吊脸地找别人讨要："裹一卷噻！裹一卷噻!"要是别人也没有了，他就会望着人家嘴上冒着烟的烟杆连声说："搭一口！搭一口!"甚至还伸手到人家嘴上去夺。有不客气的人奚落他，他也脸不红筋不涨，一副无所谓的样子。

长壳蛋是个勤劳的人。到了农村实行联产承包责任制，各家各户分到了属于自己的田土的时候，长壳蛋最大的兴趣就是在自家的田土之间转悠。人们说他家的田土有个特点，就是会慢慢地"长"。不到一年时间，他家宽得可以走牛的水田坎，就窄得人都走不稳了；他家与别人相邻的土地之间行人的路径，慢慢地竟莫名其妙地消失了。别人家伸到他地边的红苕藤被他给割掉了；别人家长在他田边的桉树柏树被他砍掉了……反正，就是这样的事情，经常发生在他的身上，于是与村人吵架甚至打架的情况就经常出现。

宗祥站在自家承包田的田坎上，对下田坎上的长壳蛋喊："长壳蛋，是你放了我田头的水吗?"宗祥稻田里的水浅了许多。长壳蛋眼睛望着自己田里的秧苗，含含糊糊地说："没有……不晓得……""我水缺上明明有一个洞在放水，不是你放的是哪个鬼放的?"宗祥愤怒地质问。"不晓得……我没有放……"长壳蛋眼睛继续看着自己田里的秧

077

苗，脚步便开始往湾下移动了。"还说不晓得？你个龟儿长壳蛋，你是个啥子货色我未必不清楚？你等着瞧！……"那天晚上，长壳蛋秧田里的水被放了个精光。

想想这样一个长壳蛋，全生产队有几个人喜欢他呢？不过他老婆倒是个很懂理的人，因为奈何不了他，只好常常背着他的面给乡邻道歉赔小心。

那年他女儿要出嫁，据说两口子关于给陪嫁的问题没有协商好，他不愿意给女儿打发双铺双盖，但他老婆坚持要给，长壳蛋因此生了好几天闷气。那天，迎亲的队伍都上路走了几里地到了马家桥头，他还飞叉叉地追上去强行抢回了一只大红色的木箱子，让穿着大红新娘装的女儿坐在桥头的石墩上号啕大哭。三天后女儿不愿意回门，长壳蛋的老婆伤心大哭。长壳蛋就骂："哭哭哭，哭你妈个鬼！嫁出去的女，泼出去的水，老子眼不见心不烦！"女儿出嫁后一直到春节才第一次回来，之后也就很少回娘家了。

儿子娶媳妇，农村风俗，摆喜酒。大家先是喝酒，酒是那种烂红苕干烤的酒，长壳蛋那天做了"烧火佬"，被爱开玩笑的人们劝了一些酒。大伙儿闹新房，要抬他的箩篼轿。抬到新房门口，要他给喜钱，他一分钱也不给。扫兴的人们开玩笑说，把他抬到院坝去倒掉。这时，他却突然死死地抓住门枋不放，开始借酒装疯，大吵大闹。他先是说媳妇娘家陪嫁少了，又说这房子是他修起来的，想给谁住就给谁住，就是不给陪嫁少的人住。大伙一看这情形，抬箩篼轿的兴致就没了。长壳蛋从箩篼里爬起来坐在儿子新房的门槛上，死活不让小两口入洞房，嘴里不停地骂骂咧咧。新媳妇急得给他跪下放声大哭，他儿子抓了一根扁担要冲过去拼命，被旁人给拦住了，就挥舞着扁担把几张酒席上的碗碟打了个稀巴烂。一场新婚喜酒就这样被长壳蛋给搅黄了。这些事后来都成了乡人口中经久不衰的笑谈。儿子儿媳后来外出打工也多年不愿回来。长壳蛋竟弄得众叛亲离了！

那年，长壳蛋死了。他老婆俯在他身边哭诉：

你啊你啊，你明明是属龙的，你怎么一辈子像属鸡一样啊？你双脚在土里不停地扒拉，你的嘴不停地啄身边的同类，你自己又到底吃到了多少呢？你忙碌了一辈子，争抢了一辈子，你六亲不认，结果还是住在破房子里看着别人住小洋楼，天天顿顿喝稀饭看着别人吃香喝辣……你啊你啊，你何苦啊……

挖挖

去年回到老家，听人说挖挖死了。

挖挖不是去贵州挖煤去了吗？我问。

就是嘛，听说在洞子里挖煤，顶上掉下一块大石头，正好落在他的头上，脑袋砸破了，肚子都砸破了……

听到这里，我吓了一跳，接着便从心底漫起一种悲凉情绪来。

挖挖家是我一个生产队的，住在湾里最高处，他只比我大五六岁。因为是一个生产队的，所以童年时就在一起玩耍，基本上属于"穿开裆裤一起长大的"那种。我常常跟在他屁股后头跑，跑不赢就大声叫喊："挖挖哥哥！挖挖哥哥！"挖挖便停下来等我。

挖挖姓莫，所以常常有人叫他莫挖挖。挖挖被人这样喊着的时候，也总是哦哦地答应着，一点都不介意。你别以为那就是他的大名，他的大名其实叫莫继业，这是他那个曾经给人算八字却算不出自己会早早死去的父亲给取的，大概是希望他的儿子继承他算八字的事业吧。莫继业后来没有继承他算八字的事业，大概是那个"莫"字起了作用，那是他父亲给他取名时所没有想到的。

莫继业很小的时候，经常拿着他母亲割草的镰刀在院坝边的竹林下做掘土的游戏，边掘边喊："挖挖！挖挖！"他母亲喊他："幺儿，进屋吃饭了！"莫继业还是朝着他妈直喊"挖挖"。他母亲连喊几遍他都不回屋，母亲便有些生气了，大声叫道："挖挖，回来吃饭了！"结果是把"幺儿"叫成了"挖挖"，院子上那些闲人一听便笑起来，一个叫作"挖挖"的外号便产生了。

莫继业得了"挖挖"这个外号，似乎便终身与"挖"结下了不解之缘。

　　挖挖十岁那年，拿着家里那把最小的锄头去生产队刚收获过的红苕地里"清红苕"（也就是在收获过的泥土中翻找遗漏的红苕），闷头闷脑的，一锄头就挖在了张二娃光着的脚背上，挖出一个血淋淋的大口子。闯了大祸的挖挖，虽然没有被宠爱他的父母责打，却实实在在把他的爹妈给害惨了，他父亲背着张二娃到处求医，赔了钱还赔小心，半年才把张二娃的脚医好。就在张二娃的脚医好后不久，挖挖的父亲便在一个早晨被发现在床上死得硬翘翘的，我听大人们说那大概是患了什么"心肌梗死"的病。

　　那时还在读小学的挖挖，成绩不好，失去了父亲的管教，逃学就成了家常便饭。到读初中时，他更是三天打鱼两天晒网了。他逃学，不像别的孩子是跑到大竹林去抓笋子虫、跑到青冈坡去捡菌子、跑到踏水桥去洗澡，他是背着一个笆笼，拿着一把锄头满坡满野地挖蛇洞。我也不知道挖挖是跟谁学的，问他他也不告诉我们。我们只知道他抓住一条蛇可以卖几块钱。挖挖还告诉我，那些蛇是要卖到县城的餐馆里去的，是有钱人喜欢吃的美味。说着说着他就伸手到笆笼里抓出一条菜花蛇来给我看，把我吓得头皮一紧，双腿都发软了。挖挖笑扯扯地说："你怕个卵啊，它又不咬你！"

　　那时的挖挖虽然才十多岁，但在我看来已是一个五大三粗的大男人了。他满坡找蛇洞，到处挖蛇洞，甚至把人家的坟堆都挖了一个大洞洞，人家找上门来大吵大闹，挖挖母亲差点给人跪下了才算把事情摆平。之后，挖挖似乎就放弃抓蛇的生意了，那时他已经辍学，不久就听说他跟他一个舅舅去了贵州。我听我的母亲说，好像挖挖是去那里挖一种叫作天麻的名贵中药。——还是"挖"。

　　挖挖回来时已经二十多岁，从贵州带回来一个婆娘，据说是个少数民族，说话我们都听不懂。那时我已经在县城上高中了，大概是在高二的时候，我回家时就又隐隐听到母亲说起了挖挖的事情，好像是说挖挖在干一种很见不得人的事情——盗墓。那时，我们老家一带经常有外地人来收购宝物，家里的那些破旧的盆盆罐罐常常可以卖一个出乎意料的好价钱。听说挖挖伙起好几个人，专门在夜里去干那种挖坟掘墓的事。母亲断断续续给我说了些话，最后还叮咛我不要拿出去到处说，因为挖挖是我们的远房亲戚！"难道他不怕犯事啊？"我问。"自有老天看着，凡人莫管。"母亲说。那时，我突然觉得母亲真像个哲学家。

说起挖挖正在干的那个勾当，似乎大家也只是在猜测而已，并不确定。我趁着暑假有空，专门跑去看了我们老家一带我所知道的几座气势宏大颇有年份的古坟，还真的看见了几乎每一座都有被盗掘过的痕迹，我便肯定了母亲所说的应该不假。

我高三毕业即将参加高考的时候，就听说挖挖被公安局抓了。后来就听说挖挖被判了七年，送到永川玉龙山黄泥塘劳改去了。挖挖的母亲因此伤心得一病不起，挖挖那个婆娘也带着才三岁的女儿回了贵州。再后来，听人说起挖挖在黄泥塘劳改的事，也真让人哭笑不得——在那个以种植茶叶为主的劳改农场，挖挖竟然没有被派去种茶，而是给派到一座小煤窑挖煤去了。

该当他妈个"挖挖"的命！——爱开玩笑的人们一半是玩笑一半是感叹地说。

刑满释放，挖挖回家。不久，他的母亲病逝，挖挖很是伤心，他准备去贵州寻找老婆孩子。挖挖在贵州寻找了将近半年，才听说他婆娘已经带着孩子再嫁给了一个煤矿工人了。他不死心，准备留下来，等待老婆回心转意。因为在劳改的几年中他已经被训练成了一个熟练的煤矿工人，他便在附近的另一座煤矿寻了一份挖煤的工作。他就这样坚持着，默默地守望着不远处的母女俩。我实在不敢说后来的事情是挖挖的执着感动了神灵，但是挖挖还真的把自己的婆娘和女儿给等回来了——那一个男人在井里的一次透水事故中死去了。

找回了老婆孩子的挖挖，过上了一生中最幸福美满的生活。尽管下井挖煤是天下公认的苦活，他还是觉得很开心，他突然觉得自己变得很年轻，以往那些梦魇一般的经历他都不以为意。听说挖挖每年都要带着老婆孩子回老家来，虽然他的父母已经不在，但是亲戚、熟人、老乡，他都很亲热，每次他都会大包小包地带很多礼物回来送给大家。

然而，在那座煤矿已经干了十多年的挖挖，竟然还是在煤井里丢掉了自己的性命，而且死得还很惨。他的婆娘领了一笔抚恤金，带着已经十八岁的女儿，捧着挖挖的骨灰盒回到了他的老家，也就是我的故乡。

我假装散步，走到了上湾头挖挖的院子，看见一个头发蓬乱的女人在院坝边做咸菜。她瞥了我一眼，便只顾埋头忙活自己手中的事情。在院子后边的竹林下有一座新坟，我猜想那应该就是挖挖最终的归宿了。

我突然想起了乡下人经常拿来教化人的一段话：人不要学鸡刨食，你看那个鸡，双脚不停地在灰堆里扒拉，嘴巴不停地在灰堆里啄食，结果吃进肚子里的东西却很少。这个挖挖，从童年牙牙学语开始，便不停地"挖"，挖来挖去，最终却挖成这样一个结局……

这样想着，我竟有些黯然而至于唏嘘了！

张巴三儿

巴三儿，是我们乡下对螳螂的称呼。螳螂为什么被叫作巴三儿，我是说不出具体的理由的。不过，只要稍稍揣摩一下乡下俗语，也不难理解个大略。"巴"字有"干巴巴"的组词，也就和"瘦小"挂上了钩；"三"字则有"猴三"的组词，同样暗含"瘦小"之意，连天遥地远的上海话也有"瘪三"这个词。螳螂身材瘦长，张牙舞爪的样儿，活像一个瘦骨嶙峋的瘪三，因此，乡下人就将那种身材很瘦的人用螳螂之俗称"巴三儿"称之，也可谓生动而形象了。

张巴三儿这个外号就是这样来的。

张巴三儿真是瘦得出奇。身高一米七几，体重可能不足八十斤，双腿双臂细得就像芝麻秆，走路轻飘飘的，如一片落叶。他常常走到别人身后，别人都感觉不到；他又喜欢靠近别人的耳根打招呼，就总会把人吓一大跳。鬼子就常常被张巴三儿这样惊吓，也总是一副魂飞魄散的样子，高声骂道："我日你个先人，你是他妈个鬼吗，走路一点声音都没得？"张巴三儿便笑扯扯地慢条斯理地回道："你才是他妈个鬼呢！鬼子嘛！"张巴三儿和鬼子相互间最爱开玩笑，但是在生产队里，张巴三儿和鬼子是最要好的朋友。

这个瘦得如巴三儿的男人——张巴三儿，竟然是个杀猪的屠夫，你想不到吧？书上电影电视里的屠夫都是肥头大耳脸冒油花的样子，哪有这样瘦的屠夫啊！张巴三儿的瘦，除了那个时代农村生活条件差的原因外，大概也跟遗传有关，他可能属于那种怎么吃也不长肉的角色。杀猪是个技术活，更是个力气活，张巴三儿那副风都可以吹得飘起来的身板儿，如何奈何得了待宰的肥猪？不过，人们都说他有点儿道法，可以让猪儿听从他的指挥。这个话我是有些相信的，因为我曾经亲眼见到过他在一头四蹄犁地拼死不走的大黑猪的屁股上拍一巴掌，那黑猪就立马乖乖地走到杀猪凳前面去的。杀猪的时候，自然会有不少帮忙的人来按住猪儿，张巴三儿只需要扳住猪头，将那把尺多长的刀子从脖子上那个小小的肉窝处捅进去就行。如此说来，身材瘦小的确一点也不影响他做一个屠夫。

四十岁不到的张巴三儿，一口牙齿的上下门牙就已经掉得差不多了，一张嘴就是一个大黑洞，那是一次"吹猪"造成的结果。那时杀猪，习惯将杀死了的肥猪抬到灶上去用开水煺毛，首先把猪吹胀，煺起毛来就容易许多。那一年，他给一个本家叔父杀年猪，他从猪儿的脖子上抽出长刀，待红血流尽，猪儿完全停止了踢蹬，便指挥大家松手，猪儿闷声落地。张巴三儿将一条猪后腿捉住，用杀猪刀在靠近蹄子的地方割了一个口子，用一条一米多长的一端弯成环状把手的钢条（我们称为挺杆），从口子处插进去，沿着猪儿的皮囊上上下下捅几个来回，然后俯下身去，开始往猪儿的体内吹气。通常，张巴三儿这里开始吹气，人们就会拿起猪圈门上卸下来的木棒不停地捶打猪儿的身体，以让那吹进去的气能够均匀地到达猪儿身体的各个部位。那天，张巴三儿蹲下去刚吹了两口气，正要换个姿势接着吹第三口的时候，那看起来已经死去的猪儿，竟突然使劲踢蹬了起来，将张巴三儿的嘴巴踹得鲜血淋漓，满口门牙都给蹬掉了。

后来，倒霉的张巴三儿就经常被人们拿来开玩笑了："张巴三儿，叫你吹猪脚，你却要去吹猪屁眼儿，那母猪不蹬你蹬哪个嘛？"张巴三儿便张着那个不再关风的嘴，先呵呵笑几声，接着慢条斯理地回道："你才吹猪屁眼儿呢！"虽说是玩笑，其实，作为杀猪匠的张巴三儿，并不是可以经常吹那个什么的，因为那时农村，不是每个家庭都有猪可杀；杀猪匠算不得一门职业，充其量就是个业余的手艺，即使有猪可杀，全队上下几十户人家也就几十条猪。关键还在，张巴三儿虽是个杀猪匠，而队上是有三个杀猪匠的，张巴三儿是三个中最年轻手艺最差的，所以，请他杀猪的人家，除了和他最要好的几家和他本家屋的几家人外，别的就基本上没有了。

鬼子家就是每年都请张巴三儿的。但是，那一年鬼子请张巴三儿杀猪，却把张巴三儿害惨了！鬼子家的茅草房要垮塌了，鬼子决定将他婆娘喂了将近两年的一头肥猪杀掉卖钱修房子。那时，要杀猪就必须要有"屠宰证"，要得到"屠宰证"就必须要先按牌价交一头毛重不低于一百三十斤的肥猪给国家。实在没有屠宰证的，就只好到黑市上去买。那时一个屠宰证是要卖到二三十元钱的，而那时的二三十元钱相当于现在的多少我都换算不过来。反正，是一笔很可观的数目吧，不然鬼子怎么敢于冒险"杀黑猪"呢？

张巴三儿本来是个胆小的人，由于跟鬼子关系好，禁不住鬼子的强烈要求，便答应了。在那年冬月一个寒冷的深夜，他们等人们都睡熟了的时候，用麻绳把肥猪的嘴巴捆起来，然后悄无声息地完成了一系列杀猪的程序。天还没有亮，鬼子和张巴三儿就挑着两担盖得严严实实的挑子出门，他们打算把猪肉送到五十里外邻县鱼口坳鬼子姐姐家去，鬼子姐姐已经事先联系好了买主，就是附近的长河煤矿。谁知，他俩才走到王家垭口，就被好几支强光电筒给射住了，原来那是埋伏在竹林里的一群荷枪的民兵。鬼子和张巴三儿"杀黑猪"被抓了现行，猪肉被没收，张巴三儿和鬼子被押往公社给关了起来。第二天，两个人胸前挂了写着"私宰生猪，破坏生产"还打了一把红叉的牌子，被几个持枪的民兵押着开始游村。十天时间才把全公社十个大队游遍。两个家伙被放回家来，鬼子变成了瘦鬼，张巴三儿瘦得像根灯草了。

鬼子这次可真是倒霉透了，辛辛苦苦养肥的一头猪被没收，改造危房的计划也泡汤了，想到自己连累了好兄弟张巴三儿，也深感难过。至于被关押受苦，游村受辱，对于他们来说，那些都算不了什么的，因为那时有此遭遇的人也不在少数。

两人好歹从那场霉运中缓过神来时，已经接近年关了。张巴三儿因为那次倒霉的事，别人请他杀年猪的就更少了。天冷得要命，他只好成天和老婆孩子蜷在家里，守着火塘打发穷时光。那天，鬼子突然来敲门。张巴三儿出来问："啥事？"鬼子说："好事情，你看了就晓得了，快走！"两个家伙急急地跑到保管室旁边那个灰圈后面，看到那里躺着一条已经死了的灰狗。鬼子说："他妈的，把老子的过年猪抢走了，送条狗给我过年也要得！"张巴三儿也很高兴。两人将灰狗装进背筻，背着从竹林里悄悄跑走了。

鬼子将灰狗丢在自家猪圈屋里，关上门等着张巴三儿回家取工具。一会儿张巴三儿把他那个装杀猪工具的小背篓背来了。鬼子说："打整一个死狗，还用得着全套工具吗？"张巴三儿说："老子今年腊月间杀猪刀还没有开荤，就把死狗当猪打整，过个瘾吧！"两个男人捂着嘴笑。张巴三儿果然照着杀猪的样子，在狗脚上开了个口子，打了挺杆，开始吹气。旁边的鬼子看得实在忍不住了，终于放声大笑起来。这时，只见那条看来已经死去多时的灰狗突然将头弯了过来，一口咬在了张巴三儿的脸上，张巴三儿一声大叫，双手捂脸，鲜血淋漓，当场跌坐在地。

灰狗那一嘴，几乎咬掉了张巴三儿的整个鼻子。他老婆请来大队的赤脚医生，医生说，要到县医院打狂犬疫苗才行。张巴三儿不相信会有那么严重，加上实在没钱，就找了点什么草药敷上了事。几天后，张巴三儿开始全身浮肿，发青……

在过年的前一天，杀猪匠张巴三儿死了——死的时候是他一生中最"胖"的时候！

傅猴子

他本名傅廷侯，也不知道他那大字不识的爹妈怎么会给他取这样文雅的一个名字。可惜，这个文雅的名字还没有被叫开，他就得了一个外号——傅猴子。由一个"位列朝廷的诸侯"一下变成了一只"猴子"，大概他的爹妈也始料未及。而渐渐长大了的傅猴子竟越来越像一只猴子，一只瘦壳叮当的猴子。一米七几的个子，身体像根竹竿，那张脸儿只有二指宽，瘦得仿佛下巴也给省略掉了，从喉咙一条斜线上去，就直接到鼻孔下面了。那次在生产队保管室，大家双手吊在杆秤上称体重，结果称出傅猴子竟然只有七十五斤。

不过，他这外号的广为流传还跟他一种特殊的本事有关——爬树。说起来，一个乡下人，爬树大概算不得什么太困难的事，不过这个傅猴子却比绝大多数人会爬，一棵高高的树，他真的就像一只猴子一样，嗖嗖嗖，几买卖就到了顶，还要双手挂在树枝上晃荡几下。我想，那大概得益于他那像猴子一样的精瘦身材。只是爬树实在算不得一种什么真本领，充其量在小时候掏鸟窝时可以赢得孩子们的欣赏。长大后他学了一门手艺，倒也与爬树的本事靠得上边。他学的是盖匠。

盖匠这门手艺，在现在的乡村基本绝迹。因为以前的旧房基本上都变成了不用盖瓦的平顶楼房。以前农村的房屋大多是木架篾墙瓦盖顶，屋顶的瓦片，经过一段时间的风吹雨打，就会碎裂或者移动位置，一下雨就会漏水，于是盖匠便有了活儿干。不过，在我看来盖匠恐怕不属于七十二行之列，在乡村的各种手艺人中，盖匠是最算不得什么手艺的一类，因为那实在不需要什么专门技术，人们只要自己有空闲就可以爬上房顶去弄。不过，一般人上了房顶，就会双腿发抖，而傅猴子上了房顶，就像一只猴子一样，身手敏捷、行动自如。即便如此，盖匠这门手艺，毕竟还是一门算不得什么手艺的手艺，因为请的人家并不多，而报酬也很低。

傅猴子每年都会来我们家盖瓦，除了我的父亲有恐高症上不得房顶的原因外，还由于他是我们家一个远房的亲戚。在我小时候，傅猴子来我家盖瓦我总是很兴奋，因为家里有匠人，母亲就必定会将平时藏得很紧的好东西拿出来吃。我尤其感到兴奋的是，每当傅猴子搭着楼梯从屋檐边爬上去，顺着瓦沟一路揭开那些堆满了腐烂竹叶的瓦片的时候，我们家的那些暗黑潮湿的屋子便立即接纳了难得的明亮天光，这样的情景于我而言，无疑是一种无法言表的稀奇和快乐。当瓦片要揭到灶台的上方的时候，傅猴子就会在房顶上大喊："表嫂，快点找个斗盆（斗笠）把锅盖上哈！"母亲也在灶房里大声地说："我盖它做啥？等会儿就给你喝烟灰汤！""你就这样待手艺人吗？"傅猴子在房顶上接话，突然轰隆一声，踩断了一根檩条，从灶房顶上的亮光处掉下一条腿来，吓了我们一大跳。一会儿，他把腿抽回去了，又开始稀里哗啦地揭瓦片。我知道，傅猴子不怕摔，我就看到过他好几次从几米高的房顶上滚下来，居然平安无事。

但是，那一次傅猴子从房顶上滚下来，却摔出了大问题，那是他在他舅子家盖瓦出的事。他滚到屋檐边的时候，其实已经抓住了滴水旁的檩条，谁知那是百年老屋，即使傅猴子轻如纸人也还是难以承受的。傅猴子摔下来，掉在了他舅母子经常洗衣服的一个石墩上，把腿折断了。由于傅猴子老婆不忍心自家兄长出钱，傅猴子只好在家中慢慢将息，结果断腿倒是治好了，却成了一只跛猴子。从此，傅猴子不仅不能再出门做手艺，连在生产队出工干农活也成了问题，本来就清贫的家境便迅速陷入了困顿。

那时，农村流行着一种叫作"邀会"的活动，其实就是一种自助集资解困的方法。一般是邀约关系较好的几家人，每家拿出点钱（记得那时一般都出三块或者五块钱），集中在一起，大家轮流往一只粗斗碗中掷骰子，根据点数来决定享用集资款的顺序。如果有急需用钱的人家，就不必掷骰子。这样的活动结束后，一定会有一个简单的聚餐，也就是确定使用集资款的那一家，为每家参与者煮一碗鸡蛋挂面，大家高高兴兴吃了，笑嘻嘻地回家。那时凡遇这样的聚会，母亲都会带上我一同去，并且最后让我狼吞虎咽地享用那一碗挂面的大半。

　　那次邀会是我的母亲发起的，就是为了帮助处于困境中的傅猴子一家。傅猴子媳妇把几碗鸡蛋挂面端上桌子，大家正在互相谦让的时候，她那个八岁的女儿，想是很久没吃到过好吃的东西的缘故，突然从桌子上抢了一碗面就往大门外跑。那时已经是晚上，外面一片漆黑。傅猴子一看，边大声呵斥那个叫霞妹儿的女子，边跛着腿去追，结果大家听得外面院坝上接连两声响——"啪""咚"——霞妹儿的面碗摔碎在院坝边的石头上，傅猴子摔倒在长了青苔的三合土院坝上。霞妹儿人没摔伤，傅猴子却再次摔断了那条已经跛掉了的腿。大家哪还有心情吃面，各自安慰了几句就回家了。路上，我分明听见母亲在轻轻地抽泣。

　　再次治好了断腿的傅猴子，比原来跛得更厉害，走路需要挂拐杖了。后来我记得，他在队上唯一干的工作就是守保管室。他整天坐在那张垮兮兮的竹椅子上，愁眉苦脸，很少说话。半条命跟着鬼子走过来，朝他叫道："傅猴子，扯一圈长牌如何？""没瘾！"傅猴子低声说。腌臜麦子远远地喊道："傅猴子，下两盘六子棋，要得不？""没瘾！"傅猴子还是兴味索然。"傅猴子，烧一卷吗？"宗祥话一说完就往傅猴子怀里扔了一匹叶子烟。傅猴子接住，放鼻子下使劲闻了闻，才勉强露出点笑容。

所幸的是，傅猴子那个曾经抢面条吃的女儿霞妹儿，自开始读书便成绩出色，一路顺利地读上去，先考上了县中学，后来又考上了大学，毕业分配在重庆工作。多年来生活过得缺盐少味的傅猴子的脸上也慢慢多了些欣慰的神色。

那时傅猴子已经将近六十岁了。女儿将傅猴子两口子接到了城里去生活。然而，后来发生的事，也实在叫人匪夷所思——傅猴子竟然再次摔断了腿，而且连命都丢掉了。

去到城里的傅猴子虽然行动不方便，却过不惯那种闲极无聊的生活。他认识了一个开汽修厂的老乡，便去给汽修厂守大门。汽修厂在厂区里搭建一个临时工棚，要在屋顶上盖牛毛毡。也许是傅猴子觉得自己有盖匠的手艺，而且看到那个工棚也不过两三米高，便自告奋勇地接了这个并不另给报酬的活儿。哪知他刚从那个木梯子攀上屋顶就鬼使神差地滚了下来，又一次摔断了腿，并立即人事不省。他被汽修厂老板送到了医院，几天后才恢复了点意识。但是，医院鉴定为严重脑震荡，可能会成为植物人。

几天后，傅猴子真的成了植物人。老板支付了一笔不多的费用后也撒手不管了。

霞妹儿和她母亲将傅猴子送回老家。他在床上没声没息地躺了十多天之后，便死去了！

王盘海

这是一个纯粹由名字谐音而来的外号。此人本名王贤海,乡人把那个在石缝泥洞中横行出入的"螃蟹"变音为"盘海",这样,按照我们乡下人的习惯思维,就自然而然将"王贤海"叫成"王盘海"了。

王盘海比我父母的年龄大十岁左右吧,与我母亲同姓,按字辈算,应是我母亲的堂兄。但是,王盘海却总说他要高一辈,是老辈子。母亲虽然心里不认可,也不愿意与他计较。从小我就觉得王盘海有些神秘,因为平时很少看到他,据大人们说他经常在贵州一些地方的乡下干木工活。记忆中他总是背着一个装满了锯子刨子木尺的密竹背篼缓缓地走过王家垭口时的样子。头很小,头发却很少很长,很少很长的几根头发就在那小小的光光的头顶飞舞。身材瘦小,说话带着外地口音,但是我总感觉他在装腔作势,只是表示他去过外地见过世面,有卖弄之嫌。所以,从小我就不怎么喜欢他。

还听说他作为木匠,最擅长的本事就是做风车和打铧口(犁)。他做的风车风力适中、外观漂亮,他打的铧口尤其顺手好使。不过这都是他自己讲的贵州人对他的评价,在我们本队却几乎没有人请他。也许正因为如此他才常年跑到外省去找活干吧。

记得我几岁的时候,有一天,我家的老房子突然垮掉了一大片,虽然家人平安无事,但是贫穷的家境也让父母几乎陷入绝望的境地。所幸队上的乡亲都主动来帮忙,两天时间就用竹子和稻草重新搭好了那两间屋子。那时,王盘海正好在家,也主动跑来了,并且操着外地口音责备我母亲:"闲着一个木匠你不请,你是看不起我这个老辈子嗦?"我母亲很是吃了一惊,她没有想到这个以前从来不理睬别人的"盘海"竟然要主动来帮忙,她更没有想到,这个从字辈上算来明明就是她的堂兄的人,竟明确要充老辈子。不过,母亲考虑到他是来帮忙的,感激于人家的一片心意,也就很热情地接待他。

可是,接着发生的事却让人哭笑不得。

依乡下的规矩,别人来帮忙,主人就是再困难也是要招待吃饭的。那时正是农村青黄不接的月份,母亲费尽了力才从地里找了些小菜回来,邻居也送了一点菜。母亲便将就这些小菜来招待大伙。谁知开饭的时候,王盘海却站在灶屋门口大声嚷嚷:"咋个油大都没得哟?哪有这样招待下力棒的呢?"众人大惊,母亲难堪至极。有人狠狠地干涉了他几声之后,王盘海才没有作声了,而母亲却坐在灶前抹眼泪。的确,对于我那很爱面子的母亲来说,这是很扫面子的事,可是人家又是来给你帮忙的,也就不好怪罪别人,就只有自己伤心了。

重新搭好垮掉的房子后,剩下了几截木头,王盘海就说,我给你们做张床吧。母亲说,要得。王盘海便开始施展他的手艺了。母亲说,木料不是很足,就做个简单的"平床"好了。王盘海却不说话,一副信心十足的样子。四天后,他用那些剩木材给做了一张有些复杂的支架的"架子床"。母亲也没有说什么,看在人家诚心诚意帮忙的分上,母亲竟然没有像以前那样叫他"大哥",而改成了叫"大叔",并且在最后一天,母亲把家里唯一的一只母鸡杀了炖来招待他。开饭之前,母亲把我们几兄妹叫到一边,悄悄警告我们不准吃鸡肉。结果我们就眼睁睁地看着王盘海一个人把那一大盆鸡肉全给消灭掉了。我当时恨得咬牙切齿,只差一点就要冲过去把他从桌子上掀下来。的确,在那个年代,那看在眼里却吃不到嘴里的鸡肉对人的食欲实在是太具有震撼力了。鸡肉吃完了,王盘海抹着嘴背着背篼走了。我和哥哥上新床去体会"新"感觉,突然"哗啦"一声,一架新床瞬间变成了一堆碎木条。站在一旁的母亲惊得张着嘴好久说不出话来。很久之后才喊出一声："我的天啦，这个盘海！"

王盘海停止外出而长期居家，那是在二十世纪八十年代后期的时候了，那时他已经接近六十岁了。听说他常年在外，也存下了一些钱，可是回家后他一分钱也不拿出来，全部供他独自享受。他那懦弱的老婆都当着面这样骂他："老子像在家里养了一个孤人一样！"他不会与他老婆斗气，他也不在乎子女是否亲近他，他真的就把自己当作一个孤人一样了。后来他干脆主动提出分家，独自一人过日子了。常常一个人赶场，进馆子喝二两小酒，买一把叶子烟捏在手上回家。他竟然从来不生病。

六十岁那一年，他竟然承包了生产队的鱼塘。承包之后，他就在鱼塘边的窝棚里安家了。每天都背着背篼到坡上割鱼草，干劲十足。几年的承包，他运气出奇的好，每年算下来都要赚好几千。有人眼红了，使了手脚从他手里抢走了承包权。

而失去了承包权的王盘海又做了一件更匪夷所思的事情。他把所有的存款取出来，请了几个工匠，开始为他建造坟墓。几个工匠花了两个月时间，在他自己看好的墓地上给他建造了一座十分精美的墓穴，还预先刻好了墓碑，只是把时间那个位置空着。他对他老婆说："我死了后，你就把我放那里面哈！"他老婆说："我要把你放那里面？我让野狗来拖你！"他又对他儿子说："你要把老子放那里面哈！"儿子说："到时候看情况！"儿子的话让王盘海心里很不安稳，他就天天到坡上去看他另一个"家"。这几乎就成了他晚年唯一可做的事情了。

有一天早晨，家里的人发现王盘海不见了。他老婆说，肯定在坡上。儿子跑到墓地去看，竟发现王盘海直挺挺地躺在墓穴里，已经没气了。

杀猪匠

　　杀猪匠从来没有杀过猪，恐怕连杀猪刀都没有摸过。杀猪匠本来就不是个杀猪的，杀猪匠后来竟然还做了教书匠。一个后来的教书匠被叫作杀猪匠，只是因为他的邋遢。你想想普天下的屠夫那一身污浊油腻的穿着，就大致可以想见这个被叫作杀猪匠的人是个什么样子。

　　一件衣服，且不管其破旧，因缺少替换，总是要穿很长的时间，以致胸前那一片竟光亮如镜，纽扣是早掉光了的，于是将面前两扇布片里外一抄，随便找一根谷草之类的绳子往腰上一捆，便勉强可以御寒。穿长裤子，总是两个裤脚不一样高，且永远都像抹桌布一样皱得一塌糊涂，脏得一无是处。夏天穿短裤，那裤腿大得一个裤管可以装下两条腿，走起路来像后来时髦女子的超短裙，那是他大嫂用大人的长裤子剪掉裤腿改的。那张窄窄的小脸总像是很久都没有洗过，耳廓后面定是有黑黑的积垢，后颈窝一带像乌梢蛇皮一般，黑底上布着一些泛白的细纹——那一年乡完小的校长彭志宽把他拎上会台，做"爱清洁，讲卫生"活动的反面教材在全校几百个学生面前展示，说："看看，看看，啧啧啧啧，三猫刀都砍不出血，就是个杀猪匠都比你打整得干净些!"

　　于是，他"杀猪匠"的外号从此出名。

　　杀猪匠本名覃勇，家住覃家林下覃家大院子山当头，那是几间四面都垮得差不多了的土墙屋。父母早逝，他依靠兄长过活。他哥哥当了几年兵复员回乡，做了公社的民兵营长，娶了老婆，杀猪匠还是跟着兄嫂生活。民兵营长在乡下算是有点头面的人物，所以杀猪匠也就在一些方面可以得到点照顾。初中毕业的杀猪匠被安排进了大队的专业队，跟着那些城市里来的知青一起战天斗地修水库建果园。杀猪匠生性老实巴交，即使那些知青不欺负他，他在专业队里也尽干些粗重活，还常常被知青们指使去干些偷鸡摸狗的事。有一次去偷一户人家的桃子被主人家发现，他一慌张，转身就跑，竟然将一件旧衬衣挂掉了一只衣袖。当他怀揣一堆桃子兴冲冲地跑回工地时，差点没把那些知青笑死。

不管别人叫他什么，他都乐呵呵地应着，绝不生气，所以知青们都很喜欢他，也喜欢拿他开玩笑。

高峰寺建果园，大队专业队是主力，要在那一片高耸耸的荒坡上种果树，就必须在石谷子滩上钻眼放炮。杀猪匠最常干的活路就是甩二锤，他身体瘦小力气不行，但是比起那些偷奸耍滑的知青来说，却要卖力得多。实在累得不行了，才会让他换下来去把钢钎。杀猪匠叉开双腿坐在地上，将打炮眼的钢钎置于两腿之间，甩二锤的敲一下钢钎，他就将钢钎往上提起来转动一下，这样不断地重复。杀猪匠穿了一条裤管很大的空心短裤，坐在地上专心致志地转钢钎，没想到他有个东西竟然从短裤里抖了出来，惹得几个男知青先是疯笑，知青们看见杀猪匠还没有察觉，便偷偷地捡起小石块远远地投掷。突然有一颗石子砸中了目标，只见杀猪匠突然撒手，倒地，双手捂住裤裆，身体蜷缩，在土堆上打滚，发出嗷嗷的叫声。这场面虽然吓住了在场的知青们，却没一个人知道该怎么办，大家就这样眼睁睁地看着脸色铁青、汗流满面的杀猪匠在地上痛苦地呻吟。

那一天，那些疯张的知青们还干了一件更出格的事。其实那时杀猪匠的疼痛已经过去，不需要什么救助了，但是还是被那些惊怕过后玩性再起的知青给强行按倒。他们在坡上砍来树枝扎了一个担架，将杀猪匠捆在担架上，任凭杀猪匠怎样反抗也无济于事。杀猪匠眼看反抗无效，便老老实实躺着"受用"。知青们像送葬一样，前面四人抬着担架，后面跟着一长溜男男女女，叮叮当当敲着手里的各种劳动工具，嘴里胡乱地咿咿呀呀地唱着，一直将杀猪匠送到了家门口。民兵营长一看这个阵仗，以为杀猪匠小命已休，放声大哭。紧接着才发现自家兄弟还活着，待搞明白是怎么回事的时候，勃然大怒。那群知青一看形势不妙，将还捆在担架上的杀猪匠丢在地上就一溜烟地跑掉了。

不过，后来的一件事却让杀猪匠"因祸得福"。那年，全公社每个大队有一个推荐读大学或中师的名额。这样的名额，通常是被一些知青得到，即使不是知青，作为土生土长的农村青年，也至少是有相当后台的人才有机会，而民兵营长这样的人也是断然没有什么权力可以抓到这样的好事的。那一年，大队支书的那个刚从县中学毕业的外甥女几乎是铁定了。却谁也不曾想到，这个机会竟意外地落到了杀猪匠的头上。那一群知青既感动于平时性情温和的杀猪匠对他们的好，也愧疚于那一次疯张的恶行，便集体跑到大队支书的家里，动用了各种威胁的手段，甚至扬言要烧房子，硬是让支书最终答应了把上学的机会让给杀猪匠。我们不知道那个平时不可一世的支书怎么就这样被知青们给拿下了——到底是支书骨子里的软弱忍让，还是他有什么把柄被知青们握着，还是那时的乡下人普遍都害怕城里来的知青？反正杀猪匠就这样莫名其妙地得到了一个做梦都没有想过的好机会。只可惜，他只是个初中毕业生，最后没有上成大学，而读了县城里的中师。

中师毕业后的杀猪匠，那一副穿着打头几乎和之前没多少变化，只是稍稍干净一些而已。除了家境贫寒的原因之外，恐怕也跟他自己的习惯大有关系。他出来教书后，很快他的学生就当面背地称他"杀猪匠"了。大概在中师也没有学到多少知识，加上本身性格的懦弱，教书不到两年，他便无法控制课堂了。那一群才七八岁的乡下孩子，在课堂上的疯张让他手脚无措，有一次他试图去管束，竟被一个莽小子一拳砸得鼻血喷涌。很快，那个只有一个班的村小便垮掉了，学生都去了乡完小。杀猪匠就被调到了乡完小去当炊事员，他那"杀猪匠"的外号又被那些学生带回了二十几里路外的他的母校——乡完小。很快，全校学生都当面背地地叫他"杀猪匠"了。

杀猪匠站在学校伙食团那个湿淋淋的石头大灶上，穿着一双破胶鞋，揭开盖子在蒸笼里给学生蒸饭，学生们常常看见他那黢黑的脚指头在胶鞋的破洞里顽皮地扭动。他伸出那双黑黢黢的手将那些蒸好饭的搪瓷盅取出来，并在搪瓷盅的边沿留下清晰的黑印。乡下学生，似乎也没人因此而反感。倒是杀猪匠那由老师而沦为炊事员的经历，加上他懦弱的脾性，虽然他是一个正儿八经的"吃商品粮"的人，竟连媳妇都找不上。后来"杀猪匠"的名声传遍全公社，其实已经是"懦弱者"的代名词了。

现在已经六十岁的杀猪匠，刚退休。有人还在费力地给他做媒呢！

鬼子

鬼子最先的外号叫柜子。鬼子跟柜子有着不解之缘。

鬼子的母亲怀着他的时候，一直没有停止过操劳，就在生他之前，他母亲还在忙着给全家人做饭。鬼子的母亲费力地掀起柏木柜子的盖子，从柜子里往外用竹筒合斗舀米，挺起的肚子在柜沿上一挤压，就疼得丢了合斗瘫倒在地上，就在柜子旁生下了鬼子。

鬼子在兄弟姊妹中排行老五，也是老幺。上面四个都是姐姐，他就是一个独儿。鬼子在家中自然就是全家人的宝贝，就是在那个贫穷的年代，鬼子似乎也没有受到过什么苦。据说在他五六岁的时候，曾闹过一场喜剧。鬼子的父母和姐姐都出工去了，留鬼子一人在家。鬼子觉得无聊，就到处找好吃的，突然记起他的姨妈不久前曾送来过一包"火炮糖"（一种包装外形与现在的大白兔糖一样，但是质地很硬的糖，因与鞭炮的形状相似而得名），就开始翻箱倒柜，最后搬来凳子，使出吃奶的力气掀开了笨重的柜子盖。鬼子人小，探着身子抓不到糖，就干脆翻进柜子里去。他正在撕封糖的口袋的时候，那柜子盖竟然"砰"的一声就关了下来，把弓身在里面的鬼子打蒙了，鬼子就开始在柜子里昏睡起来。傍晚时分，全家人收工回来，不见了鬼子，这还了得，一家人的命根子啊，全都声嘶力竭地到处喊叫，到处寻找，把全院子的粪凼都捞过了，院子旁边的堰塘也捞过了，可就是不见鬼子的影子。鬼子的父母急得都快晕死过去了，突然鬼子的四姐跑过来上气不接下气地说，好像家里柜子里有声音。鬼子妈才突然回过神来，想起竟然忘记了看柜子。赶忙进屋掀起柜子盖，果然发现鬼子木呆呆地坐在柜子里。一把将他提了出来，鬼子却像杀猪一般地号叫，双手捂着自己的脑袋，鬼子妈伸手一摸，头顶有鸡蛋大一个包。

鬼子于是有了第一个外号——柜子！

鬼子慢慢长大了。长大了的鬼子就常常跟着队上那些更大一点的娃儿到处赶坝坝电影。电影里面那么多精彩情节都没有能够让他羡慕，他竟然羡慕起电影里的日本鬼子来。一次在上学的路上，大家一路上都在谈论头天晚上看过的电影，鬼子突然说："我要是个日本鬼子就好了，可以天天吃好东西！"同伴立即就说："你干脆不叫'柜子'，就叫'鬼子'算了！"

于是，"鬼子"这个外号就正式取代了原来的"柜子"。

后来，鬼子的父母去世了，鬼子的四个姐姐也全都出嫁了，全家就剩鬼子一个人了。鬼子二十四岁那一年娶了老婆，记得那年正是"文革"结束，而那一年，我还背着书包在村小读二年级。我天天都要从鬼子家的院坝边经过，鬼子家的房子是土墙的，屋顶盖的是麦草，潮湿的麦草房顶上长着很多青草和一些怪模怪样的像木耳一样的粉红色菌子。土墙上开了很多大大的裂缝，仿佛随时都会倒塌的样子。我每次从那里经过都会不由自主地小跑而过，似乎是怕那土墙突然倒下来砸到我的脚后跟。鬼子家房后有一株高大的拐枣树，门前有一笼使君子，这两种植物曾给我的童年留下过许多美好的记忆。鬼子和他老婆都很和气，连鬼子家的黑狗都对我很友好。我有时会装怪，看到那狗就喊："鬼子狗，过来！"黑狗就摇着尾巴跑过来。鬼子一点也不生气，鬼子的老婆也从不生气。当我从村小毕业考进乡中学的时候，鬼子都有了三个女儿了。

我到升斗坡的乡中学去读书，就不再每天从鬼子的院坝边经过了。有一天我回家，听到母亲在和院子上的伯娘说话，说鬼子一心想要个儿子，现在他老婆又怀上了，但是大队那些搞计划生育的人要抓鬼子老婆去"刮"。我问母亲，啥子叫"刮"？老娘的巴掌盖在你的脸上就叫"刮"！母亲佯装厉声地说，我转身就溜掉了。后来就听说公社和大队多次派人来抓鬼子的老婆，但都没有抓住。我记得有一次是在深夜里，湾里头狗叫得很厉害，人也闹得很厉害，我跟着大人们跑出去看热闹，看到鬼子坐在他家院坝的地上，周围站着许多打着电筒的我不认识的人。那些人用恶狠狠的口气问鬼子："你婆娘到哪里去了？说！"鬼子勾着头说："我也晓不得，我都好久没有看到她了！"那些人拿鬼子没办法，就只好离去了。几个月后，鬼子的老婆抱着一个婴儿出现在了大家的面前，鬼子终于盼到了一个儿子。但是鬼子家里那头半大的猪给搞计划生育的人牵走了。后来我才听说，那些人来抓鬼子老婆多次都没抓住，以为鬼子老婆的确是躲到了远方去了，原来并不是。鬼子老婆一直就在家里，就躲在曾经砸过鬼子的脑壳的那个柜子里。这个鬼子（也叫柜子）看来真的与这个柜子有着不解之缘。

然而，终于喜得贵子的鬼子不久之后却倒了大霉！

搞计划生育的人原来并没有打算放过鬼子。大队接连派人给鬼子传来通知，要他去公社医院"扎管儿"。鬼子既然已经盼到了儿子，应该不怕吧？鬼子当然不怕了，但是他怕那个手术本身，他怕痛，所以他坚决不去。那天鬼子正在湾头那块叫作麻柳田的水田里犁田，看到有几个人从垭口过来。鬼子开始还没有在意，当那几个人走近了之后，鬼子才看清原来是大队的干部和公社的医生。那些人站在田边叫鬼子上去，鬼子感觉到来者不善，就停下了犁田，边洗手边往田坎上走。他心里的计划是，上了田坎，然后就迅速穿过转山田边上那片竹林，往青枫坡的树林里跑。然而，那些人早就看出了他的意图，于是就有人已经断了鬼子的去路。鬼子一进竹林就被抓住了。而且鬼子还没有反应得过来，就被那些人按倒在一张塑料薄膜上。鬼子就在这样简陋的"手术台"上给扎了管儿。

鬼子又被那几个人架了回来。那些人让他自己躺在大门口的一张竹椅子上，然后扬长而去。鬼子裤裆里沥沥地流着血，等到他老婆回家的时候，鬼子已经晕倒在地。后来，鬼子就一病不起。听大人们说，鬼子在那次手术后，小便失禁，近乎瘫痪了。好久之后，我才看到鬼子出门来在院坝上走动，人已经瘦得很厉害，弓着背，走得很慢。听说鬼子的裤裆里挂着一个猪尿脬，那是用来接那些已经无法控制的尿液的。而这个时候的鬼子才三十多岁。

　　鬼子是在四十岁左右死去的。那时，鬼子那在柜子里躲出来的儿子才十岁。

覃骚棒

"骚棒"这个词儿我不用专门解释了。覃骚棒的确很骚，他见到女人时候的眼神、他嘴里说出的话、手脚做出的怪异的动作，都无不体现出覃骚棒骚呵呵的本性。虽然那时我还只是个七八岁的小屁孩，也还是看得出来的。

覃骚棒有骚的本钱，他是公社农机站的拖拉机驾驶员，还负责公社双水井黄葛树下那个加工房的打米磨面的工作。这样的身份，在几乎所有的乡下人看来，都是属于令人羡慕的有工作单位的人。况且，三十多岁的覃骚棒的确长得一表人才，也让不少女人从内心产生喜欢的情愫。每当他驾着手扶式拖拉机从那条石子马路上突突突地奔驰而过的时候，一路上走着的人无不向他投去敬羡的眼神。那些幸运地搭上拖拉机像耍杂技一样成串成堆地挂在车上的人，也自然会向马路边步行的人射来得意万分的目光。覃骚棒这个名字全公社出名，而他的真名大概知道的人很少（直到现在我也是不知道的）。那时，人们要是能够在马路上搭乘一次覃骚棒的拖拉机，无疑是非常荣耀的一件事。凡有此幸运者，都会将这样的际遇作为炫耀的话题扯上很久很久。

但是，能够有此机会的人毕竟是不多的，除非你是女的，而且一定是年轻漂亮的女的，要么，你是他亲戚或熟人。

覃骚棒开着拖拉机狂奔在马路上，一般的路人挥手他都视而不见，如果有年轻女人，他就会主动停下来，问你上不上。哪有不上的？能够过一次车瘾（即使是拖拉机）也不错，何况乡下人赶场少则走十多里多则走几十里，何况与覃骚棒并排坐在驾驶台上风驰电掣的样子，那才是不折不扣的"拉风"（对不起，用了个后起的词儿）啊！有美人相伴的覃骚棒，自然在双手不空的情况下也常常不会老实的，有一次据说他边驾驶拖拉机边伸一只手去摸身边女人的屁股，结果将拖拉机开进了敬老院下面马路边的一个蓄水池。当覃骚棒从水里钻出来寻找一同落水的女人的时候，才看见那个女人像个水鬼一样已经跑了很远了。

我们那时也对覃骚棒的拖拉机充满了无限的向往之情，可是小孩子是不可能得到乘坐机会的。每次在马路边看见他突突突奔驰而过的时候，我们就会跳起来叫喊："拖拉机，红脑壳，拖起我儿到安岳。"这听起来很押韵的方言儿歌，反复地叫喊很让我们解恨。记得有一次我和几个伙伴在马路边，远远看见覃骚棒的拖拉机过来了，便商量着扒飞车，而且我们都事先有着纸上谈兵的经验——快速奔跑，抓住车帮，双脚吊上去；下车时，顺着车继续跑，然后使劲一推。结果那次扒车我们却倒了大霉。刚一吊上去，就听得坐在覃骚棒身边那个胖女人在叫喊："开快点，开快点，那几个小虾子要扒上来了！"覃骚棒把油门一轰，拖拉机疯狂地奔跑起来，我们那瘦弱的手臂怎么也不能够将我们的身体送进车斗里去，结果，几个"小虾子"都从飞驰的拖拉机上掉下来，在马路上做了一连串的前滚翻，摔得头破血流。拖拉机在轰鸣声和那个女人的哈哈大笑声中绝尘而去！

覃骚棒不开拖拉机的时候就在加工房打米磨面。那是一间全部用石墩子砌起来的大房子，在兽医站的隔壁。里面有一台浑身黑色的二十马力的顶上有好几组弹簧的立式柴油机，一根管子接到后阳沟一个石板砌的水池里，开动机器后，管子不停地向水池放着冒烟的热水。在柴油机的两边，各有一台打米机和磨面机。整个屋子，从地面到屋顶都蒙上了厚厚的米糠之类的灰尘，蜘蛛网粗得偶尔会掉下一串来挂在你的脖子上，从缝隙里射进来的日光，会显示出浓烈的尘雾的光柱。

墙角的老鼠洞大得吓人，常常会看见硕大的老鼠蹲在洞口虎视眈眈。而那个屋子，也是我童年时期觉得最神秘的地方，每次进到里面，又兴奋又害怕。那关闭在屋子里的巨大的声响，会让你别的什么也听不见。我喜欢在这样的声响中放肆地大声唱歌，我喜欢走到那台震得地面抖动的机器旁看稀奇，看那些跳动不已的弹簧，看那快速转动只见一缕光影的皮带；但是我也一直害怕那头发出巨大声响的怪兽会突然爆炸。我也喜欢看那站在打米机旁挥动一根细木棍像一位将军一样神气的覃骚棒打米的样子，他一只手不停地来回推动那块起隔离作用的铁片，以控制谷粒的流量，另一只手就用细木棍在上方的漏斗中不停地捅。他那伸出鼻孔的鼻毛上总是挂着结成串的粉尘，头发也变成了粉黄色。

其实，我们喜欢那个地方还有个原因，就是想去窥视覃骚棒逗女人。要是有年轻女人来打米，他就会对女人很殷勤，会帮忙端起谷箩往漏斗里倒，会帮忙给她多过一遍机器，会把谷糠磨得更细。那次红岩坡那个年轻女人来打米，人家正埋着头在那里扫米糠，覃骚棒就用他的细木棍去拍那高高翘起的屁股，看得我和哥哥捂嘴大笑。笑声虽然听不见，但是覃骚棒看到了我们的表情，立即恶狠狠地举起木棍做出要打我们的样子，我们就跑出了加工房。一会儿我们再进去的时候，却看见覃骚棒满头满身都是米糠，瓜兮兮地站在那里望着已经空了的打米机漏斗发神，那个女人手里端着一只空空的谷箩，面带怒色。这次覃骚棒没有占到便宜——我们敢肯定，也有点幸灾乐祸。

加工房的对面是供销社，供销社那个女售货员姓向，人们都叫她小向，可是我们这些小学生都叫她"大象"——因为她长得又矮又肥。大象和覃骚棒有钩挂，几乎无人不知。大象的家在二十多里路外的区上，覃骚棒的拖拉机几乎成了大象去来的专车。覃骚棒经常不回家，下了班等到天黑就去爬大象寝室后的围墙。据说有一个晚上，不知是谁告了密还是怎么的，居然有民兵跑去敲门检查，吓得覃骚棒越窗而出，掉进了围墙外面的那个很深的沤粪坑。覃骚棒满身恶臭地出现在马路上的时候，被人看见，就解释说："老子趁空去打蛤蟆，不小心掉进张家大院子的粪坑里了。"——哈哈，张家大院子距离大象窗外的围墙几里路远呢。

有一天我们放学路过供销社门口，正看见大象和一个女人打架。那个女人像一只小鸡一样，被大象揪着在地上转圈，然后一扔，就滚进路边那个水坑里去了。覃骚棒站在加工房的门口面无表情地看热闹，不过我们还是很快就知道了那个被大象欺负的女人就是覃骚棒的老婆。那女人看自己不是大象的对手，从水坑里爬起来就扑过去抓扯覃骚棒，只见覃骚棒将手臂一挥，那女人一下就摔在了门口的一堆石子上，满口鲜血，然后就坐在石子堆上号啕大哭。

后来，公社的加工房不知怎么就关门了。我们看见覃骚棒天天开着拖拉机在拉煤炭，身边仍然总是坐着漂亮的女人。

再后来听说覃骚棒开上了自己买的汽车跑运输了。

再后来，听说覃骚棒被他老婆砍伤了手臂，开不得车了，然后又离婚了！

这之后的覃骚棒，我就一概不知了！

舅子俊

　　舅子俊从那根几米高的杉木杆子顶上滑下来，双脚一着地就搓着双手吼一声："嘿，个舅子，冷死老子了！"

　　"舅子俊也要喊冷了？看你头顶都在冒烟呢！"徐大坤站在旁边，小心翼翼地开着他的玩笑。

　　很冷的冬天了，大家都穿着臃肿的冬衣，舅子俊却只在外衣里面穿一件秋衫。他身体很强壮，不怕冷，还每天早晨坚持用冷水冲身体，这是他两三年前在云南当兵时就养成的习惯。当全公社开始架设农村电网的时候，也不知道他凭借了什么关系，就进了安装队，而且不久就当上了队长。大半年来，舅子俊带着一帮子人几乎转遍了全公社十个大队。

　　舅子俊这个外号来源于他的口头禅——"个舅子"。

　　"嘿，个舅子，今年这块田怕是要多打三五挑谷子了！"他站在生产队长身边，评论着田里的收成。

　　"嘿，个舅子，我才走到半路你就赶场回来了，你婆娘还在床上等你吗，忙成这个样子？"他对迎面而来的屠夫张蒿子打招呼。

　　"嘿，个舅子，你比我还不怕冷，天寒地冻的，你还敢下田摸鱼！"他对在冬水田里抓鱼的鱼鳅猫儿喊道——其实鱼鳅猫儿算起来还是舅子俊的远房表叔呢。

　　"个舅子"这个话把子是他从部队复员带回来的，他只要一开口就要冒出这几个字来。他的大名最后一个字就是"俊"，人们干脆就称他"舅子俊"了。

舅子俊在众多的乡下人中间算是比较出色的人。一方面是他的长相气质出色，接近一米八的身高，国字脸，很多人都说他有当大官的命，他应征入伍，三年后竟然复员了，当军官的机会没有了。虽然没有当成军官，却在部队得到了锻炼，他有了一种不同于乡下人的气质，一种只要往一群人旁边一站，大家就会围着他，仰望他，信服他的气质。这不？才在那个电网安装队干到半年就当上队长了。安装队那些飞叉野道的年轻人个个对他俯首帖耳，电线牵到哪里，他们一伙子人就吃喝到哪里。农村人素有好客的习惯，加上即将用上电灯的兴奋，大家也乐于倾囊相待，鸡鸭鱼总是少不了的，酒虽是土灶老白干，也还是可以尽情满足的。也就是那段时间，舅子俊在全公社"酒名"大噪。醉得好多次掉进了农家的粪凼，好多次错钻进了农家新媳妇的新房，好多次和表面上盛情招待心里却极其反感的农家主人吵架干仗。

有一次他们给一家农户安电，要主人杀鸡宰鱼，主人家很不情愿。舅子俊趁着酒劲把人家屋檐下盛水的瓦缸踹破了，心里堵着恶气的主人提起锄头就要和他拼命，他那一帮酒足饭饱的手下赶忙过来拉架。架没有打成，舅子俊却让那家主人的女儿看上了，三追两不追，舅子俊就和那个女子好上了。做了女婿的舅子俊，有一次趁着酒兴对老丈人说："老汉儿，要是你那一锄头挖下来了，你还到哪去找我这样好的女婿啊！"老丈人乜了他一眼，走开了，其实他老丈人也为有了这样一个能干的女婿心里高兴着呢。他那个不知趣的小舅子也趁着酒兴凑过来，说："姐哥，你做不了女婿，未必就没得别人了嗦？"

"嘿，个舅子，你就这样说你姐哥吗？"舅子俊把桌子一拍，夸张地吼道。

"我不是你舅子，未必你是我舅子？"小舅子老白干壮了胆，也夸张地顶撞。

舅子俊突然把额头一拍，连声叫道："嗯，好，好！"

很快，舅子俊的妹妹成了舅子俊的小舅子的老婆。舅子俊成了他的小舅子的大舅子。

　　舅子俊将他的小舅子也带进了安装队。

　　接下来的几年，舅子俊带着安装队又进行了全区十几个乡的线路安装。当我们老家那片偏远的乡村全都用上了电的时候，舅子俊已经是区供电所的所长了。那时，舅子俊的儿子也已成人，靠了舅子俊的人缘，第一次参加乡镇干部招聘就成功，做了高溪镇的宣传委员。舅子俊一家人自然是早已搬家到了区场去了，舅子俊也早成了那个虽然偏远却也不小的场镇无人不识的名人。在电力紧缺的时候，给谁供电不给谁供电，全是他一人说了算，就连镇政府那几爷子都得巴结他。舅子俊成了人人敬畏的"电老虎"。

　　那时，歌舞厅开始在中国大地遍地开花。

　　我们那个偏远的山乡古镇里，歌舞厅也如雨后春笋般，很快出现了四五家。每天从上午到深夜，那捂得严严实实的歌舞厅里面，莺歌燕舞，人影憧憧，神秘而暧昧。舅子俊早已成了那几家歌舞厅的常客了。他有钱，耍得起；他有权，别人也会招待他耍。而且，人到中年的舅子俊，看起来越发的帅气，那些歌厅的小姐们无不对他充满了好感。舅子俊已经沉溺其中不能自拔。

　　有一天，镇派出所的两个警察把正在酒桌上划拳打码的舅子俊带回了派出所——有好几个歌厅小姐指认了和舅子俊之间的龌龊勾当。在证据面前，舅子俊满脸乌青、一言不发。正在那时，又有两个警察带进来一个人，警察厉声呵斥那人站在墙角。舅子俊悄悄抬起头看了一眼，立即魂飞魄散——那是他儿子。

　　他立即强作镇定，低声喝问道："你来做啥子？"

　　他儿子先是愣了一下，再看了他一眼，轻蔑地回应："你来做啥子嘛？"

两爷子各自低头，沉默不语。

一会儿警察又押了一个人进来，正是舅子俊的小舅子。三个人各自对视一眼，噤若寒蝉。

舅子俊丢掉了供电所所长的位置。他儿子据说受了什么处分，委员还继续当着。他小舅子原本是做了安装队队长的，这次也失去了队长的位置。

听说这次极具传奇性的遭遇，其实是镇上的几爷子和派出所下的套——因为几个月前舅子俊故意断过镇政府两次电。为什么要断镇政府的电呢？是因为舅子俊和镇长、派出所所长一起打麻将，张狂过分，与早就看不惯他的镇长发生了拍桌子摔椅子的冲突。

后来，舅子俊的老婆和他天翻地覆吵闹了好多次，虽然没有离婚，但夫妻感情却也淡了很多。而舅子俊的妹妹实在不能原谅自家男人的丑恶荒唐，最终是离婚了。舅子俊的儿子几年后调任另一个镇的副镇长，据说也因为贪污计生款而被贬为了普通办事员。

舅子俊已经退休好几年了。还是成天沉溺在麻将桌和酒桌上，曾经帅气的风采已不复存在了，他那些往日的行状却还偶尔在人们的嘴里叙说着！

麻乌棒

王迅是我小学好几年的同桌。麻乌棒是王迅爸爸的外号。

乌棒，就是乌鱼，我们老家水田和堰塘里常见的一种比较凶猛的鱼。大概是长大后的乌鱼脊背乌黑的缘故吧，所以有此称呼。加之这种鱼身体圆长如一根棒子，所以又被形象地称为乌棒。乌棒乌黑的脊背仔细看看又有着许多隐隐的花纹，于是又被叫作麻乌棒。王迅的爸爸被叫作麻乌棒，就是因为他的脸连颈子都是黑黢黢的而且在黑色之下还隐隐藏着一些细密的纹路。

哥哥从外面回来，吃着手里的爆米花。我向他讨要，他不肯，说："自己到麻乌棒那里去捡嘛。"我便立即跑了出去。麻乌棒是打爆米花的，那时他正支起煤炉在王家院子的院坝上忙碌着。我们把用玉米打的爆米花叫作苞谷泡，把用米打的爆米花叫作米泡。麻乌棒生意最好的时候无疑是春节前后，平时他就是赶场天到街上车站旁的马路边去等生意。童年时，我们这些孩子看麻乌棒打苞谷泡有一种巨大的快乐，而快乐主要来自那"砰"的一声炸响之后我们蜂拥而上去争抢那蹦出麻袋散落在地上的苞谷泡。

虽说是一个生产队的，麻乌棒其实对我们这些争抢得饿狗似的孩子一点也不友善，经常是当你撅起屁股在地上搜寻的时候，他就朝着你的屁股踹一脚，然后若无其事地提起那个像炮弹一样的铁罐子回到火炉边去了。而那个时候，我们会坐在地上骂一句粗话："我日你妈，你个麻乌棒！"

我曾经一度好奇于麻乌棒那黑黢黢的面色，向母亲打听缘由。母亲说："大概是天生的吧，从小看起来他就是这个样子呢。"我却还是不肯相信，总怀疑他是被打苞谷泡那个煤炉子天长日久地熏黑了的。我也曾小心翼翼地问过王迅，王迅也说那是天生的。王迅还拿自己来证明："你看我嘛，我该没有像我爸爸那样打苞谷泡嘛，我还不是黑黢黢的！"我一看，也是啊，王迅比起他爸爸麻乌棒来说，似乎也白不了多少。

王迅老实而善良，而麻乌棒在我们乡下却不太让人喜欢。他可能觉得他有一门打苞谷泡的手艺，而且这一门手艺是可以赚得现钱的手艺，比起那些石匠木匠泥水匠来说要强一些，于是就有些不把别人放在眼里的意味。在乡村还普遍贫穷的年代，他总是可以在赶场天回来的挑子上晃悠着一块白生生的保肋肉，"眼气"一路上的行人。几乎没人家可以向他借到钱，就是他的亲妹妹家茅草房失火烧得精光，他也没有借一分钱给她。母亲曾悄悄说过麻乌棒是个"捏骨钻"——我倒是懂得这个意思——吝啬至极的人。

王迅家院坝边有一棵高大的女贞树，女贞树上攀附着一大笼绿色的藤蔓植物，那是一种叫作"使君子"的东西，跟鬼子家院坝边的那株使君子一样。每年秋天那一笼绿荫里就会结出一些拇指大小、长着棱状外壳的果实。我们也会趁着麻乌棒不在家的时候跑去树下的腐叶堆中寻找或者爬上树去摘取。那果实是一种驱虫的良药，有着甜甜的味道。但是吃多了就要出问题，导致胸隔膜痉挛（我们叫作"扯疙瘩"），严重时每隔十多秒钟就会扯一下，直扯得喘不赢气无法入睡，即使入睡了也会扯醒。所以，我们对那个东西是又爱又怕。然而，麻乌棒却把那果实看作宝贝，他不像鬼子那样大方，他每年要捡来晒干拿去街上卖给药铺换钱的，所以他不允许我们随便去捡。

那一次是王迅趁他爸爸不在家时约我去的。我正和他在树上嘻嘻哈哈打闹着寻找使君子的时候，突然听到麻乌棒在树下大声叫喊王迅。

王迅像个泥鳅一样迅速滑了下去，接着我就听见了"啪"的一声，然后是王迅嘤嘤的哭声。我躲在树荫里噤若寒蝉，久久不敢动弹。我看着麻乌棒进屋去了，然后王迅往树荫里望了我一眼也进屋去了。我想，还是赶快溜吧。刚要往下滑，就看见麻乌棒把那条黑狗牵过来了。他把黑狗拴在女贞树上，朝树荫里阴险地看了几眼就走了。我骑在树枝上，上不能上下不能下，最终吓得哭了起来。后来还是王迅出来把狗牵走了我才从树上下来。

第二天在学校，我当着王迅的面骂他爸爸"麻乌棒"，王迅一直埋着头不说话，我也就住口了，我看见王迅脸上还有那一巴掌留下的红红的印子。

王迅还有两个姐姐。真是奇怪，王迅跟他爸爸一样黑得像非洲人，而他两个姐姐却长得白白胖胖的，非常漂亮。也许是由于麻乌棒的缘故，那两个女子和队上的人们交往也非常少，不像我们这种野人，每天都是成堆成串地搅在一起疯耍。我们这些懵懂少年，也常常喜欢开一些男女话题的荤玩笑，会说喜欢队上某某女子。奇怪的是，竟没有谁说过喜欢王迅的两个姐姐的。甚至有一次，有个小子开玩笑说要把王迅的大姐嫁给我哥哥当老婆，我哥哥竟然恼羞成怒地和那小子打了一架。后来母亲半开玩笑半认真地教训我哥哥说："你还嫌弃群姑嗦？群姑哪点不好嘛？还看你这辈子有没有那点福气。"群姑，就是王迅的大姐。

后来，王迅的两个姐姐都嫁到街上去了。

万古场农具社旁边有一户姓刘的人家，那是麻乌棒上街必定要落脚的地方。据说那是他们家的什么亲戚，但到底是什么亲戚，连我母亲也说不清楚，反正麻乌棒家一直就这样认着这家亲戚。那时，一户农村人家要是有一家街上的亲戚，赶场天有事无事去人家店子里坐一坐，穿过那个阴暗潮湿的巷子到屋子后面的天井里一个臭气熏天的露天粪坑里撒一泡尿，似乎就是一件很荣耀的事情。所以，麻乌棒也因为有这样一家街上的亲戚而觉得比别的乡下人多一分光彩。他每次上街，一定会去自留地里揪上几棵时鲜的青菜给他家亲戚送去。他在街上打苞谷泡，也总是少不了要去亲戚家里寄放一些东西。他跟队上的人接触不多，偶尔摆摆龙门阵，也总忍不住要提起他家"刘表叔"如何如何。其实他家刘表叔我也认得，赶场天就坐在店子门口卸下装板的摊子前卖点香烟、草纸、火柴之类的东西，是个瘸子，六十多岁了。

王迅的大姐，嫁给了麻乌棒的刘表叔（王迅叫刘表叔公）的儿子——一个三十几岁的无业的瘸子。我曾好奇地问王迅："怎么你姐夫那一家那么多瘸子？"王迅对我笑了笑不说话。我又问："那个小瘸子不是你姐姐的表叔吗？"王迅就走开了。这个问题就成了我的"万古之谜"。后来，王迅的二姐也嫁给了街上的一个摆连环画摊的半头房子（瞎了一只眼的人）。这两门亲事在几乎所有的乡下人的眼里都觉得不划算，内心里不无嫉妒的乡下人便说："不过是想坐街嘛！'坐街吃球，搬回乡头！'"而麻乌棒对此却很是满足。他还是场场上街打苞谷泡，还是会趁着混乱用脚去踹那些争抢散落的苞谷泡的孩子。那张脸不但一如既往的黑，还黑得油光水滑的。散场了，收摊了，麻乌棒便去两个女婿家坐坐，然后慢悠悠挑起担子回家。

这些记忆，一晃就已经过去三十多年了。这期间，我只知道王迅后来去当了兵，转了志愿兵，现在已经在外省安了家，他的母亲在他身边。麻乌棒已经在十多年前醉酒跌进冬水田淹死了。麻乌棒的两个女儿，算起来都是五十多岁的人了，那条曾经在赶场日子拥挤得水泄不通的老街早就发生了天翻地覆的变化而变得面目全非了。也隐隐听说，麻乌棒的两个女儿现在的生活都过得非常艰难。

向端公

向端公是王迅的姑父。王迅，就是那个他爸爸叫麻乌棒的我的小学同学。

向端公家在三大队的向家大坳，公路边两棵高大的黄葛树下那座石砖房子。端公当然不是他的名字，是他的职业——跳神的男巫。他在我们老家一带很有点名气，所以大人小娃都叫他向端公。

到底什么是端公呢？解释起来似乎还有些费劲。网上查了一下，发现跳端公这样的仪式，川西高原的羌族较盛，陕西汉中地区的端公文化也比较久远。而我觉得，我老家一带的跳端公更与渝湘贵交界一带的苗族土家族相似，因为它们都更多地表现为一种驱邪祛病的巫术，而不是一种民俗化的表演。不过，我老家一带的跳端公其实至少在二十世纪七十年代末就已经基本绝迹。要我说出那到底是一个怎样的跳法，我也说不清楚，那不仅是由于我少年时的记忆已经依稀，更主要的原因是那时跳端公是一种不敢公开的迷信活动。

向端公的职业来自家传，据说他的祖父和父亲就以此为业。也传说他会很多法术，比如用一碗水喝下砍成两寸长的筷子段，对着一只鸡念上几句咒语就会让鸡伏到地上长睡不醒。更有传说，他能把一个锅盖扣在桌子上，念上一段咒语，揭开锅盖就会有烧酒和鸡肉出现——人们说，有这样本事的人都是孤人，我倒并不相信向端公有此本事，因为他有老婆也有儿女，不过也可以看出人们对向端公拥有法术的崇拜和敬畏。向端公是个跛子，走路一跳一跳的。听大人说，那是有一次他给一个病人做法事，被人告发遭到民兵的追撵跳崖摔断了腿的。我认识向端公的时候他就已经跛了，而正由于他的跛，我那时是更加相信他有着超人的法术的，因为我总是觉得，大凡残疾人都有一些异秉的。

二伯伯害了湿瘟症，请大队的赤脚医生看过无数次，吃了数不清的药都不见好转，于是请向端公来跳端公。寒冬腊月，天黑尽了，下着小雨，冷得要命。院子上的人在二伯伯堂屋里烧着竹疙篼烤火，等着向端公的到来。向端公要做法事都不敢在白天，总是天黑出门，深夜做法，怕白天被民兵抓住。向端公来了，披着蓑衣戴着斗笠，一跳一跳地进屋来，取下蓑衣斗笠，放下一个花布口袋，口袋置于桌子上的时候，哗的一声发出一点清脆的声响，那是口袋里的卦和铙钹与木桌面的碰撞声。人们都敬畏而礼貌地低声和他打招呼，二伯娘端出一碗开水蛋请他吃宵夜。向端公一个人坐在桌子上吸吸呼呼地将开水蛋吃了，说了声好冷，就开始将一张长有青面獠牙的人像画挂在墙壁上，边挂边悄声询问："有麻烦没得哟？"人们都压低声音安慰他说："放心嘛，没事。大队张书记就是他们家老表。"向端公便不再说话，从花布口袋里掏出一件道袍和一顶道士帽穿戴好。他站在画像前将两片钹拍了两下，立即紧张兮兮地回头张望，钹的颤音在寒冷的雨夜乡村里空洞地回荡着，坐着烤火的人们似乎也有了几分紧张。向端公开始日不拢耸地念经，不时在堂屋里手舞足蹈，在火光的照耀下，堂屋的篾墙上映出一种怪异而恐怖的影像，看得我浑身发毛。然后，他将二伯娘早已准备好的一只公鸡提着走到里屋二伯伯的床前退煞，把鸡冠掐破挤出血来涂在二伯伯的额头上，又从鸡背上扯下几片鸡毛来贴在二伯伯的额头上，然后又是日不拢耸地念了一会儿，从一只碗里吸了一大口清水，噗的一声喷在二伯伯的脸上。二伯伯吓了一大跳，一下子坐了起来。人们开始静默着看，看见二伯伯坐了起来，突然哗地笑了，都说"松活了松活了！"

这天晚上，向端公收拾好东西收了工钱打着火把回家，刚走到我们院子侧边的堰坎上就被一伙持枪的民兵给抓住了。那一次，他被押到公社去整整关了一个星期。其实，向端公因为跳端公被抓住游村或者关到公社的黑屋子已经发生过好多次。他虽然每一次出来跳端公都提心吊胆，但大概也习惯了这样的事情发生。不过，二伯伯的病倒真的慢慢好转了，也不知是那法事起了作用还是别的原因。老两口为那天晚上向端公被抓愧疚了很久。

向端公的家是石砖房，却是麦草盖的顶。有一年春节，他那个幺儿玩火炮抛到了房顶上，结果引发一场火灾，把整个房顶烧了个精光。他老婆，也就是王迅的大姑妈急得在院坝上又哭又跳，怎奈他们是单家独户，干燥的麦草在寒风中一眨眼就化为灰烬，人们赶来救火时已为时太晚。向端公没法，只好向舅子麻乌棒借钱盖房。麻乌棒是个出了名的"捏骨钻"，即便是自己的妹妹遭灾也一分钱不肯借，所以即使只是一个房盖也没法盖起来，何况当时还烧坏了不少家具。向家大坳一带生产大青石，那里的山坡被石匠们掏出了很多石塘口，有几个石塘口顶上还有伸出来的盖山可以挡雨，向端公一家人只好在一个石塘口搭了一个简易窝棚居住。

向端公老婆每天都哭哭啼啼，伤心欲绝。这样过了好几个月，她不哭了，但是却不再说话，每天都坐在石塘口下的石头上，像那些石头一样沉默。又过了几个月，她突然开始说话，但是说的话谁也听不懂，就像向端公跳端公一样，日不拢耸地念些含含糊糊的东西。那时，我开始听到我的母亲和院子上的人摆龙门阵，似乎在说"秀芳儿（向端公老婆的名字）要成师娘子了"。所谓"师娘子"就是女巫，这在那时的乡下，也经常听说某家女人突然傻了，然后变成师娘子了，而师娘子是可以"放阴""看水碗"的，也是一门可以赚钱的本事。父亲说，莫不是真的怄疯了啊！母亲说，只看她有没有那点造化！

有人建议向端公找医生给老婆看看病，向端公说："家都烧得精光了，哪得钱来看病？我给她度一度，兴许她还能修成个师娘子的。"于是也不找医生，每天就让他老婆坐在石塘口的石头上日不拢耸地从早念到晚，他一有空就在石塘口的窝棚里给她老婆念经做法事。这样又过了好几个月，他老婆还是不见清醒，反而有越来越疯的迹象，有时甚至一丝不挂地跑到石塘口后面的坡上去乱吼乱唱。又有人提醒向端公要注意老婆的病情，向端公却说："没事，她这是要转仙的迹象了。"

那年秋天，向端公赶场回家，不见了老婆，带着三个孩子到处寻找，最后在石塘口下的水塘里找到了，捞起来，已经死了。

肥狗

    在农村，给人取外号是很普遍的事情，在我的记忆中，乡人中不管男女老少，绝大多数人都有外号，我也有。很小的时候，我爬进灶膛下烧红苕，结果弄得满脸黑灰，母亲就骂我"像那个砖瓦厂烧窑的熊香国一样"，结果被院子上一个最爱给人取外号的听到了，于是"熊香国"成了我的外号并很快被上下二队的人叫开了。熊香国，一个六十多岁的老头，是我们那一带家喻户晓的掌窑师，经常到我们队上的砖瓦厂来"掌火"（即负责烧砖瓦的技术指导），这下成了我的外号，按说也没有什么值得恼火的。在乡人看来，被人叫外号已习以为常，并不以为意的，而我却总是感觉很强烈的轻侮意味，所以我被别人这样轻慢地叫，往往就很愤怒，也许这是我从小就自尊心极强的缘故吧。

    而有些人的外号就明显有着侮辱意味，比如肥狗。肥狗本名徐安成，敦敦笃笃的个子，一个曾经到外地跑过、比较有些社会见识的男人。他只要看到我，总会大声地叫我"熊香国"，我于是对他恨之入骨，每次都会用最大的声音叫他"肥狗，肥狗，死肥狗"来反击，直到叫得他向我求饶。他说："我一天三顿吃饭都吃不饱，我这样子算啥肥狗嘛？我就是个瘦狗！"呵呵呵呵，我就笑了，肥狗其实是个很好耍的人！

    肥狗在砖瓦厂帮着制泥坯，我在泥塘不远处一块刚打过稻子的水田里捉泥鳅，兴致很高。突然听到肥狗在叫："熊香国，抓到好多了？"我正抓得起兴，没兴趣理睬他。他又在叫喊，这时，真正的熊香国从窑棚里钻了出来，脸黑黢黢的，光着大半身子，只穿了一条看不清颜色的短裤。他把叼在嘴上的烟杆取下来，吐了一大泡清口水，就问："刚才哪个在喊我嘛？"泥塘里的男人全都哈哈大笑。我马上就跑过去指着肥狗对他说："就是他，就是这个死肥狗在乱叫。"老头子不紧不慢地对肥狗说："我都六七十岁的人了，让你拿来这样乱喊，你以为你是个小娃儿吗？人家小娃儿都比你知书达礼，你不觉得丢人吗？"肥狗窘得面红耳赤，勾着头只顾拼命地踩泥巴。我在一边觉得很解气。

下雨天，大伙都闲着无事，肥狗跑到我们院子上来找人打牌，在大竹林碰上我了。我以为他又要乱喊，便准备着与他开战。哪知他这次并没有叫我的外号，而是把我拉到一边去，很真诚地对我说：

"我们今后都不要叫对方的外号了，怎么样？"

"我要相信你这个死肥狗？"我觉得他在耍我，就先发制人。

"真的，我哄了你我全家死绝，死得一根毛不剩！"他开始发毒誓。

"是不是哟？"我还是不敢相信，"你嘴里吐得出象牙来吗？"我把在连环画上看到的一句话都用上了。

"我们赌咒！"他说。

于是我们赌了咒——哪个要是再喊对方的外号就全家死绝！在那之后我们碰到的确就再也没有叫过对方的外号了，而且他对我出奇的友好，简直就是把我当成一个大人来尊重了，虽然我那时才七八岁。我们成了好朋友。

有一年的腊月底，队上有一家人熏在灶上的一百多斤腊肉在一个晚上被贼偷走了。听大人们在悄悄议论，似乎都在怀疑肥狗，说是在那一家人的后阳沟捡到了一只破胶鞋，很像是肥狗穿过的。当天下午，更惊人的消息传来，说是肥狗在家里上吊自杀，虽然被他的老婆及时发现并救了下来，但还是口吐白沫，直着眼睛，舌头都掉出来了，据说还有一丝气气在悠。我自己也不知道为什么，一听说，立即就往肥狗家里跑，刚跑到他的院子外面，就听出来的几个婆娘在说："好了好了，不得死了，不得死了，都说得出话了!”我迅速跑进去，屋子里还挤着很多人在看热闹，他老婆已经哭得发不出声音。我挤进人群，靠到床边去，看到肥狗紧闭着双眼，眼角有泪水。我突然抓住他的手大叫“徐安成”，他艰难地睁开眼，看见是我，似乎突然增加了许多活气，他的巴掌慢慢地握了拢来，握住了我的手，眼泪突然涌起来，可是说不出话。就这样过了很久，我觉得他一直把我的手抓得很紧，仿佛怕我跑掉一样。

突然，他说话了：“二娃，你相信我是贼吗?”声音很虚弱。

“不相信!”我大声说，“我真的不相信!”

他艰难地点了点头，又闭上了眼睛。满屋子的人鸦雀无声。

几天后，徐安成完全恢复了。不久又突然听说他们全家都到江西去了，还是和徐棒客一起去的。

徐安成一家虽然走了，但是大家并没有消除对他偷肉的怀疑；相反，因为他走了，大家就更加肆无忌惮地对此谈论和抨击，即使在他的兄弟面前也不顾忌。每当人们又谈论起这件事情的时候，他的兄弟就默默地听着或者独自悄悄走开，从没有用言语反驳过，感觉得到他们在这件事情中所承受的巨大屈辱。不过，我倒是一直都相信——徐安成，也就是肥狗，他是真的偷了那些腊肉的。因为，那之前不久，他是亲口跟我说过某某人家灶旁有一个“假门”，那儿的砖可以轻易取掉的，还说，弄不好那一家要招贼。虽然说的那一家不是被盗的这一家，但是被盗的这一家正是由于灶旁的假门被盗贼取掉砖块而行窃的。那天，我在肥狗的床前大声说不相信他是贼，只是看见他垂死的样子，想起他以前对我的友善，不忍心揭穿他而已。

自从他们去了江西，连徐棒客都回来过，而肥狗一家再也没有回来，是肥狗在忌讳什么吗? 近三十年过去了，我还记得他常常笑扯扯的样子，也不知道他现在怎么样了。

腌臜麦子

　　腌臜麦子是个单身汉，三十多岁，身材敦笃，满脸都是毛。现在回想起来，他应该属于帅哥一类的，而那时我们对他那一脸浓密的络耳胡却并无好感，当着他的面称为"尿桶祥"。但是他却并不恼，还总是要不厌其烦地解释，说那个剃不得的，剃了脸要肿。我们总觉得他撒那个谎好笑得要死，很不值得一驳，却也不想与他争论。

　　我并不清楚他的父母是什么时候死去的，反正从我记事起就是看到他一个人在生活。每年生产队分到的粮食哪里够得他吃？加上他又不会计划，一年大概少不了有两三个月处于饥寒交迫之中。生产队分了麦子，里面还混着不少的秕壳和泥土石子之类的杂物，他就背着直接到加工房去了。加工房的廖壳子叫他把那些杂物筛一下，他把脑壳一昂，说——难得搞！于是就直接磨成了面粉。廖壳子把这事情拿来一宣扬，"腌臜麦子"这个外号就迅速被叫开了。

　　腌臜一词，我们乡下土话念作"wā zhuā"，意思就是不干净。腌臜麦子的确是个不爱干净的人，穿得也很破烂邋遢。他的家只有一间土墙屋，进门左边是一张破床，再里边就是一个猪圈；右边靠门是一个尿缸钵，再里边就是做饭的灶台；屋子中间是一张似乎随时都会垮架的八仙桌，只有一张高板凳。门口右边那个尿缸钵，内壁上凝着厚厚的暗褐色的尿碱，随时都装着满满当当的浑黄的尿水，有时甚至漫出来打湿一大片地面，散发出来的臭气熏得人睁不开眼睛。床里边那个猪圈，一只瘦骨嶙峋半大不小的花猪总在发出尖椎椎的嚎叫，大概它也和主人一样很少吃饱过肚子。圈里边粪水流淌，把这个猪染得无

122

法知道它本来的颜色。腌臜麦子躺在床上睡觉，喜欢把脚伸到床外，搁到猪圈架子上，让那只猪不停地拱他的脚心，他用这种方式来获得一种惬意的享受。有一次，那只饥饿的猪竟然把他的脚给狠咬了一口，痛得他爬起来把猪儿痛揍了一顿。

再说那灶台。那不是我们一般农村家庭的半人高的石头灶台，而是用一只大篾箩篼里面糊上泥巴做成的矮灶。灶台很矮，腌臜麦子就蹲在地上烧火做饭。他把箩篼灶台紧靠着土墙，在土墙上掏个洞做烟囱，做饭烧火的柴烟就从那个洞里冒出去。所以，我一直都有腌臜麦子家那面土墙在燃烧的错觉。当然，我们也可以想象得到，腌臜麦子在那灶上做出的饭食是个什么样子，反正只求煮熟，味道不论。吃饭自然是在那张八仙桌上。他吃饭的时候，养的几只鸡总是与他同时就餐，一起高雄雄地站在桌子上，在他的碗里抢食他也不怎么驱赶。他还时不时用筷子挑一点丢给那个在圈里又蹦又跳的猪。桌子上总是摆着几摊鸡屎，床上有时也有，他也视而不见。大队开始组织每年一次的清洁卫生检查评比，检查的人看到腌臜麦子的家这个样子，就毫不犹豫地在他门上贴了一张"最不清洁"的纸条。检查的人一走，腌臜麦子就把那个"不"字抠掉了，引得旁边看的人哈哈大笑。

唯有那张床是个古董，像楼台一样，进去有两层，架子上雕刻着十分精美的龙凤和牡丹的图画，架子的顶端高得顶到了屋顶上的瓦片。要是被现在那些收藏古物的人看见，一定可以卖个好价钱，估计那是他的父母遗留给他的唯一财产。只不过，这样一架床摆设在腌臜麦子的破屋里，床上随时都乱得像个狗窝，实在是显得异常滑稽。

腌臜麦子就是在这样一个"家"里过着他的单身汉的日子。

生产队每年在打谷割麦的时节偶尔会"打平伙"，也就是我们现在所说的"会餐"。由生产队出粮出钱，每一家派一个人参加。别的家都派男性主劳力，腌臜麦子没人与他争，自然是"全家"参加的。分桌席，大家都不愿意与他搭伴，因为他捞得特别凶，简直就是风卷残云，最后连残汤剩水也会被他喝得干干净净。尤其是喝酒，要是与他在一桌，别人就是想喝醉都难，因为酒碗只要传到他的手中，他一口下去，一碗酒就剩下不多了。那时候农村人喝的酒，大多是那种烂红苕干酿的，能闻到浓烈的烂红苕气味，喝起来有苦味。很少有酒喝的农村人自然不会放过这拼却一醉的机会，而腌臜麦子就更是如此了，加上他又没有家里人的干涉，也就不必在乎别人的眼色而只顾敞开肚儿整了。有一次喝醉了，他摇摇晃晃地回家，竟然钻进了王三家的牛圈里睡着了。第二天王三他爸来牵牛犁田，发现牛屎堆里睡着一个人，吓了一大跳。把他搞醒，腌臜麦子竟然还迷糊不清，大吼，别拉我，我要给你生个小牛儿。

不过，腌臜麦子并不懒惰，而且也不乱来，只是贫穷且安于穷困而已。

土地承包后，腌臜麦子老老实实地经佑着自己那点田土，有了好的收成，也就不再饿肚子了。不过，他的家还是那个老样子，别人都怕进他的家。有个好心人给他做媒，说五里冲有个寡妇，带着一个八岁的儿子，她老公得肺结核死了，想再找个当家人。腌臜麦子一听，巴心不得，立即就叫媒人去说，而结果却出乎预料地顺利，那女人竟答应了。不久，女人带着儿子来到了腌臜麦子的家，很快就把一个脏乱差的"家"给收拾得干干净净，并且请人在屋子的旁边再筑了两间土墙屋，一间做儿子的卧室，一间做猪圈屋。这时候，腌臜麦子的"家"才真正像个家了。腌臜麦子的穿着也发生了明显的变化，虽多是旧衣裳，却总是干净整齐的。那一副在他脸上挂了几十年的"尿桶袢"也不见了。人们都说腌臜麦子贱命遇到了福星。

尤其那个儿子，对腌臜麦子简直就像自己的亲生老汉一样，一点不生分。腌臜麦子自然也就视如己出，喜欢得巴心巴肝。赶场就把他背在背上，上学就帮他提书包送到村小的教室门口。小儿子淘气，跟着别的孩子下田摸鱼捉虾，常常弄得一身泥水回来，腌臜麦子看着心疼，不让儿子下田，自己就常常到田里去捉鱼。儿子特别喜欢吃鱼，这让腌臜麦子捉起鱼来特别来劲。

冬天，人们都冷得缩手缩脚了，腌臜麦子还在想办法给儿子捉鱼。那个时候，农村已经开始流行用电打鱼了。腌臜麦子就找来两根电线，搭在田边的高压线上，电线接在一个挂着网兜的金属圈上，用一根竹竿撑着，就这样举着到冬水田里去打鱼，每次都满载而归，儿子自然十分高兴。

可是，有一天却出了大事。

腌臜麦子的婆娘正在家里熏香肠，突然有人在大声喊叫："不得了不得了，腌臜麦子遭了！"她丢掉手里的东西就往外面跑，跑到田边一看，只见腌臜麦子直挺挺地扑在水田里。水田边已经站了好多魂飞魄散的人，就这样张着嘴看着，不知所措。终于有人想起扯掉了电线，跳下水田把腌臜麦子拖到田坎上。这个时候，腌臜麦子已经没有气了！

曾莽儿

曾莽儿，当然姓曾，但是他的真实名字我到现在也不知道。长得瘦小猥琐，却有着一脸的横肉，一看就是个不进油盐的角色。没读过几天书，认不得几个字，父母都死得早，才十几岁的时候他就成了孤人。缺少管教，家里又穷，自然而然就养成了满身的二流子气，除了成天东游西荡外，在月黑风高之夜还常常要干些偷鸡摸狗的龌龊事。大家都怕招惹这个瘟神。他曾经因为偷一家人的南瓜被发现，遭到了女主人的咒骂，结果那一天晚上，那家人圈里一头百多斤重的猪就死得硬邦邦的。大家私下都说是曾莽儿干的，是他把耗子药包在炮红苕里丢进猪圈里让猪吃了的。而这些事情，包括这些细节也都是曾莽儿本人说出来的。

大家叫他曾莽儿，就是源于他的这种无赖的特性。

曾莽儿是个天不怕地不怕的主儿，尤其又禁不住别人的挑唆。公社书记赵子林下乡来检查工作，穿一双草鞋，背着一顶草帽，腰上挂着一支三节电池的长电筒——这是他下乡的标准打扮。一个男人对正在田坎上溜达的曾莽儿说："你要是敢去摸一把赵书记的屁股，我就输一包朝阳桥给你。"曾莽儿二话不说，径直追上去，在赵书记的屁股上狠狠地捏了一把，把手一举朝这边喊道："烟拿来！烟拿来！"赵书记被这个突如其来的动作给弄得一时间蒙了，竟然惊骇地望着扬长而去的曾莽儿说不出话来。

曾莽儿连赵书记的屁股都敢摸，还有哪个的屁股不敢摸呢？自然，赶场天，好多女人的屁股都被挤在人堆里的曾莽儿摸过。开始有些无聊男人还要用烟与曾莽儿打赌，后来发现不赌他都会去摸，简直就像着了魔上了瘾，也就不愿意再与他打赌了。也有好几次摸了之后被当场逮住，被扇了耳光，打出鼻血来，但是他还是乐此不疲，一到赶场天就混在人群里照摸不误。

曾莽儿经常偷鸡，他偷鸡有绝招，我亲见过一次他偷鸡的经历。他偷鸡，严格地说是钓鸡，就是用钓鱼线拴上鱼钩，抓一只油灶鸡（蟋蟀）挂上，将诱饵抛出去，只要有鸡一啄食，他就将捏在手中的渔线一拉，就把鸡嘴巴给钩上了，一旦钩上，曾莽儿就以一种快得让人难以置信的动作扑过去把鸡按住，将鸡脖子一扭，鸡连扑腾的机会都没有就被他塞进那没有一颗扣子的破夹袄里去了。他吃鸡的方法倒无甚奇特，就是我们经常听说过的那种"叫花鸡"。他在水田边抠一堆稀泥将整只鸡连毛带肉糊成一个土疙瘩，然后就到竹林里去搂出一大抱干竹叶子，将土疙瘩放在柴堆里，点燃竹叶慢慢地烤，他就坐在火堆边把破夹袄牵开找虼蚤。虼蚤找得差不多了，火烧得也差不多了，那土疙瘩早已变干变硬，将土疙瘩掏出来，用竹棍敲打，泥块便带着鸡毛脱落，冒出一大股白色的水雾。水雾一散，一只光光的鸡就躺在地上了。他用烧了火的乌黑的手开始撕着鸡肉吃，嘴里包着一大块肉，向我示意，问我吃不吃。我说不吃，抽身就走，离开时我还没有忘记对他说一句"我啥子都没有看到哈"的话。那是我母亲教我的。母亲说，这样说了曾莽儿就不会报复我们，就不会来钓我们家的鸡了。我在竹林里慢吞吞地走着，听到曾莽儿在背后轻蔑地说：小屁眼儿，享受不成！

曾莽儿曾一度改邪归正，成为先进青年，那是他进了大队专业队的时候。

那时的专业队在杨家妇人的带领下，在全大队到处修水库，造梯田，那是年轻人的世界，每天都干得热火朝天。曾莽儿进了专业队，第一次受到表扬是因为他二锤挥得好。打炮眼就必须要用扁口钢钎，一个人用双手握住，并不断转动，另一个就挥动二锤敲打。这就必须两人配合默契，不然锤子会砸到别人的手，或者担心被砸而不敢握钢钎。曾莽儿一来到专业队就表现出了出色的挥锤技术，他不仅打得准，还很有力，而且还是挥的"翻山锤"，就是把二锤从背后由下至上绕一圈之后再落下，根本不用眼睛看，二锤就准确地击打在钢钎的顶端，动作非常潇洒，大家突然对他有了几分赞赏。下乡来的赵书记并不计较曾莽儿以前的恶行，不住地夸奖曾莽儿的二锤挥得好，曾莽儿得到了夸奖就更来劲了。后来杨家妇人也在总结的时候表扬了曾莽儿，曾莽儿甚至引起了那些重庆知青的羡慕。在后来的时间里，曾莽儿干劲十足，别人越是表扬他他就越来劲，他越来劲别人就越是表扬他，把这个曾莽儿给搞得就像一台开足了马力的机器，成天突突突突地高速运转。

有一天，正在挥二锤的曾莽儿的手突然被一个重庆女知青抓住不放。那个女知青特别欣赏曾莽儿的潇洒动作，她总觉得是曾莽儿那个二锤有什么秘密，所以就跑过来要和曾莽儿交换。女知青说：曾莽儿，我要你那个锤子！曾莽儿一听，一张粗脸突然涨得通红。在我们乡下，"锤子"一词是另外专有所指的，女知青不懂，而曾莽儿一听就想到那一边去了。女知青提着曾莽儿的二锤跑了，旁边的人便开始挑逗曾莽儿，说肯定是那个女知青喜欢上了他。曾莽儿嘴巴上不说，其实心里已经有了无限的遐想。

曾莽儿仍然脱不了小偷小摸的习气，他在傅猴子家的屋侧边偷了一包李子，悄悄地送给了那个女知青，女知青却拿出来和大家一起吃。在吃的时候别人也取笑女知青，说她是不是在和曾莽儿要朋友。女知青开始笑着否认，接下来大家都觉得意犹未尽，都说不相信。女知青急了，咚咚咚地跑过去把躺在草堆上的曾莽儿叫过来。曾莽儿瓜兮兮地站着，还没有搞懂是怎么回事。女知青说："曾莽儿，他们说我和你在耍朋友，你自己说说看，可能不可能嘛？我两个配不配嘛？我咋个看得起你嘛？"曾莽儿一听，转身就走了……第二天曾莽儿竟然没有来出工，后来好几天都没有来，杨家妇人派人到他家里去看，家里没有人。大家都很着急，到处找，还是没有丝毫音讯，渐渐地大家也就把他给忘记了。

再次知道曾莽儿的信息是在那之后好几年的时候了。那时我已经读小学五年级了吧，听说曾莽儿被公安局抓了，判了重刑，押到新疆劳改去了，原因竟然是破坏铁路。曾莽儿长期在外面流浪，听说他竟然打起了铁路上道钉的主意，用一个铁棍撬了几十个拿到收购站去卖，他在收购站的门口被当场抓获……

这一次曾莽儿是真正彻底地从人们的视线里消失了。谁也不知道他后来的情形如何，只是推算起来的话，曾莽儿现在应该是五十五岁左右的人了吧！

翘沟子

川话中，"沟子"就是"屁股"，文雅点说就是"臀部"。翘沟子，顾名思义，就是那屁股，也就是臀部是翘起的。想来，一个人的屁股，要是能够翘起来，又能翘到什么程度呢？总不至于像蚂蚁一样吧。而据我观察，翘沟子的屁股只是稍稍比一般人要靠上一点，看起来其实并不明显，我就不知道人们为什么给了他这样一个外号。翘沟子个子不高，却很肥壮，在那个缺吃少喝的年代，瘦子成堆，翘沟子不知道是吃了什么，竟然有着一身别人羡慕的肥肉。大概是由于肥壮的缘故吧，所以他的屁股就显得比别人丰满，这个特征让大多数瘦人一眼就看出来了，于是，不无嫉妒地送他这样一个外号也就很正常了吧。

说起来，这个翘沟子我还应该叫他舅舅的。他是我母亲的一个远房兄弟，但和我们不是一个生产队，虽然互相认识，却也从无交往。翘沟子在村小读五年级的时候，我才开始在那里发蒙读书。每天上学我都要从翘沟子他们家后面那个石谷子斜坡走下去。翘沟子他们家养了一条灰色的母狗，瘦骨伶仃的身材，成天都蜷缩在篾笆墙下面的乱草堆里，每当我从那里走过，它就头都不抬地睁一睁眼，然后又闭上，一副轻蔑的样子。我和那狗之间其实就是不亲近的"熟人"，跟我和翘沟子之间的关系差不多。可是，有时那狗却又会把我当成从未见过的陌生人甚至仇人，狂吠着把我撵得飞叉叉地跑。有两次我甚至被那畜生撕破了裤子连屁股都露出来了，还有一次我被追得跳下了王迅家路边的粪凼。这都是翘沟子使的坏，是他故意唆使狗来撵我的。

翘沟子是个邪恶的家伙，他上学从来都是独来独往，他不理睬别人，别人也怕他，他的眼睛里总是闪着阴森森的光。他在学校里，常常会无缘无故地突然踢别人一脚，或者往别人的背上使劲地擂上一拳头，别人往往敢怒不敢言，只好小心地离他远点。全校几个班的学生，不管大小都不敢招惹他，小女生就只有斜着眼在一边悄声地骂道：翘沟子，土恶霸！所以，他多次唆狗来撵我，我也不敢把他怎样，即使那次我被撵得跳进了粪凼，我母亲去找翘沟子他爸，他爸也说："我哪管得到他？他就是个土匪！"母亲只好无奈地回来，叫我以后上学绕远路。

　　翘沟子在学校打老师的事，直到今天估计全村的人大多还记得。翘沟子的老师是个三十几岁的女老师，姓张。她教学生念那个"臀"字，念得很是怪异。就像现在还有很多人也把这个字念做"diàn"（大概就是人们常常说的：川人生得奸，认字认半边）一样，这位张老师也是念作这个音的。奇怪的是，她竟然知道声母是什么，也知道韵母是什么，可她还是固执地拼出了"diàn"的读音。她教学生念"t—ún—diàn"，学生也跟着念"t—ún—diàn"，没人发现有问题，翘沟子也在大声地跟着"t—ún—diàn"，就他那班上倒数几名的水平，他更不可能发现有什么问题。麻烦就出自这个老师对"臀"字的解说。她说，"臀"就是"屁股"；学生一听到"屁股"就全都扭过头去看翘沟子。翘沟子一看到这场合，径直走上讲台去，挥拳就给张老师脸上一下子，张老师扑通一声就跌坐在教室的泥地上了，双手捂了脸呜呜地哭，鲜血就从指缝中渗了出来。翘沟子若无其事地回到自己的位置上，怒目环顾整个教室，没有一个人再敢正眼看他。那一次，翘沟子那一拳敲掉了张老师两颗门牙。

　　翘沟子他们生产队有三个坡长满了青枫树，那些茂密的青枫林里常常会长出很多各色的野菌子来。童年时，那几面坡是我们非常向往的地方，下午放学时就经常绕路去捡菌子。那些茂密的草丛和树林里，

131

常常会出现蛇和其他一些怪异的野物子，这些东西其实我们并不害怕，我们害怕的还是翘沟子。翘沟子常常会像幽灵一样出现在我们面前，手握一根锄把大小的青杠棒，双眼直勾勾地盯着我们手上那一串用草茎穿起的野菌子。每当这个时候，我们都会把手上的菌子一丢，撒开脚丫子飞跑了去。我们知道，要不是这样的话，翘沟子手中的青杠棒必将落在我们的身上，而且菌子也会给抢走的。有一次，我被翘沟子抢去了菌子，第二天我去上学，看到翘沟子正翘起沟子在他们家院坝边的水田边洗菌子。我还心有余悸，假装没有看到，想快速地走过。突然听到背后阴森森地一声恶叫："站到起！"我魂飞魄散，立即站住。翘沟子拿起手上的菌子向我扬了扬说："想不想要嘛？"我说："不！"他又恶狠狠地说："谅你娃娃也不敢要！"我说："我不稀罕！"边说边走。翘沟子说："你在说啥子呢？你再说一遍看看？灰子灰子！"灰子就是他家那条瘦骨伶仃的母狗的名字，我听到他又在唆狗了，头皮一紧，不要命地飞跑了起来。

这些是我对三十多年前的时光的记忆了。三十多年后的今天，翘沟子应该是五十岁上下的人了吧。而五十岁上下的翘沟子已经历过了一番大起大落的人生了。

小学毕业后的翘沟子自然是考不上公社的初中的，因为他们家虽然是贫农，但是他小学五年永远都是班上的倒数几名，照他老师的说法是"成绩差得没得底底"。我后来几年在村小读书，上学路上就常常看到翘沟子在使牛犁田了。他犁田时，手中的"吆牛棍"不像别人那样是一根指头粗的细竹竿，竟还是一根以前抢我们菌子时用的那种大小的青杠棒。他在水田里大声武气地用恶话侮辱水牛的"妈"，那根青杠棒不停地落在牛背上，把牛打得不是在水田里亡命地奔跑，就是干脆躺在水田里死活不动。生产队长在田坎上大叫："翘沟子，你格老子，不要把牛给我打死了哈！"

再后来，翘沟子就到街上"操社会"去了。同一帮人伙起在附近的镇上，趁赶场天人多拥挤，当扒二哥摸包。别的扒二哥虽然有时得手，也常常被人抓住打得鼻青脸肿；而翘沟子从来没有被别人打过，他岂止没有被别人打过，相反他还常常把别人打得头破血流。在赶场天，他能偷就偷，不能偷就抢，谁要是敢反抗就只有倒霉。他凭着这样的德行，自然很快就成为这个不大的场镇上"杂痞"们的首领了。在万古场，翘沟子成为无人不知的人物，成天沟子后头跟着一串二不挂五的混混儿在街上东游西荡。

有这样广为人知的一件事：有个赶场天，翘沟子伸手在一个看似老师模样的女子的包里扒窃得手，刚转身，突然被一个人挡住了去路，翘沟子不假思索地就给那个挡路的家伙一拳头揎过去，那人一声大叫就倒下了，翘沟子这才猛然发现那人竟然是他爹，遂把扒窃到手的钱往他爹的怀中一塞，说拿去喝二两酒，然后迅速逃掉了。他爹从地上爬起来，四顾茫然，咬牙切齿地骂："这个狗日的塞炮眼儿的祸害！"那一年，翘沟子大约二十岁了。

翘沟子是在全国"严打"那一年倒霉的，翘沟子被抓，后来据说被判了十多年，送到新疆去劳改了。翘沟子同许多犯人一起，被五花大绑地排在汽车上游街示众，那时我正在县城读高一。汽车开过来时，我一眼就认出了他，竟然冲口而出——翘沟子！叫出了声我便不由自主地后怕，竟然忘了此时的翘沟子已失去了往日的威风。翘沟子似乎也听到了我的叫喊，翻了一下白眼瞥了我一下，那眼神让我突然想起了他们家那条睡在篾笆墙下乱草堆里的灰狗的眼神。

再后来，有关翘沟子的事情我就知道得很少了。只是听别人说，翘沟子在新疆劳改，刑满释放后，他并没有回老家，而是留在了新疆，并且后来还开始承包农场土地种植棉花，再后来规模越来越大，多的时候据说承包过上万亩土地。后来他又再次犯事。有一百多个河南去的民工帮他摘棉花，结果他不但不给那些人工钱，还找人打伤了好几个民工，因此又被判了好几年。第二次从劳改农场刑满释放，那一年大概已经是全世界人民喜迎新世纪的时候了。

翘沟子回到了阔别了二十多年的老家。父母早已不在，那一架篾笆墙的房子以破败不堪的面目等待着旧主人的归来。有一天我又从他家旁边的斜路上走过，便突然想起了那条瘦骨伶仃的灰狗，也突然忆起翘沟子唆狗撵我的往事。灰狗自然早已不在，那个曾经心怀恶意的狗主人，正一个人坐在院坝边的石头上独自吸着纸烟……

屁巴虫

我猜测"屁巴虫"应是"琵琶虫"的变音。去网上百度一下"琵琶虫",竟得到这样的注释:虱的别名。(明)彭大翼《山堂肆考·昆虫·虱》:"宋道君北狩至五国城,衣上见虱,呼为琵琶虫,以其形类琵琶也。"由此看来,我的猜想与之相差甚远——因为,我们所说的琵琶虫不是吸血的虱子,而是一种以吸树汁为生的指头盖儿大小的有着不同色彩的昆虫,因其形状也似琵琶,于是被乡人如此称呼也符合逻辑。但这种虫子有个很令人讨厌的特点,就是只要触碰到它,它会散发出一种非常难闻的气味。人们带着厌恶的情绪将一个美好的名字变音为"屁巴虫"这个龌龊名字——我自信我的这个推断。

话说远了,还是回过头来说人吧。

屁巴虫因其令人讨厌,这三个字便成了人们对令人厌恶者的称呼。何二流就得到了这个名号。

何二流自然姓何,不过何二流也是他的外号,而且他还不止这两个外号,还有诸如烂鞑靼、烂板凳之类的外号,无一例外的都是表示此人的无赖和厚脸皮。但是被大家叫得最为普遍的外号还是这个屁巴虫,而且人们在叫他这个外号的时候,脑子里出现的已经不是那种令人厌恶的昆虫,而是更为恶心的"屁眼儿虫"的影像了。

他得到屁巴虫这个外号似乎很早,我不太清楚人们为何会给一个十来岁的孩子这样的外号,但是我确乎知道大家是不太喜欢这个人的。他父母都死得早,初中毕业那年,就因为他家成分好而被推荐去上了县里的高中。但是在上下二湾,他手脚不干净的德行却是无人不晓的。

不过由于他孤身一人，也能获得大家的同情和谅解，人们也就不太在意他的毛病而已。他在全湾上下溜达，谁家在吃饭他就跨进谁的家门，靠在门框上有一句没一句地扯闲条。主人只要随口问一声"吃没？"，他就二话不说，立即坐上桌子端起碗就干，绝不客气，这就是我们乡下所称的"活二流"的典型德行。不过，叫他屁巴虫这样的外号，其实更能看出人们对他的不喜欢。

屁巴虫高中毕业那年大概是1974年，那时我刚入小学。记得屁巴虫每天提着一只木桶，装着满满的墨汁，拿着一支巴掌宽的排笔，到每个院子的墙壁上去写大字。每个院子的墙壁上就写三句话："将批林批孔的运动进行到底！""克己复礼就是复辟！""打倒孔家店！"有人问他那些标语是什么意思，屁巴虫一脸不屑地说："革命靠自觉！"又问，孔家店是哪个？屁巴虫就随口像背书一样念道："孔家店就是孔老二，孔老二就是孔明，孔明就是诸葛亮，诸葛亮就是朱高亮。"

朱高亮是个富农，也早被人们奉送了一个"诸葛亮"的外号。屁巴虫这样一说倒不打紧，紧接着的一次全大队批判大会，要找一个代表孔老二的批斗对象，却因为他这样一句信口开河的胡扯，民兵连长首先就想到了"诸葛亮"。结果"诸葛亮"被五花大绑地推上高板凳，莫名其妙地挨了半天批斗。会上呼口号，屁巴虫的拳头举得最高，声音吼得最大。一散会，大家一哄而散，"诸葛亮"竟差点被晒死在那里没人管。"诸葛亮"虽是个富农，平时与大家关系都不错，这次吃了这个亏，"诸葛亮"自己倒不敢说什么，人们却因此愈加厌恶甚至憎恨屁巴虫了。

屁巴虫还是一如既往地小偷小摸。被人抓住了，开始还感觉不好意思，次数多了便不以为然甚至成了厚脸皮。一年多时间，屁巴虫就彻底变成一个乡下无赖了。后来大队成立农田水利专业队，他进了专业队，与二队的曾莽儿一样，成了人们戏耍的"活宝"。曾莽儿后来失踪，再后来大家知道了他偷铁路道钉犯了国法被判了刑；而屁巴虫虽然没失踪也没有犯法，却因为一次偷看重庆女知青洗澡被几个男知青暴打了一顿，便再不敢去专业队上工，成天在家里昏天黑地地睡懒觉。有时好几天都没见他开过门，也没见他家房顶上的烟囱冒过烟。大家担心屁巴虫饿死，去敲门。敲半天，屁巴虫突然拉开门缝伸个脑袋出来，大吼一声——敲个卵啦你敲？

那个狗日的屁巴虫，不但没饿死，还精神抖擞地骂人。敲门的转身而去，从此再也没有人在乎他的死活了。

没饭吃的屁巴虫必须为自己的生计考虑了。小偷小摸他是熟门熟路，可是那个解决不了大问题，他就开始偷树。那个时候山坡上的树木几乎早已砍伐殆尽，很少有像模像样的可用之材。但是屁巴虫白天闲着无事，满坡乱逛，还是可以锁定一些目标，那大多是些手臂粗细的柏树。到了晚上，他提上一水壶开水，拿上一把手锯就出门。据说，锯子在锯树木的时候，浇上一点开水就不会发出声音。就这样，生产队周边一些勉强成材的柏树就渐渐稀少了，人们知道是屁巴虫干的，却又没人去管，因为那些树是公家的。人们知道屁巴虫把那些小柏树卖给了场口接龙桥的苟木匠做锄把，却又常常去苟木匠那里买锄把，买回来还开玩笑说——这锄把有屁巴虫气味！

那时我总是不解——人们怎么对屁巴虫如此宽容？大家怕他什么呢？今天想来，才觉得，"宽容"也许是有的；"怕"似乎没有，不过是"事不关己"的麻木而已。

屁巴虫不仅仅偷树。有一次他在堰坎上歇凉的时候，就很得意地告诉我，只要抓一把花椒包在煮熟的红苕里喂给猪吃了，把猪儿牵几面坡都不会哼一声。而且他的这些说法，简直跟曾莽儿是一个师傅教出来的。我还是半信半疑，但不久就听到我的父母在悄悄说哪家哪家的猪儿晚上被偷了。我说："肯定是屁巴虫！"父亲睖了我一眼，悄声说："多嘴！"后来母亲提醒我，叫我别乱说，屁巴虫那种人惹不起，惹毛了他，他来偷我们家咋办？

不过，好多家的猪儿被偷倒也没有确证是屁巴虫所为，而后来屁巴虫被逮捕，竟是因为偷牛。大概屁巴虫偷树偷猪偷得顺风顺水，便越来越无所顾忌，也越来越觉得不过瘾，于是开始干偷牛的勾当。他把小鸡儿的爷爷徐海洲家老母牛牵到古龙山那边的铜梁县大庙场去卖了，只过了三天，公安局的人就把在万古街上喝小酒的屁巴虫抓住了。

接下来我们就听说屁巴虫被判了十多年，用闷罐儿火车押到新疆劳改去了。那一年屁巴虫大约还不到二十岁。

我再看到屁巴虫的时候，已经是十多年之后了。他从新疆回来，说话带了外地口音，身材高大粗壮，剪个小平头，穿着白衬衣，衬衣抄在裤腰里，很神气的样子。身上的匪气没了，但是大家却很怕他——因为人们都觉得，劳改过的人都是在坏人堆里滚过的，必定还有着坏人的脾气。他那破家早已不在，他暂时住在他一个远房的伯父家里。不久又听说他到贵州六盘水去了，他的一个朋友叫他去合伙包煤矿。又过几年他回来了，还带着一个年轻漂亮的老婆，抱着一个两岁大小的孩子。屁巴虫在县城买下了房子，在县城南门桥租了一间门市，开了一家煤矿设备商店。很快，他就和县里好多有头有脸的领导都成了称兄道弟的哥们。

屁巴虫的生意干得风生水起，人们虽不再因为他以前的"坏"而怕他，却又因为他现在的"富"而畏他——毕竟人家是发了，而乡下人还是一如既往地做着老实巴交的乡巴佬。

后来，我离开了县城。几年后再回去，就听到了人们谈起了现在的屁巴虫。

因为全县关停了大量小煤窑，屁巴虫的生意几年前就败了，从前那些当官的干亲家们全对他敬而远之了。据说重堕困顿的屁巴虫，为了生计，竟唆使自己的老婆与一个在县城搞房地产开发的外地老板勾搭，为那个老板生了一个儿子，于是从那里获得了聊以生存的经济来源。现在的屁巴虫，成天无所事事，偶尔帮那个老板守一守工地，更多的时候便是独自坐在滨河公园的帐篷下喝茶，长时间看河里的人们划着彩绘的画船嬉戏！

而现在，我老家乡下的人们，定是对屁巴虫怀着满心的不屑了！

二粑粑

二粑粑，大名季乾坤。名字是个好名字，而命运却不咋样。听说他小时候头顶长了一种什么怪疮，疮好了却落了两个拇指大小的疤子，"二疤疤"于是成其外号。后来人们再叫着这外号的时候，我可以肯定，那"疤疤"已经变成了"粑粑"了。因为，"疤疤"已不能体现其根本特征，而"粑粑"本是指由各种米面粉加水揉和，摊锅中烙熟蒸熟的食品，其稀松柔软的特点，则恰恰与他懦弱本分的性格相符。

二粑粑比我大十几岁，记得我开始背起书包读小学时，他已经在清明湾那块大田里使牛犁田了。我们总爱在大路上边跳边喊："二粑粑，光祆祆（土语：指下身赤裸）。回家去，买盐巴。买盐巴，烙麦粑。烙不熟，叫妈妈。……"要是我们这样叫着别的人比如肖癫儿，十之八九是要遭到咒骂甚至追打的，但是二粑粑却不会这样，他总是仰起头笑嘻嘻地望着路上的顽皮小孩，然后就低下头，只顾犁田，沉默得就像走在他前面的那头牛。

闲着的时候，二粑粑常常提着箢箢在坡上捡狗屎。我们看见提着粪箢箢的二粑粑，就要扯起嗓门高唱："狗屎娃儿，翘搭搭儿（辫子）。哪里坐？茅草房儿。吃的哪样菜？吃的红灰毛儿（红豆腐，这里指霉狗屎）。"二粑粑仍是不恼，只是举起狗屎夹夹向我们晃动，羞答答地回应："你吃不吃嘛？来吃噻，来吃噻！"我们便笑着跑掉了。

二粑粑不傻，他就是本分老实，这大概是他父亲的遗传。他还有个妹妹，性格也跟他差不多，总是笑嘻嘻地红着脸蛋，不爱说话。他母亲在农村中只说得上勤劳，也似乎从来没有在人堆里占到过先。这

140

样的家境，日子过得自然也就有些黯淡。二粑粑最受人称道的也就是干活能够下死力，生产队里凡是有那种又脏又累的活，奸猾的人总会梭边边，而干到最后的大多时候就是剩下二粑粑了。当有人真心或者假意夸赞他几句的时候，他就窘得面红耳赤地说："有啥子嘛？有啥子嘛？"——也就是"没什么"的意思。

当然，二粑粑也不总是只干这种老实巴交的事，他也耍过"奸猾"，不过那是在他更小的时候。他到生产队的粪凼去卖狗屎，有人教他先埋一块石头在粪筐里面增加重量，他还真捡了拳头大一块石头埋了进去。结果，当过了秤，队长让他往粪凼里倒的时候，那块石头竟然鬼使神差地从旁边滚了出来，在众目睽睽之下，"咚"的一声砸进了粪凼，让众人一惊。队长问："有多少石头？"他扭捏了半天才说："大概七八斤吧。"其实整个粪筐的毛重才五斤呢，有人笑得差点跌下了粪凼去。长大过后的二粑粑就再也没有耍过这样的"奸猾"。也正因为如此，二粑粑的老实也就被一些人当作了傻；也正因为被当作了傻，二粑粑竟成了娶不到婆娘的单身汉。

二粑粑三十岁那一年，他同样老实巴交的父亲去世了；三十三岁那年，他的勤奋却懦弱的母亲也去世了；老实的妹妹是早就出嫁了的——二粑粑成了光杆一条。虽然土地早就自己承包了，他最大的能耐也就是一天到晚都像一棵庄稼一样"栽"在田土里，然而他的田土也并不比人的田土多收获多少粮食。生活就过得清汤寡水，没盐没味，一个家也乱得像狗窝。虽然他的妹妹偶尔来看他，顺便帮他收拾整理一下，那也管不了几天。妹妹心疼他，担心他，觉得哥哥这样过下去总不是办法，于是开始到处托人给二粑粑做媒。

看了几次"人户"之后，终于有一家勉强看上了二粑粑，原因主要不是二粑粑的老实勤劳，关键在于那家的姑娘患过小儿麻痹症，只能撑着小板凳蹲着走路的缘故。二粑粑就常常到姑娘家去帮农活，不用说必是出大力气的。开始准丈母娘还疼他，吃饭时不断地给他添饭夹菜。二粑粑生性老实，又很拘礼，吃饭总是只吃一碗，吃完后拼死不再添，即使根本没有吃饱。再后来，准丈母娘就只好用一只大海碗给他盛饭，碗底还埋着很多菜。然而，这门亲事最终还是没成。原因就是，有一次准丈母娘家与邻居为争田边地角而扯纠纷，准丈母娘在吵红眼的时候，命令二粑粑上阵出手，而二粑粑却当了逃兵。一来这二粑粑不是那里的人，二来他从来没有和人打过架，他哪有胆量去给准丈母娘撑腰壮胆？他竟然胆怯地躲到了一边，这一躲，就永远没有再进过那姑娘的家门。

再后来，二粑粑娶了一个脑子有问题的女人。那女人成天咧着嘴，口水滴答的。又总是坐不住，喜欢走到这家那家门口去痴痴地久站，说一些别人听不懂的怪话，伴着牵丝溜线的口水。人们先是同情，后来就讨厌，看见她过来就掷扫帚。而二粑粑却把这女子视若宝贝，对婆娘好得出奇。他出去干活，就把她带着，然后让她坐在田边。还常常带着她到几公里外的镇上去赶场，总是引得别人指指点点。不知是他不在乎别人的异样眼光还是根本没有想到在乎，反正，二粑粑自己的确是感觉到了生活真正的幸福了。

然而，真是不幸。几年之后，女人开始发癫痫病。折腾了几个月之后，二粑粑薄产累尽。一天深夜，女人又病了，二粑粑连忙把她往镇上的医院背。背到镇医院，医生不接收，让往县医院送。二粑粑立即背起女人往四十里外的县城去。结果，才走到半路上女人就断气了。

从此，二粑粑又成了一个可怜巴巴的单身汉。

扯拐儿

"扯拐儿扯拐儿，我们握个手。"我们看见扯拐儿的时候总喜欢这样招呼他。

"你才是个握手！"每次扯拐儿都会这样回敬我们，而扯拐儿也只有在这个时候还显示出点自卫的机灵，其他的时候就是个典型的二百五。他这自卫性的回答，来自于他母亲的教化。常常有人看着扯拐儿老实就吃他的欺头，说："扯拐儿，你是我儿！"扯拐儿只是笑。他母亲教他，要是再有人这样说，你就回答他："你才是我儿！"扯拐儿于是举一反三，全用这个套路来回话了。

扯拐儿真的是个二百五，他一生下地他妈就给他下了结论的。听说扯拐儿这个外号也是他妈给叫出来的。这个外号的意思，就是不顺绺，不通达，不晓事，不开窍。长大后，他除了每天吃饭、睡觉、干活和嘿嘿地傻笑以外，几乎不会别的事情。扯拐儿的家在"村上"——就是村公所大院子。村公所是全村的中心，所以扯拐儿全村闻名。我们每天背起书包到村小上学，都要从扯拐儿家的屋侧边那个竹林经过，经常看到扯拐儿端着一个大得不得了的瓦钵钵在惊天动地地喝稀饭，我们就像开头说的那样跟他打招呼，他就努力地伸长脖子咽下一口稀饭，然后就回敬那句话，然后就兀自嘿嘿地笑，好像很开心的样子。有一次，我们看到那开心着的扯拐儿，裤子的前门敞开着的，里面隐隐地吊着个黑东西。我们便叫喊："扯拐儿，你的脑袋掉出来了！"扯拐儿便伸手去摸上面那颗剃成光头的脑壳。他这样去摸自己的光脑壳的时候忘了手中的大瓦钵，咣当一声，摔地下碎了。他的老妈站在门口看到这一幕也不恼，只是叹息一声："扯拐儿，你个傻东西！"扯拐儿说："你才是个傻东西！"

扯拐儿是个傻东西，而扯拐儿的两个哥哥却一点不傻。他的大哥在山里一个煤矿当什么领导，他的二哥虽在农村，却是个远近闻名的裁缝。扯拐儿的父亲把扯拐儿弄成这个样子送到人世间，却毫不负责任地早早去了，把扯拐儿扔给了自己的老婆和两个大儿子。两个大儿子长大了，翅膀硬了，非但不照顾弱智的扯拐儿，连自己的老妈也不管了。有一次，我们在上学的时候就看到两个聪明哥哥的老婆，为分担扯拐儿母子俩的口粮问题，在村公所那个长了青苔的三合土坝子上扭在一起摔跤。看的人很多，扯拐儿的母亲在哭，扯拐儿在旁边嘿嘿地笑。

我们的小学堂就在村公所的旁边，扯拐儿有时会信步走到小学堂来。我们那个从城里来的漂亮的姓龙的女老师用教鞭指着黑板上的字，正教我们："工，工，工人的工；人，人，工人的人。"扯拐儿就靠在破木窗上也跟着大声地读，声音粗得像牛叫，然后就得意地嘿嘿笑。我们看见了扯拐儿，就突然兴奋起来，读书的声音就大得吓人，但是脸全部都是朝向教室外面的。这就搞得我们的课上不下去，老师只好走出教室去，对窗外的扯拐儿说："扯拐儿，乖，听话哈，别在这里捣乱，快回家去！"扯拐儿便一声不吭地走了。然后我们又开始齐声朗读。然而，这时的读书声显然已经没有了刚才的气势。扯拐儿爱到我们的小学堂来，他喜欢看我们的龙老师，他也最听我们老师的话，老师叫他干什么他就干什么。老师批评我们调皮的时候就爱说："看嘛，你们还没得人家扯拐儿听话！"于是，我们看到扯拐儿的时候，就问："扯拐儿，你听不听话？"扯拐儿就说："你才是个听话！嘿嘿……"

有一天上课的时候，突然下起了一场大暴雨，那是我的记忆中也不多见的大暴雨。我们的教室是老房子，早就破旧不堪，暴雨一来，很快整个教室的屋顶就开始哗哗地漏水，瓦片在大雨的冲刷下不停地从房顶掉落。开始我们还很兴奋，但是看到雨越来越大，天黑得像半夜，我们就感觉到了恐怖，有些小女生开始嘤嘤地哭起来。老师也吓得脸色都变了，把我们圈到漏水小一点的角落，惊恐地望着窗外。窗外，除了铺天盖地的雨水，什么也看不见，老师很绝望。这时，我们突然听到房顶上有响动，抬头一看，有个人在房顶上攀爬。再仔细一看，竟然是扯拐儿。老师大叫："天啦，扯拐儿，你从哪儿爬上去的？快下来，上面危险！"狂风暴雨中的扯拐儿肯定是听不见的，他在那上面吃力地把那些瓦片胡乱地重叠着，还朝着下面大喊："盖房子，盖房子！"突然轰隆一声，檩条断了，扯拐儿像只浸满了水的麻袋一样从房顶掉了下来，砸在了教室的稀泥中。我们全体一声惊叫，叫声还没有停止，却见扯拐儿从稀泥中翻身就爬了起来，好像一点没事，他还是嘿嘿直笑。扯拐儿的笑消除了我们的恐惧……雨，终于停了！

扯拐儿自然是无法盖好房子的，但是我们老师很感动扯拐儿的义举，几天后带着我们全班同学去给扯拐儿的生产队割麦。扯拐儿的母亲代表生产队给我们每个同学烙了一个巴掌大的麦粑，麦粑放了糖精，很甜。我们一面愉快地吃着麦粑，一面喊着扯拐儿："扯拐儿，吃麦粑！"扯拐儿就说："你才是个麦粑！嘿嘿……"

后来，扯拐儿的母亲死了。扯拐儿的两个哥哥都不要他，扯拐儿就成了孤人。没有了母亲照顾的扯拐儿，穿得又脏又破，又不会自己做吃的，没人知道他是在怎样过日子。上学的时候，我们常常看到扯拐儿一个人呆呆地坐在门前的石条上，再没有看到过他端大钵钵的样子，那张脸也好像很久没有洗过了。

有一天，扯拐儿的大嫂跑到我们小学堂来，冲进我们老师的寝室，指着老师破口大骂，她说学校占了他们的地盘，却把厕所的大粪卖给了别人。原来是她准备来偷舀大粪，却发现粪坑干了，便怒而撒泼。

我们老师被骂得眼泪直流，没法还嘴，呆呆地坐在一张小板凳上。我们围在老师身边，心里也非常害怕。突然，扯拐儿从外边挤了进来，一把揪住他大嫂的衣领就往外面拖。他大嫂发出像杀猪一样的号叫，喊着"短命的扯拐儿"，并伴着乌七八糟的粗话。扯拐儿把那女人拖到一个土坎边，用力一推，那女人带着叫骂声就滚下去了。

　　也记不得那事后来是怎么了的。只知道在那不久之后，扯拐儿就离家出走了，好多人在十几里路外的大堡场看到过流浪的扯拐儿在垃圾堆中翻找东西吃。在我读中学之后，有一次回家，听母亲讲，扯拐儿死了，是在一百多里路远的成渝铁路上被火车撞死的。

半条命

张家院子是一个坐落在背山湾里的大院子。半条命家是这个院子里唯一的杂姓，姓季。

记得他们家有一个老得勾着身体走路的白发老婆婆，还有一个头发全白的矮老头子，还有一个就是他。少年时的我常常搞不清楚队上一些人家成员之间的关系，就以为那老婆婆是半条命的母亲，长大了些才知道，那是他的奶奶。我不知道他母亲是什么时候死的，也记不得他的奶奶后来是什么时候死的，记得最清楚的就是他们父子俩扯扯绷绷过日子的凄惶情形。

房子是老房子，穿斗木架，早已破烂不堪，我们甚至可以从他家后阳沟壁头上的破洞翻到半条命的床上去。家里几乎可以叫作一贫如洗，然而最奇怪的是，半条命那床却收拾得非常整齐，枕头边总放着一两件叠得规规矩矩的衣裤。破土墙上贴满了发黄的旧报纸，还有一张穿着军装挥手的毛主席画像。墙上冒出一颗生锈的铁钉，上面挂着一个洗得发白的军挎包。而他父亲那间屋就大不一样了，常常床沿甚至枕头上都糊着干了的鸡屎。

爱好整洁的半条命几乎是那时候贫穷乡村的另类。他出门就收拾得清清爽爽的，按今天的说法，就是很阳光。那时他大概十八九岁。很阳光的半条命之所以如此爱好整洁，主要是想接近队上的知青，尤其是女知青。他那老父亲就常常骂他："狗日的，一天鬼眉日眼的，外头要牌子，回家糊浆子。"并送了他一个更精彩的外号——转窝子（即变种）知青。

队上有三个女知青，都来自几百里外的大城市重庆，个个美如天仙。对大多数乡下人来说，她们是那样的高傲不凡，乡下人对她们心里无限崇敬却也不大敢接近。女知青常常还带来一些邻村的知青，男男女女一大群聚在一起玩耍唱歌，偷鸡套狗。这时半条命就常常要挤拢去捧场子，套近乎，甚至甘愿帮着他们干一些偷鸡摸狗的事情来赢得知青们的好感。虽然他常常被知青们呵斥逗弄，却并不以为意。知青们唱的歌，他几乎都学会了，而且唱得比很多知青要好，所以后来他就被介绍进了大队的文艺宣传队，常常跟着一大群知青在大队那个礼堂里唱唱跳跳，还几次到公社参加汇演。这让像我这样年龄的一群小虾米儿羡慕不已。那大概是半条命过得最快乐的时光了。

有一天，半条命又在给知青们扎场子，他穿了一条新的的确良喇叭裤，跟那些知青的一模一样。他正在保管室的晒坝无限仰慕地看一个男知青拉手风琴，突然他父亲躬着背，手里拿了一把剪刀悄悄跑了来，嘶的一声，把他的一条裤腿从裤脚直搂到了大腿。众人还没有回过神，就看到了那在风中招摇的一大块蓝布和一条雪白的大腿。那老头还要继续对另一条腿动手，半条命早已飞舞着一只破裤脚蹦到了晒坝边上的一个石包上去。一副惊恐不已又哭笑不得的尴尬相，让满晒坝爆出哄堂大笑。那老头子指着石包上的半条命骂："你个狗日的转窝子知青，敢偷家里的麦子去做喇叭裤，你操你妈个逼操！假操哥！"

说到这里，还没有说他半条命的外号的来历。这个外号是在他二十岁时得了肺结核后队上的人叫开的。在那个年代，似乎得了这个病就意味着死路一条，除了那时的医疗技术落后之外，因贫穷没钱医治也是主要原因。他得了这个病之后，病情恶化非常快，脸色白中透着红，像抹了胭脂，说话上气不接下气，走路也飘一飘的像只风筝。宣传队自然也去不成了。

半条命还是一直坚持在队上出工，但是人们都不愿接近他，怕传

148

染。知青的圈子当然更是无法靠近了。半条命便成了一个孤独的人。

开春了，队上开始泡稻种，准备撒秧。两只大木斗装了满满的稻谷，用水浸泡着，放在我们院子的后阳沟。为了防备被偷盗，就要人守。父亲让我和哥哥代他守夜去挣十个工分，另一个人就是半条命。我们拖了一些陈谷草来铺在后阳沟里，从家里抱来一床被子，三个人就挤在被窝里乱七八糟地扯淡。因为兴奋，我和哥哥居然一点也没有在乎他那人人都害怕的病。半条命这一夜也异常兴奋，给我俩讲了好多新奇的故事，还教我俩划"广东拳"，我们就在被窝里大声地划拳。到了半夜，半条命又出主意，说是去偷点胡豆来烧着吃。那时候，胡豆还没有完全成熟，我们三个人就鬼鬼祟祟地摸到生产队的地里去偷了好些回来，捞一堆竹叶烧起来，我们吃了很多，感觉愉快极了。

然而，就在这天夜里半条命受了凉，天亮的时候就开始疯狂地咳嗽，咳得脸上的青筋全都鼓了出来，喘不过气，胸口像扯风箱一样起伏，他趴在谷草堆里显出痛苦不堪的样子。这把我和哥哥吓坏了，我们叫他赶快回家。他疲惫不堪地飘着回家去了。

那天下午，就听说他被他年迈的父亲背到区上医院去了。第二天，又听说转到了县医院。两天后，那个老头回来了，脸色木然，说半条命已经不在了。

我听父亲说，是半条命的老父亲在队上人家借了一架板车，同队上另外两个人一起到五十几里外的县城去把半条命拉回家的。他们中午从县城出发，回到家的时候已是凌晨四五点钟了。

肖癞儿

肖癞儿之"癞",那可实在是"癞"。

除了脑袋四周还有些黄秧似的头发外,头顶那一大片都寸草不生,还红白相间地反着亮光,看了吓人且恶心。肖癞儿之"癞",也不是天生的,那是他小的时候生什么怪疮,由于无钱医治,也可能是他父母重视不足,才弄成了这样一副模样。很小的时候,他母亲总爱站在长田坎上长声吆吆地叫喊在坡上玩耍不回家的他"肖癞儿——吃饭了——",这"肖癞儿"便成了他的外号。

其实,肖癞儿的大名叫肖兴国,他还有两个哥哥。他的父母都过世得早,肖癞儿与两个哥哥的年龄又差得比较多,小时候,我一直都以为他是他大哥的儿子!其实,他与他那个大侄子年龄也就只相差两三岁而已。两个哥哥都是老实巴交的人,可对肖癞儿很好,大概就是遵循了乡下人所说的"长哥当父长嫂当母"的古训,也难怪我那时常常分不清他们之间的关系。

肖癞儿在他的哥哥的关怀下慢慢长大。慢慢长大了的肖癞儿却养成了一种骄横敏感的性格。他的敏感主要就表现在对他的"癞"的态度上。后来我学习鲁迅的《阿Q正传》,知道阿Q是如何地忌讳自己头上那癞疮疤,在课堂上突然"扑哧"一声笑了出来,结果被我的语文老师很怪异地恨了两眼,其实,没有人知道我那时是想起了我老家那个"肖癞儿"的。肖癞儿忌讳自己的"癞",不允许别人当面叫他"肖癞儿",一年三百六十五天都在头上戴一顶油腻腻灰扑扑的塌塌帽,即使是热得要命的六月间也不取下。谁要是有意无意在他的面前提到与"癫"相关的话，他就会不自觉地攥紧拳头、面色发青、双眼死死盯着对方，虽然不说话，但是那种强烈的警告信息，会让很多人害怕。

有一年，肖癫儿与另外三个男人"配斗"打谷，在田间休息的时候，一个男人开玩笑时将他那汗气淋漓的塌塌帽给揭了，这下就闯了大祸，被疯了一样的肖癫儿死死地摁在水田里，要不是旁边的人奋力拉开，那人肯定会被肖癫儿给闷死。当那个男人喘着粗气从水中立起来的时候，还被狂怒之下的肖癫儿扑过去往脸上摔了两把稀泥巴。

大人们之间的玩笑都会被肖癫儿如此还击，就别说我们小孩子了。其实我们也知道他这个德性，因此我们一般都不会去招惹他。有一次，我与几个同路放学回家的少年，路过肖癫儿院子旁，看到肖癫儿在水井边洗澡，刚好他把他那塌塌帽揭了挂在了井旁的豇豆架上，正在用凉水冲光头，这就勾起了我们少年的顽劣之性，就一齐唱起了从小就熟悉的滑稽童谣：

> 癫儿癫，爱打牌，三更半夜才回来。
>
> 鸡一叫，狗一咬，癫儿脑壳回来了。
>
> 推粑粑，烧敬茶，保佑癫儿生头发。
>
> 生一根，落一根，落得癫儿光秃秃儿。
>
> 生一撮，落一撮，落得癫儿光脑壳。
>
> ……

我们正摇头晃脑得意忘形地且走且唱，忽听得身后一声狂叫："我日你妈哟!"接着是踢踢踏踏的光脚板拍地的声音由远而近。回头一看，原来是肖癫儿穿了一条湿淋淋的火把窑裤追来了，手上还握了一根插豇豆的竹竿。我们一见情况不妙，撒腿就跑，有的往水田里扑、有的往菜地里钻、有的往坡坎上爬，有一个直接就跳下了路边的粪凼。

跳进粪凼那一个结局可惨了，不仅成了"粪人"，刚一爬上来就挨了肖癞儿好几闷棍。我们这些逃得远远的家伙，全都吓得魂飞魄散，从此对肖癞儿不仅不敢乱喊，甚至都避而远之了。

可是，就在那一年，肖癞儿却突然死了，而且是上吊自杀。

肖癞儿喜欢上了队长的千金燕子妹崽。那燕子妹崽刚刚从县二中毕业回乡，高挑的身材，红扑扑的脸蛋，长得的确很漂亮，在我们这些小屁孩儿的眼里都是大美女，莫说是二十出头的肖癞儿了。不过，绝对没有一个人会认为肖癞儿配得上燕子妹崽的，人们私下都用那句"癞疙宝（癞蛤蟆）想吃天鹅肉"的歇后语来嘲笑肖癞儿的自不量力。

可是，肖癞儿自有他自信的理由。大概就是那天燕子妹崽在送公粮的路上，很亲热地叫了他"肖兴国"，说自己的脚板都走痛了，请他帮忙一起挑。肖癞儿天生就有一身莽力，把燕子妹崽那几十斤谷子叠在自己的箩篼里挑着上路就当没有那么回事一样，燕子妹崽却在后面紧追慢赶，嗲声嗲气地喊："肖兴国，肖兴国，你等我一会儿嘛。"到了街上的粮站，交了公粮，燕子妹崽突然笑盈盈把一根冰棒递到肖癞儿的面前，还是嗲声嗲气地说："肖兴国，谢谢你哈!"肖癞儿以前从来没有吃过这个东西，迟疑地接过，手竟然在颤抖。大概就在这一次，肖癞儿害上了相思病（这个词也是我小时候第一次从大人们的口中听到）。不过，要说是这燕子妹崽喜欢肖癞儿的话，那的确是没影儿的事。那肖癞儿只是个剃头匠的挑子—— 一头热。

夏天的晚上，生产队在保管室分谷子。肖癞儿挑了空箩篼坐在晒坝边听别人吹龙门阵，等待叫自己的名字。"肖兴良!"会计叫喊。"哟!"这边肖兴国瓮声瓮气地应一声，其实那叫的是他大哥的名字。他从人缝里挤进来，返身又从人堆里拖出两个箩篼放在谷堆旁。闷热的晒坝上，油筒晃动。虽然每年分不了多少谷子，可是在这样的时候，大伙还是异常兴奋，都挤在谷堆旁看热闹。有人往公箩里撮了谷子，另外两个人就用竹杠抬杆秤。这肖癞儿虽"癞"，而人却极精，他是生怕别人给他看错了秤的，于是就急急地凑过去看秤星。可就在他凑过去的一瞬间，那秤杆却突然鬼使神差地扫了小半个弧形，一下将他那塌塌帽给挑落到了谷堆上。突然露出的光头在油筒的照耀下，反射出惨白的光亮。肖癞儿几乎是在帽子落下的那一瞬间就将它捞了起来并扣在了自己的光头上。而就在这时，突然听得身后一声惊叫。肖癞儿回头一看，原来正是燕子妹崽，她正双手捂住自己的眼睛，指缝里似乎还流露出惊恐的眼神。

　　肖癞儿失魂落魄地拖着箩筴挤出了人圈。人们都不知道他是怎样一个人离开大伙挑着谷子回家的。就在第二天的早上，早起的人看到了队长家门前的那棵歪斜的梨子树上挂着个什么东西，走近去一看，原来是个人；再走近一看，原来是肖癞儿——死了，舌头伸得老长……那塌塌帽还戴得好好的。

垮子

"垮子"到底该不该写成"侉子",我也说不准。不过,查查字典一看,没有"垮子"一词,而"侉子"的含义也与此不大相符。队上的人都这样叫他,我就愿意用"垮子"这两个字来代替。因为,这两个字似乎更能显示他的特点——稀松邋遢,不爱收拾,也就是大家习惯说的"粪流屎垮"。我想,人们这样叫着他的时候,心里藏着的一定是这个意思。

记忆中,垮子一直就与他的父亲——一个骨瘦如柴的杀猪匠生活在一起,他没有母亲。后来我才知道他的母亲是在三年困难时期偷偷跑到外地去再嫁了的。他的家,完全可以用"家徒四壁""一贫如洗"这样的词语来描述。况且,他们家"四壁"都是稀牙漏缝的篾墙。从院子东端转角处的前门进去是灶房,穿过灶房左侧的门就是卧室,卧室的东端有一个后门,直通后边的猪圈屋,整个屋子常常充满着浓烈的猪粪气味。小时候我们捉迷藏却经常在这些地方钻来钻去。

垮子是个天生的高度近视眼,看什么东西都像拿在鼻子边闻一样。在那时的农村,既没有配眼镜的条件,也没有这个必要,所以,他就永远像一只傍晚时分的鸡一样,伸头缩脑,小心翼翼地走路做事,有人就叫他"鸡摸眼"。他好像只读了小学就没再上学,认不了几个字。但是他的眼睛却"巧"得很,无论多么复杂的篾器,凡是他看过的,都能一模一样地给编出来,他还别出心裁地用颜料在篾器上绘出一些简单的花鸟图画。后来有好几年,他就是以此为副业,他的手艺也得到了很多人的称赞。赶场天他将自己编的篾器往万古街上大操场边上一摆，就会引来很多人欣赏和购买。

垮子一辈子最幸福的事情，恐怕就是娶媳妇。这实在出乎很多人的意料的，像他这样的条件，别说那近视眼，别说那一头黄秧似的头发，单是他那一贫如洗的家，也基本没有哪个女子会看得起。然而，命里就注定他该有这一份儿。媳妇是附近杜家湾的人，虽说不上漂亮，但是配垮子那是绰绰有余。她个子虽小，干活却有得人比；孝顺老人，料理家务，把一个破落不堪的家给收拾得井井有条，让这个家终于有了"家"的样子了。

一年后，他们有了一个儿子。又一年后，媳妇却突然患了什么疾病，听说还在送往街上医院的路上就断了气。一个刚刚有了点起色的家，一下又只剩下了老中小三个光杆男人，变得了无生气了。

过了几年，垮子在一个亲戚的介绍下，终于外出打工。干的是泥水工，他以前没有学过这种手艺，加上眼睛又不行，所以他只能在工地上干挑灰沙递砖块的粗活。虽然活路繁重，收入不高，却也比待在家里强多了，时不时还往家里寄钱回来。儿子也开始上小学了。

记得那是1994年的夏天，我参加工作的第五个年头，我刚放暑假的时候，老家突然来了两个人——两个远房的舅舅，叫我随他们一起到河南去。我很吃惊，原来是垮子在河南灵宝出事了——大概由于眼睛的高度近视，用小推车运灰沙时从四层楼高的龙门吊上掉下来，摔死了。他们之所以来叫我，可能是由于我是老家唯一的一个读过大学见过世面的人，同时，垮子也是我一个远房的舅舅的缘故。于是我们就立即出发，先在邮亭火车站发了电报，告知那边的建筑老板我们乘坐的车次和去的人数，然后就过成都，越秦岭，经西安，于第二天深夜赶到了灵宝。

在灵宝待了几天，那是最难过也最无聊的几天。垮子那才七岁的儿子随我们一路去，大概是水土不服的缘故，那小孩子天天流鼻血，老爱咿咿呜呜地哭，让人心情极度压抑。更由于人地生疏，建筑商凭着地头蛇的优势，表现得极其冷酷而傲慢；并没有多少社会见识的我根本不是他的对手，其他几个全是"没有见过世面的乡下人"，更是无可奈何。最后，我们只好答应了建筑老板给两万块钱赔偿金的条件。

垮子被冷冻在三门峡市的一所医院里。到了三门峡，我没有敢进医院去看他，只是远远地看到几个人把一个白色的担架抬上了一辆白色的车子，然后车子开往了城外的火葬场。当同去的几个人回来时，有一个人手里提着一个白色的蛇皮口袋，那里面装着一个骨灰盒。

在回来的火车上，同去的几个人都害怕，不敢再碰那骨灰盒。我就将那两万块钱放在骨灰盒里，用蛇皮袋装了盒子，一路提着赶了几千里路，把他送回了老家交给了他年迈的父亲。

前年我回家，看到了垮子那已经八十多岁的父亲和已经二十岁的儿子。老父亲已经老得有些痴呆，然而更让我伤感的是，他那个儿子竟已经是一个在附近小镇上游手好闲的混混儿了！

癫子老百姓

　　大概十七岁那一年，光娃子从长生桥头县二中高中毕业。回家的第二天他就加入了大队的专业队。专业队是以清一色的青年人组成的农田水利建设突击队，在全大队各个生产队转来转去挖水渠、修梯田、建水库，同时也是大队的文艺宣传队。光娃子因为是高中毕业生，立即被吸收进了宣传队，并确定为培养的骨干。不用说，毕业回乡的光娃子，很快就感觉到了毛主席的那句"广阔天地大有作为"的话的确是万分正确的，他那时一定对未来充满了无限的憧憬。

　　在村小学那个土坝子上，宣传队要举行一场去公社汇演前的节目彩排。那晚上，光娃子要第一次登台表演，这让大家都很期待，还在半下午我们这些小学生就把消息传开了，放了学不回家，直接就在土戏台下去抢占了好位置。晚上，土坝子上聚集了全大队上千人，闹声嚷嚷，舞台两边竖了好几支亮晃晃的油筒。那个漂亮的重庆女知青主持节目："首先请大家欣赏男声独唱《我是一个兵》，演唱者季晓光。"大家哗的一声拍起了巴巴掌，小孩子发出了尖叫。季晓光就是大家平时叫的光娃子。光娃子穿了一身草绿色军装，怀里斜挎了一支半自动步枪，从后面的黑暗中走了出来，一张脸被油彩抹得绯红，看不出他是不是因为初次上场胆怯而脸红。他开始唱了：我是一个兵，来自老百姓……声音有些发抖，但是大家的巴巴掌响彻夜空。光娃子唱完了第一段，开始唱第二段，正唱到"来自老百姓"的时候，旁边一支油筒突然被几个小学生挤倒了，上边的火头正好落在光娃子的头上，军帽给碰掉了，火焰把他的头发燎了一大块。大家开始时一惊，接着是

157

哄堂大笑。突然有个男人在人群里大喊："光娃子，这下子你可真的成了个'癫子老百姓'了哈!"大家又是短暂地一静，并迅速爆发出了长久而热烈的笑声。第二天，光娃子那个"癫子老百姓"的外号就已经传遍全大队了。

光娃子剃了个光头，算是掩盖了被火烧的遗迹。但是，他从我们村小学旁边走过去的时候，却听到了上百个小孩子挤在山当头那个破围墙旁边无数遍地齐声叫喊"癫子老百姓"。光娃子开始闷头疾走，走了很远，听到了后边的喊声越来越疯狂，便回转头来怒目而视。这并没有吓住那些顽劣的孩子，他们不但继续叫喊，还故意做出张牙舞爪的怪相。光娃子被激怒了，抓起地上的石块就掷了过来。我们胆小的立即作了鸟兽散，只有一个小子胆最大的，还在那里一跳一跳地继续挑逗。恼羞成怒的光娃子又捡了一块拳头大的干泥巴掷了过来，那个刚才还在又蹦又跳又喊又叫的小子突然噤声砰然倒地。这一下可闯了大祸了，那小子头部被砸了一个口子，鲜血直流，在地上闷躺了好一会儿才哭喊出声音来。我们老师跑过来一看，直叫苦——那个被砸中的小子恰是大队书记的孙子。老师给光娃子递了个眼色，光娃子便迅速跑掉了。

当然，接下来的事情就很自然了——光娃子被赶出了专业队，登台表演的资格当然也没有了，光娃子那爹还给支书家送了好大一筐鸭蛋，赔了无数小心才算基本了事。后来，光娃子要申请入党，因为支书的反对而告吹；再后来，光娃子要参军，又因得不到大队的同意而告吹。反正，光娃子想要干什么，只要需过大队这一关，那就注定过不去。这样混了几年，光娃子的人生理想就彻底混没了。理想混没了，而"癫子老百姓"的外号却完全替代了"季晓光"甚至"光娃子"，成了别人对他的唯一称呼了。

二十几岁的癫子老百姓，有人开始给他提亲。那个邻村的姑娘居然因为他那个外号而拒绝了他。媒人说：人家长得伸伸抖抖的，又不是真的癞子，你嫌弃啥呀？姑娘说，我想起他那个外号就想笑！这样的信息传出去，后来好几个姑娘也莫名其妙地在乎这个外号而毅然回绝了他，甚至说他真的有癞疤，以至传到后来，竟然说他不是一般的癞，简直就是癞得一塌糊涂。近处的人因为别人对他的无端厌弃而跟着不屑，远处的人则在盲目的传说中将他彻底丑化。一个标标致致的小伙子，竟然一直晃到三十岁还没有娶上媳妇。那时大概已经是二十世纪的八十年代中期了。

晃到三十岁的癞子老百姓，早已没有了刚毕业时的文质彬彬，也早没有了年轻时的清爽干练。父母接连过世，姐姐出嫁，剩下一个独独的癞子老百姓过凄惶日子。出门也不收拾，穿着邋邋遢遢，脸上居然长了一蓬络腮胡，被他自己用钝剪刀剪得像马啃的样。房子越来越破，日子越过越惨。癞子老百姓在人们的视野里渐渐蜕变成了一个怪异的人了。直到有一年的初夏，一场大风暴把他那个早已摇摇欲坠的房子摧毁之后，癞子老百姓就开始在几里路外的小镇上流浪了。

成了流浪汉的癞子老百姓，精神已经开始不正常。他常常站在一些店子前面对人傻笑，比画一些奇怪的动作。有时他又不知道从哪里找来一本书，坐在街边仔细地读，一读就是半天。那时，街上的人们便略带同情地回忆起他曾经出众的学业，说他是县二中最优秀的学生。然后就是逗他，然后就是厌恶地赶他，然后就是恶狠狠地咒骂他。他总是在大操场旁边那个垃圾堆旁的石墙下过夜，白天就在街上那些食店门口晃荡，在潲水缸中捞吃食。有些无聊的人有时撺掇他："癞子老百姓，唱一个，给你馒头！"他果然摆开马步，把腰一挫，鼓爆着青筋唱起来——我是一个兵，来自老百姓……街上的人便哈哈大笑，逗他的人于是给他两个馒头，他就边吃边唱地走了。

我偶尔回到老家，在镇上还会碰上癞子老百姓。他全身上下不知

159

道套了些什么乱七八糟不知颜色的布片片；有时是赤着脚，有时又趿了一双破胶鞋；一张长满了胡须的脸黑得仿佛来自非洲沙漠深处。他在场口马路边搭了个窝棚——在石谷子地上往下掘了一个一米多深的坑，然后在上面搁了几根手臂粗的木棒，木棒上盖了几张破烂的油毡，还用一块木板像模像样地做了一扇门，门上还用一块红布做了门帘。他常常就坐在自己的"家"门口，一本正经地蘸着口水翻一本卷得像刨花一样的书，我曾经凑过去仔细看过，那竟是一本《周易》。

前年我回家，路过癞子老百姓那个窝棚旁边，那时正是前夜里下过大雨。我看见癞子老百姓正待在窝棚里，浑黄的水淹没到他的腰部，他竟然闭目凝神端坐如佛。

那时的癞子老百姓已经五十多岁了吧！

杨家妇人

杨家妇人不是"妇人"，而是个男人，按照现在的说法，简直就是一个不折不扣的帅哥，纯爷们，而且还是"帅呆"了、"酷毙"了的那种。到底有多帅多酷呢？只跟你讲一个事实你就可以想象得到了——他，也就是杨家妇人，一个农村崽儿，耍了个女朋友，是个重庆知青，而且是我们大队几十个女知青当中最漂亮的一个；为了争夺他，有十多个女知青在水库工地上打群架，连裤子裙子都撕破了。最后抢到他的这个女知青，她的父亲还是重庆一个制药厂的厂长。看看，这个杨家妇人够有魅力了吧？

他之所以被人叫作这样一个奇怪的外号，是由他的本名引起的。他本名叫作杨家富，爱取外号的乡下人在后面加了一个"人"字，杨家富这个"变性"的外号便远近闻名了。杨家妇人十七岁从县城高中毕业回乡，一米八的个子让很多乡下青年羡慕又嫉妒，既有文质彬彬的书生气，又不乏活泼开朗的青春气息，就是与那些神气活现浅薄油滑的城市男知青相比，他也显得要出众得多。一回乡，村支书就让他担任了团支部书记，并加入了大队组织的"专业队"，不久他就担任了队长的职务。他带领专业队的百十号年轻人在全大队十几个生产队之间到处转战，改土改田修水库，唱歌跳舞写标语。很快他就成了全公社无人不知的红人，好几次戴着大红花在公社的大礼堂做报告，还获得了全县"先进青年"的称号。

那时候，每个大队都在排演样板戏，专业队同时也是一个文艺宣传队。样板戏把我们这些小娃儿吸引得如痴如狂，每天跟着宣传队撵，像撵坝坝电影一样，到每个生产队去看。杨家妇人饰演郭建光，一个漂亮的重庆女知青饰演阿庆嫂。杨家妇人穿一身灰布军装，左臂上缝着一个写有"新四军"的牌子，扎着绑腿，拴着腰带，腰上斜挎一把木头刻的驳壳枪。他把架势一拿就唱道："朝霞映在阳澄湖上，芦花放，稻谷香，岸柳成行……"那威武、那帅气，让我敬服得简直喘不赢气，以至于我在那个时候几乎可以把每个样板戏里的歌学得一字不差地唱完。就像人们看《杜鹃山》时总觉得柯湘是雷刚的老婆、看《智取威虎山》时总觉得白茹是参谋长的老婆一样，看《沙家浜》时，就觉得阿庆嫂就是郭建光的老婆。再转一下，就开始觉得那重庆女知青是杨家妇人的老婆。而事实上，那个漂亮的女知青就是在这个时候疯狂地爱上杨家妇人的。我在坡上放牛，每当看到杨家妇人精神抖擞地走路的样子，我总感觉到他不是同我一个院子的那个杨家妇人，而是从大城市来的人。

杨家妇人这个外号谁都可以叫，他一点也不忌讳。这不忌讳不知道是一种随和还是一种潜意识的软弱，他就是在公社的大礼堂的主席台上佩戴大红花的时候，下面还有人在大声地叫他"杨家妇人"。我们这些小孩子爬在礼堂的木窗上看热闹，听到大人这样喊，也跟着喊——杨家妇人！杨家妇人！杨家妇人站在台上笑得一脸灿烂。杨家妇人在县中学读书时就是全年级第一名，但是毕业回乡当农民是当时所有农村青年共同而无法改变的命运，因此他也没觉得有什么失落。相反，回到农村这个"广阔天地"真诚而踏实地奋斗，他可能相信他一定会"大有作为"。后来，直到专业队解散的时候，他好像也还没有什么"作为"，但是这并不使他失落，他那时已经沉浸在无比幸福的爱河之中了。

后来，一道希望的曙光把杨家妇人从爱河中吸引了过来。他听到了一个消息，大队得到了一个推荐农村回乡知识青年上大学的指标。

这个消息让他兴奋不已，因为从全大队来看，他具有无人可比的优势。他立即把这个消息告诉了他的女朋友，女朋友一听也很高兴，也觉得这个机会非他莫属了。他立即找到大队支书打听，支书说："是有这个事情啊，可是我们也得研究研究啊！这个事情不但要看你回乡的表现情况，还要看家庭成分，严格得很呢。"回乡表现，杨家妇人对自己很自信，至于家庭成分，他们家也是个中农，应该也没有什么问题吧。"贾书记，你一定要考虑我啊！"走的时候，杨家妇人很殷切地央求支书。支书说："那是肯定的，你放心好了！"

然而，后来的情形却让杨家妇人没法放心了。他听说支书已经叫了好几个毕业回乡的年轻人谈话，还隐隐地听说了支书的侄女得到这个名额的机会很大，而自己竟然还没有得到与支书谈话的机会。杨家妇人慌了，便亲自跑到支书家里去问，支书对他爱理不理。最后支书说："看你还读过高中，理解政策水准这样差，你还比不上人家小曹（小曹就是杨家妇人那个知青女朋友）。人家城里来的青年人就是不同。"聪明的杨家妇人一听，就知道自己杵在这里是绝对解决不了问题的，他决定叫自己的女朋友来说情。后来的事情我就不想再详细叙述了，那是一个近乎程式化了的情节。只不过这次小曹虽然去求了情，却并没有让支书那邪恶的计划得逞。支书既没有得逞，杨家妇人上大学的愿望自然也就彻底落空。

杨家妇人上大学的机会落空了，入党也没门了，连正担任着的团支部书记的职务也给端了。更让他受打击的，书记竟然多次要挟他女朋友，女朋友实在承受不了这种骚扰，就请病假回了重庆，而且一回去就再没有回来，从此音信杳无。陷入双重失落的杨家妇人躺在床上放声痛哭，并发誓要报复书记。这把他那个老实巴交的父亲给吓坏了，急忙把门紧紧地关上，几乎要跪到他的床前，求他忍下这口气，书记得罪不得，还说："你是个农村人，你就不读大学也是你命中注定，你跟城里的女知青要朋友本来就是不自量力，是个空搞灯儿，你就本本分分地活人吧！"杨家妇人在家里瘟了好几天才打起精神出门干活。但是，从此他就变得沉默寡言，笑意全无了，原本一张容光焕发的青春脸庞，竟瘦得只剩一张皮。我在堰塘坎上放牛，看到提着锄头走过来的杨家妇人时，简直差点认不出他了。我记得我在使劲盯他的时候，他睃了我一眼，眼神空洞，完全是"目中无人"。

杨家妇人一有空就躲在自己的屋子里写东西，我有时牵着牛从他的窗前经过，就仰起头望他一眼，他也睃我一眼，继续埋头写。有一天，有人带信来，让杨家妇人到公社去一趟。杨家妇人去了，下午又神情黯然地回来了。要天黑的时候，支部书记来到他家，把他父亲喊出去说话，看样子书记很生气，声音也大起来，我们在远处也能听到书记在说："想告我？他崽儿还嫩了点！说我调戏妇女，说我不让他上大学，证据拿来？别说告到公社，就是告到县里去告到省里去我也不怕！……你崽儿找死！"杨家妇人的父亲吓得弓着腰勾着头，一句话不敢说。

不久，相邻的五队发生了一件事，有两个二十几岁的妇女失踪了，据说是被人拐卖到了新疆。其实这样的事情也不是第一次发生，那几年跑新疆的人很多（也许根本就不是被拐卖，只是"盲流"）。但是，有一天公社的杨公安来到我们生产队，把正在田坎上铲草皮的杨家妇人用手铐铐走了。突然发生的事情震惊了在场所有的社员，杨家妇人的父母只有眼睁睁地看着儿子被带走，撕心裂肺地大哭。

后来，消息渐渐传来，说是杨家妇人是人贩子，那些被拐卖了的妇女都是杨家妇人干的，他犯了重罪，十之八九要遭"敲砂罐"（枪毙）……几天后，更可怕的消息传来——杨家妇人深夜弄断了木窗条，翻出了公社关押他的屋子，在公社礼堂后面韩坪坳的山坡上一棵桐子树上吊死了，吊死了的杨家妇人遍体鳞伤……那一年，杨家妇人还不到二十一岁。

我说，我要去看。母亲顺手就给我一巴掌，我不敢去了。我看见母亲眼睛里含着眼泪！站在保管室晒坝上的所有人都流着泪，默默无语。

中国青年

大家这样称呼他的时候，他真的还是个青年，不过二十岁吧，记得那时我还在村小读二年级。他那时是在大队的专业队，一百多号年轻人在二队那个水源都没有的沟沟里修水库。

一年四季不管天晴落雨他都戴着一顶草帽。那草帽上便有红漆喷上的四个字——中国青年。草帽上有这四个字并不出奇，因为那时候的草帽上印这四个字的很多，还有诸如"战天斗地""人定胜天""愚公移山"之类。他除了草帽上有"中国青年"，还有一件白色背心上也印着这四个字，那是他在区上的农中读书时得的奖。头上顶着"中国青年"，背上背着"中国青年"，连嘴巴上也爱挂着这四个字。

专业队队长杨家妇人安排他去干最苦的活的时候，他总爱很豪迈地说——好，我是中国青年——那是他心情好的时候。要是心情不好，别人安排他做什么的时候，他会立即拒绝——不干，我是中国青年！于是就有人笑着骂他：你个栽舅子，我看你像他妈个美国青年！这样一来二去，在那个时代千千万万的中国青年当中，大概他是唯一被人以"中国青年"为外号称呼的中国青年了。

中国青年是我的一个远房表哥，他读过农中，在乡下算是有点知识的人。他喜欢看书，喜欢谈论农家科技。我第一次从他的口中听到了"杂交水稻"这个说法。我看到他嫁接桑树，几天就发芽，很快就长得枝繁叶茂，这也让我羡慕不已。我听到他跟队长说，不要让队上的母牛和秦二娃家的公牛配种，那头公牛品种不好。队长笑着说：上湾下湾那么多男人长得怪眉日眼的，未必就不准娶婆娘了？中国青年

166

只好悻悻地走开。

闲着的时候，中国青年也跟乡下的年轻人一样，喜欢干点摸鱼捉虾的事。有一次他看见我背着书包从他屋前走过，就喊住我："二娃，我们去胜天湖弄鱼，去不去？"我一听，自然大喜过望。立即回家丢了书包就跑他家去。他正在将一节放炮用的炸药装进一只玻璃瓶中，然后用筷子从瓶口往里插一个小孔，将一根带着雷管的导火线插进去，再用软泥糊了瓶口。将瓶子放在一个布口袋里提着，我们去蒋家嘴的胜天湖水库。那天，中国青年将瓶口的导火线点燃，迅速把瓶子抛进了水库中，我俩立即卧倒在地，左等右等不见爆炸，正焦急地抬头窥视，突然一声沉闷的炸响，水面腾起一股水柱。然后我们狂奔至水边，看见渐渐平静下来的水面上漂起来许多大大小小的鱼儿。我们跳进水中捞鱼，装进布口袋里，还欢天喜地地玩水。

回来时，中国青年带着我走另一条路。我问为什么，他说你别管。顺着河边走，在紫微桥头，有一个小院子。中国青年叫我在外边等着，他进去找个人。他站在院坝边喊"张芹"。然后进屋去了。一会儿他出来，手中的布口袋不见了。

"鱼呢？"我问。

"给张芹了。"他说。

"张芹是哪个？"

"你别管。"

他显然不想让我知道得太多，只顾往前走，走着走着还哼起歌来。

中国青年心情很好，可是一大口袋鱼不见了，我是空欢喜一场，所以我很生气。心中早想象好了的晚上母亲用菜油做的煎炸小鱼成了泡影，我就气呼呼地对他说："下回哪个舅子才跟你去弄鱼了！"中国青年便立即讨好地对我说："二娃，别生气哈，我告诉你嘛，我是想跟张芹要朋友，张芹是我农中的同学，你不要跟别人说哈。下次我弄鱼一定全给你，要得不？"

不久，中国青年果然又约我去弄鱼，我虽然发过"毒誓"，却哪里经得起诱惑，于是又跟他去了，我们是去火镰湾坳口上那个蓄水池。中国青年将一瓶叫作鱼藤精的药水倒进池中，我俩就坐在边上等，大约半个小时后，水面上便陆陆续续浮起来一些鱼虾。然而，这一次收获却很寥寥，也就二十来条拇指大小的鲫鱼而已，我很失望。

中国青年觉得有些过意不去，就宽慰我："下一次我带你去长生桥弄鱼吧。我晓得的弄鱼的办法多得很……我还告诉你个秘密，我和张芹开始耍朋友了！"

我赌气说："你耍朋友关我屁事！"

其实我心里还是为他高兴的，因为他是我表哥嘛。

中国青年是在二十四岁那年结婚的，他老婆当然就是张芹。

第二年，他们有了第一个孩子，一个女孩。第三年，他们生了第二个孩子。这个孩子的出生就有了不少的麻烦，那时计划生育已经开始比较严格地执行，张芹是在亲戚家躲了几个月才生下孩子来的，还是一个女孩。中国青年被罚款两百元，大队的干部要来抓他去结扎，他一次次地都跑脱了。

中国青年决意要生一个儿子才罢休。张芹又怀上了，中国青年早早地把她藏到了大山里的一个亲戚家。然而，生下来的还是个女孩。而这个女孩就没有前两个幸运了，据说，生下来那天晚上就夭折了。不过很快我就从母亲与院子上的其他女人的闲聊中隐隐地听到了这样的说法——那个刚出生的女孩，是被中国青年放尿桶里闷死的！

我问："为啥子呢？"

母亲睃我一眼，沉沉地说道："再问，老娘把嘴巴给你撕到后颈窝去！"

不过，这件事却让我少年的心遭受了刺激。那一段时间，我无法遏制自己那种想象——一只大手，将一个活鲜鲜的婴儿按进尿水里去，轻微地挣扎，尿水冒出几个气泡，尿骚味在土屋里弥漫；提起来，一动不动的小小身体，滴着尿水……

我是知道那个可怜的小生命埋葬的地方的，在火镰湾那块大土边的斜坡上，据说是中国青年趁着夜色用一只笕笕提着去埋的，那只笕笕也就当作棺材一并埋下去了。后来好几年我无论是割草还是放牛，只要经过那里都会多看几眼，似乎那小小的土堆下有一双可怜的小眼睛在忧郁地望着我。

中国青年后来还是被大队的干部给抓去扎了管，想要个儿子的愿望永远地断了。他为了还超生罚款，不得不想办法搞钱。有一天夜里，他用马桑子泡酒去闹鱼，将二队牌坊下那个本来没有多少水的小水库里的几百斤鱼全部闹翻。他正在趁着黎明前的夜色捞鱼的时候，被人抓住，然后在黑暗中被人一顿暴打……

后来，中国青年的左腿瘸了，终身残疾。别人只知道他是摔断了腿。

而今的中国青年已是"中国老年"，六十多岁了。两个女儿早已出嫁，都是老老实实的农家，生活也还算平静而踏实，也还是常常回来看望父母。两个女儿都各自又生了一个女孩，然而并没有像大多数农村人那样死活要赖一个儿子才算数。我想，她们大概也是想起了自己父母曾经的期望与绝望，想起了自己在父母眼中的无奈和残缺，才有了现在的坦然与豁达吧。

喜欢弄鱼的中国青年，现在承包了一口十多亩的鱼塘养鱼，每天跛着一条腿忙来忙去，还干劲十足的。

我不知道，他现在是否还想得起那个被他亲手扼杀了的小生命！

法官儿

　　老家把男孩子一律都称作"娃儿"，也常常喜欢把这个"娃儿"的大名加在前面，比如"洋娃儿""华能娃儿""小林娃儿"。这样的称呼有时甚至会奇怪地维持很久的时间，一些男人都四五十岁了还被别人喊作"××娃儿"，被喊的人也常常会脆生生地应着。这不，我的隔壁堂哥，都五十几岁了，还被人叫作"发国娃儿"。"发国娃儿"这称呼一叫顺溜了，在发音上顺势一滑，就变成了"法官儿"。"法官儿"便成了我那隔壁堂哥的外号。

　　法官儿是他那个年龄阶段的男孩子中学历最高、读书最多的人。他在万古场读过两年初中，有空还常常跑到街上冯跛子的连环画书摊去看小人书，所以他那脑子里记了很多乱七八糟的东西。在我们这些小虾米的眼里，他有着满肚子的稀奇货。而他也觉得自己"奇货可居"，便常常以摆龙门阵为条件剥削我们的劳动力。好多个炎炎的夏日，在大竹林那茂密的浓荫下，我们挥汗如雨地给他扇蒲扇；好多个寒风凛冽的冬日，在院子上的石磨屋里，我们到处找柴来给他生火取暖——就为了听他那些翻来覆去已经摆了无数次的龙门阵。讲了《封神榜》，讲了《说岳全传》，讲了《聊斋》，还讲了什么"七把叉""吹破天"的故事。我们那时还不会识字，即使后来能够识字了，也没有太多的机会得到什么书来读，所以法官儿对我们的吸引是长时间的，至少一直持续到了我小学毕业。其实，更多的时候就是想听他摆龙门阵也不行的。"法官儿哥哥，摆个龙门阵嘛，我给你打扇。"我讨好地说。"一边去，你看我不是没空吗？我还要担粪呢！"他高傲地说，挑着粪桶穿过竹林走了。我便怅怅地望着他的背影在竹林那边消失。

　　法官儿配媳妇那天，我们全院子的小娃儿兴奋不已。因为法官儿是我们这一字辈中年龄最大的，我们知道那个女子可能会成为我们的嫂子，成为我们可以随意开玩笑的对象，便觉得特开心。一大群挤在法官儿他们家的木窗子上，故意发出些怪声以引起注意。堂屋里坐了好些人，那个后来成为法官儿老婆的女子坐在一个陌生的中年女人的身边，法官儿坐在他家的鸡圈门口。法官儿一直把头勾着，那女子却似乎很大方，东张西望，笑意盈盈。我记得最后有人问他们双方有什么意见的时候，那个女子居然对法官儿说："我希望你入党。"法官儿的回答很怪，他只是点着头，不停地"嘿嘿"地笑。我们也不知道什么叫"入党"、为什么要"入党"，就一个劲地喊："法官儿，入党！法官儿，入党！"法官儿就回过头来望着我们，把眼睛一鼓，压低声音吼道："滚开些，鬼扯淡！"

　　法官儿结婚了。结婚后的法官儿很快就变了个人，原因是他那婆娘太厉害了。我们看到有好多次，法官儿只穿着一条火把窑裤被他老婆从屋子里撵了出来。还记得有一次不知道是因为什么原因，他的一双水靴被他老婆狠命地丢到尿缸钵里面去，把缸钵都砸破了，弄得满屋尿臊。被老婆欺负着的法官儿总是可怜巴巴地望着老婆，不停地念着："你做啥子嘛？你做啥子嘛？你做啥子嘛？……"这个时候，我便常常会想起那个躺在架子椅上享受着我们的凉风摆着龙门阵的法官儿来，心里便隐隐地起了对人生的些许感慨。

　　再长大了一些之后，我就知道了他老婆欺负他的一些原因了。据说，媒人当初告诉那个女人，法官儿读过中学，是有可能被大队培养为干部的，也有可能被招工成为工人的。法官儿也到一个煤矿去干过一段时间，听说要转正了，结果又莫名其妙地回家来了，并且再没有回煤矿去过。那女人嫁过来，发现法官不但做大队干部没门，当煤矿工人也没门，自然就非常失望。她的母亲，据说是槽上（我们对大山一带的称呼）一个大队的妇女主任，跑来指着法官儿的父母的鼻子大骂："你不是说他要转正吗？转了啥子正？是湿瘟症转成寒火症，还是饿痨症转成软脚症？"

因了这一次的责骂，法官儿几乎彻底地"瘟"了，我们从此再也没有听到过他摆龙门阵，只看到他成天都在默默出工，默默挑水，默默地从大竹林走过。我们甚至也不敢像以前那样请求他摆龙门阵了，知道他断不会答应我们这样幼稚可笑的要求，因为我们曾分明听到他的老婆骂他"一天只晓得跟小屁眼儿耍，一辈子都长不大"的话。渐渐地，我们就失去了对他的龙门阵的兴趣，因为我们都开始背起书包上小学了。

后来法官儿做了两个儿子的父亲，而他那个老婆由于长期的霸道和张狂，得罪了几乎所有的左邻右舍甚至整个生产队的人，法官儿也跟着遭殃而无人理睬，变得更加沉默而孤独。记得有一次，法官儿手里捏了一本巴掌大的油印小册子，那是从街上的地摊上花一毛钱买回来的。可能是那天他兴致特别好，叫住正伏在高板凳上做家庭作业的我，要读给我听。我说："你读嘛。"他就开始读："毛子告苗……"我说："啥子毛子，啥子苗哟？""嘿嘿，你看嘛。"他指给我看。我拿过来一看，原来是"耗子告猫"，我就笑起来。这时他婆娘过来，从我手中一爪把那小册子抓了过去撕得稀烂，扔了，回头骂道："别丢你屋头几辈人的脸，认不到两个字就不要充秀才。"法官儿被骂得蔫蔫地走了。我突然想起这个婆娘给他儿子读童话——"大火（灰）狼的故事"，就很是奇怪她自己不也乱读吗，还好意思奚落别人！

记得在以前，法官儿不知道多少次带着我们不惜跑十多二十里乡村夜路撵坝坝电影，但是后来他不看电影了，即使就在本生产队放映他也不看。我上初中的时候，我们的乡下已经开始有电视机。人们对电视很着迷，几乎每个夜晚都会聚集到队上唯一的一台电视机前面来。

然而法官儿是唯一例外，他宁愿一个人在家里睡懒觉或者扯一片席子在空地上躺着乘凉。有时我们就会奇怪地问他，他的回答更令人意外。他说："电影电视有啥子看头嘛？那都是一些演员演的，全都是假的。你以为那些敌人遭打死了嗦？一会儿他们就爬起来了，上好，全是装死！你们都被骗了还在那里嘿嘿地笑……"我们便无话可说。

但是，这个时候，只要他心情好，他还是会跟你讲一些别的话的。他开始对一本叫作《农家科技》的小杂志感兴趣，每天一有空就翻着细细地读。他就喜欢讲：难怪我们种的红苕不高产，原来是种的方法不对；难怪我们的谷子产量不高，原来是施肥的方法不对……他有很多新的感想和感慨。有一次他突然问我："你说哪一种狗屎最肥？"我说："不知道。"他说："白色，白色的狗屎是狗吃了骨头屙的，富含磷肥。"我上初中，正学化学，知道他说得有道理，很佩服他，我已经好几年没有看到法官儿哥哥的这种灵性了——只不过我很难想象那些狗每天哪有那么多骨头可以啃。

后来我就离开家到县城上高中，到省城上大学，直到出来工作，自然就与老家接触少了。只是知道，在好多年前，法官儿就被他婆娘带着到陕西安康做铁货生意去了。春节回家时也碰到过两次回家来的法官儿，发现他已经变成一个满头白发的老头子了。院子上的人远远地看见了，就招呼："是法官儿回来了嘛？"他似乎不认识对方的样子，然后木然地支吾几句就背着手走开了。我听说他两口子因供养父母的问题早就与他的弟兄姊妹搞得很僵，法官儿的婆娘几乎想推掉所有的义务，也逼着法官儿跟她一气。法官儿开始自然是不愿意的，而后来竟然屈服了，就回来把两个儿子都弄到陕西一起做生意去了。

法官儿一家四口已经好几年没有回过老家了。每年春节，他那早已驼了背的母亲都会挂着棍子久久地站在大竹林，眺望那条伸向远方的大路，盼望着他们的归来……

土八路

那时的乡下人，难得看上一场电影，难逢难遇看上一场坝坝电影又多是战争片，比如《地雷战》《地道战》《平原游击队》之类。那个本来外号叫作"柜子"的小子，看到电影中吃好菜喝好酒的都是鬼子，便羡慕不已，于是被大家授予了"鬼子"的外号。而那个比鬼子小好几岁的大名叫作季大奎的小子，却怀着一腔正气，说日本鬼子都是坏人，就是吃了好东西，屙出来的也是臭狗屎，他才不羡慕呢。他决心要当电影中英勇杀敌的那个土八路。

第二天，村小三个班一百多学生就已经人人知晓季大奎那个"土八路"的外号了。他在村小那个狭小而破旧的校园里，神气活现地走来走去，等着别人叫他"土八路"，心里美滋滋的，觉得自己简直完全成了电影中那个肩上斜挂着子弹带、趴在石缝间朝着山谷里的鬼子射击的游击队员。想象着鬼子军官又着罗圈腿挥着弯弯的指挥刀声嘶力竭地叫着"巴嘎雅路，土八路的死啦死啦的……"，他就觉得心里简直爽透了！

可惜，土八路却不是个读书的料，在班上总是处在倒数几名之列，每天下午放学被那个姓张的女老师留下来的学生中，十之八九都有他。老师要他背"毛主席语录"，他就记得那一句"好好学习，天天向上"，而且他一紧张就要念成"好好学习，天天上当"。张老师封脸就给他一个耳刮子，骂道："看你笨得要屙牛屎的样子，你不天天上当才怪！滚回去跟你老汉学骟猪！"土八路拖起书包从教室飞奔而出，那因"土八路"外号得来的一腔豪气就被那一巴掌给打得烟消云散了。

土八路的爹是公社兽医站的医生，经常背着药箱到乡下医病猪病牛，也骟猪骟牛，偶尔也骟狗骟鸡。土八路小学毕业，没考上初中，便顺理成章地跟他爹学骟猪了。我看过他骟猪，手脚麻利得很——用嘴巴叼了那把细长而锋利的手术刀，一只手从笼子里抓住一只小猪的后腿，拖出来横按在地上，用左脚踩了头部，右脚踩了贴地的那一条后腿，让小猪亮处嫩白的肚皮朝上；先用药棉在猪肚子上某个位置抹一抹，然后从嘴边取了那尖刀，在左手紧按着的肚皮处，极快地划出一道口子，接着用个什么钩子之类的东西伸进小猪肚子里去左掏右掏，掏出一段肠子来，用刀子割了，丢在旁边的水盆里，然后松开双脚，提起小猪后腿往旁边一扔，手术完成。骟小公猪更是简单，简直就像随手割掉一棵小葱一样，小猪甚至还没来得及哀嚎就已经被"绝育"了。

　　土八路大概骟了四五年的猪吧，竟就改行参军去了。说起他参军的事，还跟一次骟鸡的故事有关。

　　秦家大院子的秦老幺养了一群鸡，那群鸡一天天长大，那些雄鸡便开始不安分了，时时想着欺负小母鸡而不老老实实长肉，秦老幺便请土八路去给那些调皮的小公鸡做手术。本来也是个平常活计，他早已轻车熟路，但是那天却出了点毛拐。土八路把一只公鸡踩在脚下，拔掉鸡肚子一边的鸡毛，用刀子划开了口子，然后将刀子放嘴上叼了，用一个像小扁担一样的钩子将那口子撑开，正准备用一只小瓢伸进去掏，突然从旁边挤过来一条黑狗，伸出舌头就去舔那沾着血的鸡肚子。土八路大声呵斥，那狗竟然不怕；岂止不怕，它还叼住了一条鸡腿不放。土八路急了，从嘴边取了那尖刀一下给那黑狗戳了过去，狗痛得一声哀嚎，带着刀子逃走了。土八路一惊慌，双脚一松，那只公鸡也带着那个小钩子扑棱棱地逃走了。突如其来的混乱，让他一时间呆立在院坝上不知所措。秦老幺连忙跑出去寻找带伤逃亡的鸡和狗，结果提了一只死鸡回来，狗却不知去向。又过了一会儿，几个小孩子跑回来说："狗死了，倒在清明坡那个土沟沟里。"

鸡死了，狗也死了，秦老幺并不怪他。但是，土八路似乎因此很受刺激。他黑着脸背了药箱回了兽医站。不久他就参军去了——也许，他一直没有忘记他那"土八路"的梦——那年他十八岁。

土八路倒真遇上了成就英雄梦的机会，他入伍不久就上了老山前线。两年后，他回来了，却负了伤，据说一条肋骨被子弹打断，还伤到了肺叶，不过伤倒是治好了。他被请去全县巡回做报告，向人们讲述他在自卫反击战场上的亲身经历。我在县城的人民大礼堂听过一次他的报告，那时我正在县中学读书。他穿着军装，先站到台边向全场行了个标准的军礼，然后退到后边的麦克风前坐下，操着蹩脚的普通话开始演讲。虽然土八路讲得有些结结巴巴，我们还是被那种洋溢着英雄主义的气氛深深感染了，会场里不时响起热烈的掌声。我那时可真是激动得有些昏头，不停地给身边的人说，那个台上的英雄我认识，是我们一个生产队的，他以前只是个骟猪的，他竟然荣立了二等军功，他竟然当了英雄……突然，我班主任从后排伸过手来拍拍我的肩膀，示意我跟她出去。我出去了，她站在礼堂门口的圆柱子下郑重地对我说："你不要给别人讲他以前是个骟猪匠，我们不能给英雄脸上抹黑，我们要尊重英雄……"班主任走开了，我在柱子下呆立了许久，始终没搞明白她的意思——她竟然不晓得，其实我心里是对土八路崇拜得五体投地呢，我哪会给他抹黑呢？难道骟猪匠就不能够当英雄？

我高三那年，土八路转业，到了我们县城的自来水公司，做了个什么科长。有一次我月假返校的时候，土八路的爸爸让我给土八路带了一包花生去。记得土八路的寝室在一座五层楼的青砖房的四楼，那么高大的楼房让我羡慕，也觉得只有像土八路这样的英雄才配住这样的洋房子。土八路还是一身草绿军装，只是没有了领章和帽徽。他一身英武之气，让我有些敬畏。我走的时候，他打开包捧了差不多一半的花生给我，那天我简直高兴惨了！

不久我参加了高考，到了省城读大学，便很少听到土八路的消息了。在我大学毕业那一年，我又才听到了关于土八路的一些事情。据说他和县里某个局长的老婆关系暧昧，被局长抓住了。局长本来是要揍他的，可没想到他岂是军人出身的土八路的对手，结果被土八路三拳两脚就给弄得鼻青脸肿。后来，土八路辞去了自来水公司的科长职务，下海去了。听说，他先去了深圳，又去了广州。后来，又听说他在上海，然后说是在昆明。

他后来在昆明那是可以确定的了。据说他有不少战友在昆明，那个方向是他们这些上过战场的人所怀念的地方。他先在昆明做保安，在一次和小偷的搏斗中，他又一次受了伤，脸上被小偷划了一道长长的口子。后来他又去了一个战友的农场，在那里结识了一个女朋友，不久就结了婚。再后来，又听说他盘下了战友的农场，自己开始做老板了。

我再一次看见土八路，已是高中毕业之后近二十年的时候了。那年清明节，我恰好有空回老家参加族里的清明会，正好土八路也千里迢迢从昆明赶回来参加他们家族的清明会。那时我们虽然都已是成年人，毕竟我和土八路还是属于两个年代的人，因此并不熟识。也许是我们都从远处回来，这倒有一些共性，于是他专门过来看我。他虽然已经是一个五十多岁的人了，脸上一条斜斜的疤痕很明显，但是西装革履，风度翩翩，看起来神采奕奕，气度非凡，还隐约看得出当年的英雄本色。见面一说话，他竟然还记得我给他带花生的事，真是好记性。他说，他只记得我那时又瘦小又黑，没想到转眼都变成中年人了！

他告诉我他经营的农场效益很不错，他已经是当地多年的政协委员了。最后他笑着对我说："我现在在场里养了几千头猪，上万只鸡。

有空的时候，我还喜欢亲自操刀骟猪，练练手艺！"

我说："你这个战斗英雄，居然还有骟猪骟鸡的瘾，硬是一个土八路啊！"

我们都哈哈大笑。

团长

  团长从来没有当过团长，只是由于他长了一张圆圆的脸，我们乡下人称这样的脸叫团脸，于是人们便顺势给了他一个团长的外号。团长那一张脸的确很"团"，几乎就是一个正圆，脸上的肉堆在两只耳朵下面，往两边挤出来，就像鼓着两个包，把一张小嘴也往两边扯成了一张阔嘴，露出两排整齐细密的糯米牙。两边脸蛋总是红扑扑的似乎透着血丝。所以，长到二十几岁的团长看起来都还有着几岁的小孩子那样的可爱劲。团长是一个很温和的人，说话慢声细气的，从没有见过他和谁吵过架打过架，见谁都笑嘻嘻地露出一口细密的牙齿。团长可能比我要大六七岁，我读小学的时候，他就已经在生产队出工了。团长虽然跟我们是一个队的，但是他们家在下湾，平常也很少和我们在一起耍。我和团长第一次"亲密接触"是在那年冬天的一个夜晚。

  生产队冻死了一头老牛，队上的社员似乎并没有什么悲伤，反而感到无比的兴奋，因为大家伙儿终于可以饱餐一顿了。在堰坎上，人们七手八脚地剥了牛皮，肢解了牛的尸体，瓜分了牛肉，剩下了一大堆牛骨头。一些人提着牛肉回家了，还有很多男人留了下来，大家要把牛骨头拿到季家院子去用大黄桶蒸熟，然后喝酒。我和很多小孩子一样，一直在人堆里穿来穿去看热闹。突然有人扯了我一把，我回头一看，是团长，朝着我笑嘻嘻地递眼色，露出一排细密的牙齿。我说："做啥子？"他说："你看。"他把藏在屁股后头的手伸过来，我一看，是一根长长的牛尾巴。他说："我们把它藏起来，等一会我俩分。"我和他悄悄挤出了人群，来到一个草树下，他把牛尾巴藏在草堆里，这时我才发现他还有东西。我说:"还有啥子?"他说:"牛睾睾!"我吓了一跳,说:"这个拿来做啥子?""别说话。好吃得很!等会我俩一人一个。"他拉了我一把,我俩鬼鬼祟祟地回到人堆里去了。

我们决定晚上不回家,要跟着男人们去守夜喝牛骨汤。一大堆牛骨头被人们放进了大黄桶,灶下架起了棒棒柴,男人们大多去打麻将斗纸牌去了。我和团长就坐在烧火的二粑粑身边,望着灶膛里熊熊的火焰,听着锅里翻滚着的水声,想象着黄桶里牛骨头上巴着的那些牛肉,心中充满了强烈的欲望,馋得喉咙里都快伸出爪子来了。晚上两三点钟,我们终于熬不住了,不停地打呵欠。二粑粑就说:"你们到火老者那床上去睡觉,煮熟了我喊你们。"终于有人喊我们起床了,是火老者。我俩瘟头瘟脑地爬起来,揉着眼睛问:"吃得了吗?""吃个铲铲,天都大亮了,汤都遭别个喝完了。"火老者说。我一听,哇的一声哭了起来。团长蒙了一会,扯了扯我的衣袖说:"走,算了,回家去。"我们走出季家院子,直奔那个草树而去。团长一把掀开谷草,大吃一惊,说:"没得了!"我说:"再找。"他说:"牛尾巴不见了,牛睾睾也没得了!"我俩失望至极,只好各自回家。回到家里,母亲说:"啃到几根骨头嘛,守到天亮才回来?"我说:"一根都没啃完。"然后独自躲了。听说那天团长回家被他父亲狠揍了一顿。那年我七岁,团长十四岁。

团长十四岁从升斗坡初中毕业后就开始在生产队出工了。那一年我才上小学二年级。团长在生产队干了两年后,就到了大队的专业队,在各个生产队到处造梯田修水库。团长干活很卖力,大队支书很欣赏他,让他做了个小组长。在大队专业队,年轻人成堆,平常就爱摆空龙门阵吹烂牛。有人讲一个故事,说一个穷小子,喜欢在别人面前装阔气,每次有人从旁边走过,他就故意大声地说,妈的,我昨天炖了个鸡,一点不好吃,我把它倒给猪吃了!这个故事被团长给死死地记住了。一直记到十八岁那年，团长准备耍朋友的时候，他把这个故事给用上了。

他看上了专业队里的一个邻队的姑娘，可是那个姑娘并没有明确表态。心里着急的团长在一次赶场的时候，看到那个姑娘的母亲从身边走过，就故意大声地说："哎呀，我们家昨天煮了一大锅面条，都觉得不好吃，结果就倒给猪吃了。"这团长也不是个闷墩儿，知道"倒鸡肉"那样的话别人是不会相信的，便"节约"了一点变成了"面条"。不过，就是面条，那个时期也是稀罕东西。姑娘的母亲瞟了团长一眼，没有说话就走开了。后来，这个团长又继续发挥，当又一次碰到姑娘的母亲的时候，他又说："哎呀，昨天我们家煮了一大盆子鱼，都说太腥了，不好吃，被我倒给猪吃了。"谁知姑娘的母亲突然转过身来问道："你们家未必有金山银山吗？你们家未必富得流油了吗？每次我都听到你在说倒这样倒那样的？我告诉你，你们家我知根知底，就你家那片儿要倒要倒的土墙房子，莫说倒面条倒鱼，我看连潲水都倒不出两瓢来，还在这里日天冒鼓的！"团长一听，一张团脸红得差点渗出血来，赶紧溜掉了。

我上高中那一年，团长竟然真的带"长"字了，他做了大队的民兵连长。虽说他做了连长，可人们还是叫他团长。做了连长的团长在二十四岁那一年接了婆娘。我高二那年回家，看到团长在村小那个坝子上带一帮民兵在训练，每个人都端着一支半自动步枪，每个人都有三发子弹。他们又到高峰寺那个湾里去打靶，枪声很刺耳，把坡上的麻雀吓得满天乱飞。团长看到了我，问我："想不想过下瘾嘛？"我说："好吓人啊！""看的人害怕，打枪的人不怕。"他带着鼓励的口气对我说。"我试试吧！"我于是趴在地上，团长指导我。他话还没有说完，我就"砰"的一枪放出去了，枪托的后坐力把我往后推了一尺远，肩膀给撞了一个大青包。那些民兵看着我那狼狈相都哈哈大笑。团长说:"没得点吃牛卵子的力气还是不得行哈!"我突然说:"你还不是没有吃得成牛卵子!"团长一听,又大笑起来,说:"也是哈,我们都没有吃到那个东西!"这话只有我和团长知道真实的意思。

就在那一年,要到春节的时候,团长却突然死了,而且是自杀,而且是用步枪自杀的。起因竟然是和他的亲哥哥争土地。成了家的团长和他的父母哥哥分了家。团长是个很勤快人,除了大队每年的民兵训练之外,成天都在自家那承包地里劳动,他把承包地经佑得十分的精细,也把土地看得十分宝贵。可是,他的哥哥竟然趁他不在的时候,越过界限把他的土给占了半尺宽。团长发现了,找他哥哥论理,他哥哥不认账,这时团长的父亲也站出来帮着他哥哥说话,并责骂团长斤斤计较。团长气得脸色铁青,转身回家去了。一会儿,只听得"砰"的一声枪响。团长父亲和哥哥跑回去一看,团长躺在床上,身上搁着一支步枪,血从床上流到了地上,团长已经死了。他是把左脚拇趾扣到扳机上,把枪口放进嘴里开枪自杀的。据团长的邻居说,在枪响之前听到团长大叫了一声——要吃"活决裂"的就来哟!

其实,直到现在我也没有完全弄懂"活决裂"是个什么意思。团长就这样死了,我也一直没有弄明白:像团长这样温和的人,其实不应该这样的偏激啊,那藏在他心底的到底是一种什么样的意识,让他仅仅因为这样一件小事就轻易地结束了自己还那样年轻的生命呢?

这么多年过去了,我所记得的团长的一些往事也忘记得差不多了,唯有他那圆圆的红扑扑的脸蛋和那个没有吃得成牛骨汤的夜晚一直深深地留在我的记忆深处。

盐巴罐儿

"老弟，哥哥早就想你回来了！"盐巴罐儿看到我的时候爱这样玩笑着与我打招呼。其实他比我还小两个月，他之所以总在我面前自称哥哥，就是他觉得自己长得高大，一米八的个子，而我却相对矮小。我以前故意对他表示不满——称兄道弟未必是以身高和体重为标准吗？但是他还是总在我面前"装大"，一见面总是哥哥如何如何……旁边有人就会说，嘿嘿，这个盐巴罐儿，好拽！

盐巴罐儿这个外号的来历是这样的：很小的时候，他的父母让他拜了一个姓颜的干保爷，干保爷就给他取了一个名字叫颜三万，寓含发大财的好运，人们一下子就想到了那个随时都摆在灶台上灰扑扑的装盐巴的瓦罐儿，于是就把他叫成了盐巴罐儿。盐巴罐儿是我一个院子上的同族兄弟，他父亲很早就一直在街上戳小生意，常常会提些山羊头猪下水之类的东西回来，他们家的伙食自然比起我家的清汤寡水有营养多了。所以他从小就比我长得高大，六七岁的时候他就几乎比我高了一个头，到了成年，他仍然还比我高一个头。盐巴罐儿不仅人长得高大，而且还长得很帅气，即使现在人到中年，依然帅气十足。他总是西装革履，一张轮廓分明的脸随时都刮得白白净净的，头发理得很有型，且打着摩丝。他这一副模样在我们老家甚至在我们县城都很打眼，认不得他的人估计不多。

就是这样一副好坯子，既成全了他的人生也几乎毁掉了他的生活。

因为他长得高大，五岁时他父母就送他上小学了，五年小学，两年初中，两年高中，毕业时还不到十五岁。比起我八岁入小学，又遇到第一届初中三年制、高中三年制，加上读四年大学，他走入社会比我早了近十年。我大学毕业的时候，他已经在内江市的一个警械设备厂当副厂长了。那时候的盐巴罐儿真是意气风发，年少得志，让人羡慕不已。

不过，还是让我从头开始叙述他的人生道路吧。

他高中毕业回乡，那时已经开始时兴读广播大学了，他父亲给他买了一台收音机，每天早晚他就在饭桌上摊开一本书，听着收音机上课。看他那样子，比那时正读初中正拼命要考中师的我还要认真卖力得多，可是后来没有坚持下去半途而废了。十七岁时，他通过关系被招为了乡里的农技员，不久就与另一个同样被招聘为农技员的女孩耍起了朋友。女孩很漂亮，还是区委书记的千金。两个人很快就同居，不过后来竟分手了，我自然不知道是由于什么原因（多年后，这个女子与情人谋害亲夫被判了无期，此为后话）。而那个时候，我还属于完全没有长醒的状态，在我的眼中盐巴罐儿已完全属于成年人了。

再后来，他离开公社大院，去了我们区中学刚开办的一个化工厂当技术员。化工厂同时在全县招聘了几十个工人，家在县城的也有好几个。其中一个家在县医院的女子看上了帅气有为的盐巴罐儿，很快两人就开始了热恋。这样的情形是很让人感到意外而羡慕的，因为盐巴罐儿毕竟只是一个农村青年，那时候，城镇里的人几乎是看不起农村人的，即使你非常优秀。两年后他们就结了婚，甚至把家也安在了县城丈母娘家。结婚不久，化工厂垮掉了，盐巴罐儿又东整西整，整进了当时县里很出名的天青石矿业公司，并且还当上了技术科的科长。

当上了科长的盐巴罐儿，加上其帅气的外表，很快成了年轻女子们追逐的焦点，而这个时候的盐巴罐儿已经完全脱掉了青涩，早已成长为一个老练的情场高手了。接二连三的绯闻使得他们两口子关系日渐紧张甚至到要离婚的地步，幸好已经有了孩子，才没有闹到分手。

当上科长的盐巴罐儿仍然不安分，在一次与客商的接触中，听说内江市某个警械设备厂要招聘一个业务副厂长，他就壮着胆子去应聘，结果一试就成功。于是，在矿业公司干了两三年后，他又突然离开了，去到了离家几百里之外的内江赴任。而这个时候，我刚刚才走出大学的校门。

他在内江大概只干了将近一年的时间。这一年里，他的工作干得如何我们都不得而知，但是我们都知道，他在这一年里桃花运走登是无疑的。与深圳的一个年轻漂亮的女老板谈生意谈出了感情，多次赴深圳洽谈业务，两人搅在一起如胶似漆。这一年，他与老婆正式离婚了。大概因为这些原因，他很快就离开了警械设备厂；也大概由于不在其位，就没有了利用的价值，深圳那个女老板也就断了与他的来往。

有些垂头丧气的盐巴罐儿再次回到了县城。不久，凭借他与原来那个厂的一些关系，他在县城里开设了一家警械设备销售公司，并拉起一帮子人到处销售各种警用器械，比如电警棍、警用匕首、警服、警靴，甚至还卖一种威力巨大的仿 54 式钢弹枪。我就亲见过他试射那种枪，对准一面砖墙射击，米粒大小的钢珠可以射进砖头近两厘米深，那在巷子里的巨大回声曾让我心惊胆战。当然，他敢于做这个生意，必定是拉拢了相当的关系的，事实上，他此时就已经与我们县的公安局的一些头面人物称兄道弟了。不过，这样的生意毕竟是违法的买卖，所以，大概经营了两三年，也就关门大吉了。此时，他已经与一个歌厅里的女子混得烂熟了。

再次失业的盐巴罐儿毫不气馁，立即马不停蹄地重开事业新天地。凭借自己老相好的专业特长，在这个女子的帮助下，他在县城的黄金地段（公安局的隔壁）开设了全县城最大最豪华的一家歌舞厅，取名"帝豪不夜城"，为了防止杂痞们的骚扰，他竟可以让公安局的一个副局长每天晚上都坐镇他的歌舞厅做高级保安，让他免费享受一切，并且年底分红。火爆的生意很快就让他发达起来，并且开起了全县第一辆私家车。这个时候的盐巴罐儿，在县城可谓红得发紫，从一条街走过去，可以听到满街都在热情地和他打招呼。也是在这个时期，他已经是两个副县长家里的座上嘉宾了。

然而，歌舞厅后来还是搞垮了。原因主要还是他那永不禁嘴的天性。不但与自己歌舞厅里的女子乱搞，还常常伙起一帮子狐朋狗友到处鬼混。钱不断地消耗，又没有了精力来管理自己的歌舞厅，那个与他生活在了一起又没有结婚的女人也生他的气，干脆睁只眼闭只眼，生意也就日渐萧条，最后关门大吉。门关了，车卖了，钱花光了，以前的朋友变成了路人，以前的铁哥们儿远远地看到他就避开了。老板又变成盐巴罐儿了。

可盐巴罐儿毕竟是个精于世道的盐巴罐儿。不久，他又找到了谋生的门道。他认识一个县内经营昆明广州长途客运的老板，他就依托他在汽车要经过的宜宾和昆明两个地方开路边餐馆，专门赚那些长途旅客的钱。他是带着这个女人一起去的，经营了半年就已经完全赚回了本钱，眼看着开始赚大钱了，结果他又与当地的几个女人有了扯不清的关系，与身边这个女人就成天吵架打架，搞得天昏地暗。这个女人也很倔，几个月后竟突发疾病，一命呜呼了。女人死去了，女人娘家的人要找盐巴罐儿算账，生意自然就经营不下去了，盐巴罐儿又回到县城来了。回到县城来的盐巴罐儿很快就与一个不到二十岁的女子结了婚，女子的陪嫁是一辆大货车，这着实让盐巴罐儿喜出望外，开始经营长途运输，老丈人也还喜欢这个见过大世面的高大帅气的女婿。可是半年后他又离婚了，原因我就不再重复，想必大家都猜得到了。

自从这一次之后，盐巴罐儿似乎就再也没有遇到过以前那样的好运气了。在社会上胡乱地撞了大半年，最终又回到了他第一次离婚了的老婆的身边。至于这个女人为什么这样长久地痴痴地带着儿子等着他，我并不清楚原因，不过我情愿相信那还是出于她对盐巴罐儿的爱，爱他那帅气的样子，爱他那风流的气质。

今年春节回家，看到盐巴罐儿虽然明显老了一些，但是那风度翩翩的气质仍然还在。只是我看到他穿的那一身黑色西服似乎仍然还是前些年穿的那一套。喝了酒的时候，他对我说，兄弟，哥哥这个人，这一辈子就再倒霉，面子还是要绷起的！我还是这样笑着回答他，不是因为你重量大就可以当哥哥哟！我在私下听说他的两个经济本已十分拮据的兄弟，常常会背着自己的老婆悄悄递一点钱给他用。而为死去的父亲复山的那一天，他因为拿不出摊份子的钱而一早就起床溜回县城去了，结果弄得他的一个弟弟两口子为此在院坝上打得天翻地覆。

这个盐巴罐儿，都四十多岁的人了，不知道他那面子还可以绷多久！

黄和尚

算来黄和尚都已经死去十二年了。黄和尚死那一年大概就三十岁出头吧，现在我还能清楚地记起国梁镇金银坳下面那个山沟里摔得稀烂的货车，还有黄和尚和那个女人血肉模糊的身体。

黄和尚当然不是真和尚，是个货车司机。"黄和尚"是他的外号。"黄和尚"这个外号的得来是再自然不过的了，因为他的真名叫黄尚合。这在喜欢给别人取外号的乡下人来说，几乎不用费什么劲就联想到了"和尚"这个词儿，因此，他的外号几乎是同时随着大名流传开去的，甚至完全取代了大名。也不知道黄和尚是不是受了这个外号的某种暗示，他几乎从小就喜欢剃光头，这样一来，就是不叫和尚也像个和尚了。

黄和尚喜欢剃光头，剃得精光的头皮亮得发青，头顶还坑坑洼洼高低不平，看着让人不禁有些不寒而栗。发青的头皮上还有个长长的疤痕，那是小时候在院坝里他爷爷给他剃头的时候，他突然站起来去抢旁边一个娃儿正玩着的一只麻雀时，被剃头刀给割了的。据说当时他血流满面，还是从那个娃儿手里抢下了那只麻雀，只不过他抢到手里时，麻雀已经被他捏破了肚子。他一把抹开脸上的鲜血，就扑过去打那个娃儿，吓得他爷爷丢下剃刀满坝子去拦他。

黄和尚从小就表现出了暴烈的性格，他爷爷说黄和尚是个"天棒"（性格粗暴蛮横之人）。黄和尚的母亲开始还要管管他，到了他七八岁时，他母亲奈何不了他，也就不再管他了。黄和尚的母亲是个老实巴交的烂眼女人，成天都泪流满面的样子，只知道闷头干农活。黄和尚的父亲却远近闻名，因为他是县汽车运输公司69队的货车司机。我当然不知道那个高大粗壮的男人是怎么当上汽车司机的，但是他偶尔顺路给家里搭一些煤炭回来，把车停在古家岭岗坡下的马路边，将那几麻袋煤炭用脚蹬到车下时，威武得像将军一样。每次看见那暗绿色的解放牌大汽车，我就羡慕甚至敬畏得喘不过气。那时，黄和尚就是最得意的时候，他爬上驾驶室，坐在驾驶座上，把住方向盘使劲地摇。我曾经被他允许上过驾驶室，但是黄和尚坚决不允许我摸方向盘，说那是他爸爸的车。院子上有个小孩大概实在控制不住自己的好奇，便挨过去抓住方向盘摇了一把，这下黄和尚可不依了，一把挠过去，那孩子的脸便是五条血路子……那年黄和尚大概都八岁了。

　　我和黄和尚都是在村上的小学读的书。黄和尚的成绩差得要命，反正大多数考试都是"两支筷子穿鸭蛋"，但是打架却几乎是他天天要干的事，小学里的孩子未被他欺负过的几乎没有，连那三个老师也无一幸免。像这样嚣张的学生，前有翘沟子，后有黄和尚，此外便空前绝后。破坏学校公物，放学路上干诸如放田水，折高粱秆，用石块砸鸡鸭这样的事情，于他简直就像家常便饭。老师不敢管他，同学不敢反抗他，附近的人不敢干涉他，竟然都是因为他有一个在69队开车的父亲。我一直搞不懂一个开车的怎么在人们的眼里就如此厉害，仿佛是个什么大官一样！黄和尚的初中是在万古镇中学混过的，他本来该像我一样到升斗坡去读，但是他父亲找了人，他就到街上读书了。不过，他成绩还是一如既往的差，脾气还是一如既往的坏，他那老实巴交的妈对他是一点办法也没有的。那时的黄和尚已经长得牛高马大，几乎像他那个司机父亲一样的粗壮了。只是那一张脸，好像皮肤不够用，竟绷出了一股一股的横肉，让人看一眼便心生胆怯。黄和尚这个名字，在万古场那一帮混混儿的口中，都充满了敬畏。初中毕业，黄和尚没有回到我们乡下来，是他那个司机父亲把他接到县城去了，再

189

后来就听说黄和尚已经在69队当司机了。

当了司机的黄和尚大概本性并没有发生什么改变，我还是常常听别人说起他在汽车队和人打架的事。听说有个晚上他拿菜刀去砍一个和他有矛盾的同事的汽车轮胎，结果菜刀被突然喷射出来的气体给弹了回来，竟一刀砍在了自己的脸上。那次他回家来我的确看到了他脸上那条骇人的伤疤，那道伤疤把他脸上的横肉给拦腰砍断，形成了一些隐隐的错位的平行线，与头顶上的那道疤痕"相得益彰"，更加瘆人。我自小就很少和他交往，也就没有去问他缘由，他倒是跑到我家来，大声武气地讲他的"英雄史"。还说，你是个书生，让你捏死个蚂蚁都不敢！我默然应之而已。

不久，黄和尚的母亲生病死去，他爹在城里又娶了个老婆。黄和尚不高兴，便离开了69队。据说领了一笔钱，自己去买了一辆货车跑运输了。

黄和尚在城里结婚安家，妻子给他生了一儿一女。后来又买了一套跃层式的大房子，位置在县城最好的南门桥头。黄和尚跑运输找了大钱，这是大家都知道的，黄和尚自己也到处宣扬。不过那几年黄和尚似乎突然变了个人，再没有听说过他打架这样的事情了。而且听别人说起，黄和尚在社会上混得还很耿直。不过，再后来，我就慢慢听到关于黄和尚的另一些闲话了。黄和尚在外跑运输，嫖娼被抓，罚了不少的款。有一次他对我得意扬扬地说："十个司机九个坏，还有一个在装怪！"他还说："我黄和尚，就是个花和尚。"他这样说，我便不再怀疑关于他的那些传说。再后来，听说黄和尚在外面裹了好几个野婆娘，经常带着女人出去跑长途。回家的时间越来越少，拿回家的钱越来越少。老婆要跟他离婚，他又坚决不同意。这样的情形大概持续了好几年吧，那时我都在县城工作了。

毕竟是发小的缘故，我和黄和尚虽然并无深交，也还是会偶尔聚一聚。那天黄和尚从昆明跑了一趟长途回来，在北环路那个口子上停车，看见了我，跟我打招呼，说好久没有回家来，他要回家看一看，并约我晚上喝酒。晚上他又约了几个我不太熟悉的人，我们一起吃饭，他的脸色很不好。然后我们知道他回家和老婆打架了。那晚他拼命地喝酒，喝得那张绷着横肉和伤疤的脸先是血红再是铁青。大家怕他第二天要出车，便劝他别喝了。他说他不出车。大家再劝，他就瘫倒在桌子下面去了。

第二天，我在办公室刚坐下就听到同事说金银坳发生了车祸，死了两个人。我并没有对这件事在意，毕竟发生个车祸也不是什么稀奇事。可是马上我就接到了黄和尚妻子的电话，说黄和尚出事了，在金银坳。我脑袋嗡的一声炸开了。当我们找了一个车赶到那里时，看到了在金银坳那个狗脚湾的悬崖下，那辆东风牌大货车已经支离破碎，在车头不远的芭茅草丛中，两具尸体，血肉模糊……

后来才知道，那个和黄和尚同死的女人就是他的情妇。

鹅儿老师

　　鹅儿老师最先不叫鹅儿老师，叫芋母子。因为他从小就长了一个宽宽的额头，在额头的两边又隐隐地突起两个鸽子蛋大小的包，就像芋头种子上长的两个小芋头，我们老家的人把做种子的芋头叫作芋母子（也有的叫作芋子娘娘），芋母子于是成了他的外号。据说长这样的额头的人很聪明，估计这样的说法有一定的道理，因为这个芋母子的确很聪明。芋母子是我同族的一个长辈，我该叫他叔叔，虽然他比我小五六岁。

　　芋母子被称作鹅儿老师是在他大概十岁的时候了。芋母子的娘在鸡窝里用母鸡孵鹅蛋，孵到一半的时候，那母鸡却瘟死了，院子上临时又找不到有抱窝的母鸡，这让芋母子的娘作难了。想放弃，又可惜了那十几个白生生的大鹅蛋；不放弃，又别无他法。这个时候，芋母子突然说："娘，让我来抱（我们称'孵蛋'叫'抱崽崽'）。"他娘吃惊："你怎么抱啊？"芋母子说："我躺在床上抱。"他娘一想，还真是个好办法哈。于是就让芋母子躺到床上去，把那十几个鹅蛋放到他的温暖的两腿之间。芋母子就这样在床上躺了十多天，连吃饭都是他娘给端到床边，最后居然将那十多个鹅蛋一个不少地孵出了小鹅。

　　孵出了小鹅的芋母子竟然母性大发，成天就带这一群小鹅到田边地头去溜达，去吃青草。小鹅完全把芋母子当成了自己的母亲，只要芋母子在什么地方一坐下来，那一群小鹅就会围到他的身边，钻进他的衣服，或者攀到他的腿上甚至肩膀上，用金黄的扁嘴轻轻地噘他的耳朵和脸蛋，发出轻柔的嘎嘎的声音。那一群小鹅很快就长成了大鹅；

长成了大鹅，芋母子还是成天带着它们在田野里四处游荡，并且他已经把它们教得几乎能够听得懂他说的话了。他在鹅队伍的后面拿一根小竹棍儿，叫一声——走田坎，鹅群于是走田坎；他叫一声——上坡，鹅群于是上坡，简直太神奇了。这让院子上烧窑的丝鼎锅也不得不佩服，于是送了芋母子一个新外号——鹅儿老师。"鹅儿老师"一叫就响，竟很快就盖过了"芋母子"。

鹅儿老师读书并不咋样，成绩平平，而且只读到初中就没有再读上去了。但是这并不说明他不聪明，相反，他在读书之外的其他方面却表现得相当机灵。那时候，他娘常常背着一个密竹背篼，在周边的几个场镇追着赶场天摆个地摊卖鞋垫针头线脑之类的东西，后来他的两个姐姐也做起了这个小生意。初中毕业的鹅儿老师就跟着他的娘和姐姐赶场耍。有一天他对他娘说：为什么不卖点其他的东西呢，比如婴儿的衣服鞋子之类的？经他提醒之后，他娘和他姐姐果然开始"扩大经营范围"了。结果一年之后，他们家就在万古场上租了门面开始正儿八经地做起了服装生意，并且生意红火。而年龄不大的他，竟成了他们家的生意上的主要顾问，在万古场上也有一些名气了。

不过，鹅儿老师并没有像人们预料的那样去做一个出色的商人，在十八岁那年，他竟然参军了。其实，很快大家便明白过来他参军的原因——他亲伯伯在福建一个军分区当军长。他参军最先到的是广东湛江，半年后他转到了北京的一个部队，又半年后他进了北京昌平的一所中专军校，两年后他军校毕业留校，在学校的后勤部门上班。不久，他就负责了整个学校的伙食采购。很快，他发达了的消息便传到了我们老家，这很让人们羡慕又嫉妒。据说他在那里所负责的工作，就算再怎么廉洁，每个月也有不少于两万块钱的落头。这样的财运，让乡下人想象起来都会头晕。嫉妒的人有时就会忍不住冒一句"不该吃的吃多了不消化的"；更多的人却只把这当作一种传言，并不全信。

不过，据说那几年我们县里的领导，凡是进京办事的，他没有不接待的。后来，凡是进京的县领导，没有不去拜望他的。他被一些人戏称为"驻京办事处"。这些事情开始也是传说，后来我接触了一些人之后，才发现那些全都不是虚言。也就是说，在他还在北京当兵的时候，他就已经把老家的"父母官"全部搞定了。在后来的几年内，他把自己的哥哥和弟弟都弄到了昌平，在那里找了工作安了家。我们都以为他肯定不会回来了，然而，几年后他却转业回来了。

回到县里，据说县里的好多领导轮流请客为他接风洗尘，鹅儿老师简直风光无限。有关部门要给他安排工作，他并不急，他说慢慢再说嘛。在"慢慢再说"的过程中，他在县城最豪华的楼盘买了房，在县城东关的木材市场做起了木材生意。常常可以看到他与县里一些有头有脸的人物在酒楼茶楼出入，面色赤红，谈笑风生。然而后来，这样的场面就慢慢少见了。据说，他想到市政公司去任职，结果没有如愿。

最后，他竟然到下面一个镇的汽车站去当了一个治安科科长。我与他比较密切的接触也就是在这个时候。我们到一个餐馆喝酒。他很能喝，不低于一斤的酒量。酒到半酣的时候，他话多起来，开始骂人，骂县长骂县委书记，骂这个局长那个主任。他骂那些"龟儿子"光吃不吐……这时，我才知道他回来后，原来并不像我们想象的那样风光，这样的结果也超出了他的预料。他说，当初他在北京，那些来京的"县官"们享受了他的贵宾似的接待，个个都赌咒发誓要回报他，可是他回来后，渐渐发现那些人并不是像当初说的那样对待他了。他四处送礼塞钱，一年多时间，起码花出去二十万，结果却只捞到个治安科长……那一天，鹅儿老师喝得大醉。

鹅儿老师的木材生意也做得不好，他说两年几乎没有赚到什么钱。可是他后来却把那个治安科长干得有滋有味。在那个繁华甚至可以叫作混乱的大镇上，他与两个派出所以及所有政府部门的人都混得烂熟。他仍然常常出钱请吃，也常常被人请吃，混得有点江湖大佬的味道。他的治安科长的位置原来也是一个可以发财的位置，他手下一帮喽啰都很听他的，他常常坐在某个茶楼里运筹帷幄，每天都会抓住几个有"安全隐患"的客车。车老板很懂事，知道科长在什么地方喝茶，便乖乖地找了来，悄悄地勾兑一番，车子又"安全"了。就这样，鹅儿老师的日子也就很舒服地过下去了。

在我们乡下老家，人们所知道的，仍然是鹅儿老师很有钱，鹅儿老师在官场上混得很熟，鹅儿老师的官当得很滋润——总之，鹅儿老师是个聪明绝顶事业发达的人！鹅儿老师回到乡下，的确也很有派头，开着公家的小车，抽着名贵的香烟，说话大大咧咧，还保持着军人的派头，让乡下人敬而且畏。

鹅儿老师尤其热衷于家族事务。凡涉及我们大家族的事，他都十分关注和投入。他常常会很自豪地在一些场合宣扬，我们这个家族是多么的优秀。每年组织清明会，他是主角；谁家有红白喜事，他都到场；谁有困难求他帮忙，他都会热情很高地给予帮助——因此，他在我们家族里赢得了很高的声誉。我感觉，鹅儿老师在这个方面获得了巨大的满足感。

不过，我常常私下里想：这个鹅儿老师，曾经有过那么好的机遇，赚到过那么多的钱，结交过那么多的权贵，怎么最后竟如此满足地安于现状了呢？

也许，他到底也只是一个鹅儿老师啊！也许，鹅儿老师还在暗暗地等待时机吧！

兔儿

在我们老家一带，常常听人说这样的话：我看你龟儿子跑，你跑脱了我说你是个兔儿！也常常听到这样的说法：哎哟，那鬼东西一听说有搞头，跑得比兔儿还快！兔子，在我们乡下的山野很常见，一旦被人发现或者被狗追撵，那的确是跑得飞快的，在那些草丛灌木间连滚带跑，一眨眼就不见了影子。

阳江就被我们喊作"兔儿"。不过"兔儿"这个名字不是我们叫出来的，是我们初中的班主任老师给叫出来的。有一次阳江趁着班主任上课期间出去上厕所的空儿，从教室的破窗户钻出去折桂花，被边扣裤门边进教室的班主任发现了，阳江不敢再回教室，而是往教室后面的坡上跑。班主任追出去，大声喊道："你跑你跑，你娃娃跑脱了我算你是个兔儿！"阳江立即停下来，被老师揪住耳朵逮进了办公室。从此，他那个"兔儿"的外号就被叫开了。

阳江家就在我家后坡的另一边，公社大院的对面。他哥哥我们喊阳毛子，每天都可以看见他挑着竹箢箢在我们湾里头捡狗屎，冬天总是戴着一顶掉光了毛的狗皮帽，我一直奇怪戴光板狗皮帽的人为什么人们却叫他"毛子"。兔儿从不戴帽子，相反，就是在冬天也剃个光头，亮光光的让人看着不禁要打冷噤。我们是到升斗坡读初中时成为同班同学的，他个儿矮小，和我差不多，我俩就总是坐第一排，有时甚至还同桌。

兔儿被叫作"兔儿"，那可不是浪得的虚名，他还真的跑得快。放学回家的路程将近十里，我们又大半同路，但是只要一跳下学校那段

196

当作围墙的陡峭土坎，我们便追不上兔儿的脚步了。别看他个子小，两条短腿摆动的频率快得惊人，只见他迈开一双短腿，蹭蹭蹭，一晃就转过山嘴不见了；我们跑过山嘴去时，看见他已经飘到了对面山梁上去了。兔儿跑得快，在体育课上，他那双短腿把学校那个土操场搅得黄尘飞扬，看得体育老师眼睛发直。兔儿得到了老师的表扬，体育老师说你可以到区上去参加比赛。一个月后兔儿果然到区上那个中学去参加了运动会。结果据说兔儿跑了个倒数第二名。体育老师笑骂他："龟儿子，跑高低不平的山路你跑得比兔儿还快，叫你跑平路你就两根脚杆打绞了！"

兔儿不单跑得快，他的身手还非常灵活，特别擅长攀爬。上学路上那些大树上几乎都有他的脚印，那些悬崖没有他未攀爬过的地方。他爬树是为了掏鸟窝，攀崖是为了折柴禾——他每天回家总要带点什么东西回去，很少空手，所以班主任就说他是"顾家狗"。学校的教室青砖砌墙，灰口都很小，他竟然可以抠着那些细缝儿一直爬到屋檐边去掏鸟窝，看得我们心惊肉跳。有一次他又爬上去了，正得意之际，突然校长过来了，看见屋檐边挂着一个人，就大喊了一声，兔儿一紧张，手一松，啪一声落下来，正好掉进了黄葛树下那个污水池中。校长也被吓了一大跳，正准备去捞他，他却水淋淋地从池子里一爬上来，蹭蹭蹭，往校园背后的山坡上跑了，身后甩落一路水迹。校长问："那是哪个？"我们齐声回答："兔儿！"

兔儿伙同三个同学到学校后面孙家湾去偷孙大德的桃子，被发现了，追上来的孙大德抓住了三个，兔儿跑得快，逃脱了。孙大德一直追到了学校，找到了我们班主任，班主任说了几大箩筢好话才把事情摆平。班主任在班上批评兔儿几个，最后说："你狗日的能干，人家是林海雪原的飞毛腿，你比飞毛腿还跑得快哈。"后来我读过了《林海雪原》，才知道那个叫飞毛腿的其实名叫"孙达得"。班主任的幽默没有人懂得起，算是浪费了，可是我却再次佩服起了兔儿那两根短而粗壮的腿子。

兔儿跑得快，大家都知道。兔儿是个犟拐拐也是有名的。所谓犟拐拐，就是脾气异常倔强的人。兔儿的自尊心极强，要是别人在吵嘴的时候骂了他的娘，他就会和你拼命，抓到什么砸什么，面对个子再高的人，他也会跳起来扇耳刮子，直到对手服输。所以我们一般都不敢惹他。他在学校违反了纪律，老师让他站办公室受教育，他总是一句话不说。老师让他做俯卧撑，别的同学做了，走了，他不做，他昂起那一颗亮晶晶的脑袋，双眼桀骜不驯地斜望着天。老师没办法，让他滚出去，以为简单了事，眼不见心不烦，没想到兔儿就是不"滚出去"，一直站在那里一动不动。直到天要黑了，老师等得心里发急，直给兔儿说好话："我的先人板板，我求你回家去吧！"这时兔儿才傲然地看了老师一眼，蹭蹭蹭，甩开一双短而粗壮的腿跑了。从此，兔儿无论犯什么事，老师都不再管他。

从升斗坡初中毕业后，我到县城读书，兔儿考进了我们的区中学，从此见面的时间就少了。只是听说，兔儿竟然不住校，每天坚持往返近三十里路走读。三年后，我上大学，听说兔儿没有考上，跟着他大哥阳毛子去陕西延安卖铁货去了。延安有多远我没有去细想，只知道那是革命圣地。我春节回家，在公社外面的双水井黄葛树下碰到了兔儿，他个子还是没有长多少，大概也就一米六多点吧，只是脸上多了一抹沧桑。兔儿的光头不见了，留了一个浅平头。又过了一年多，再听说兔儿的消息时，他已经参加第一次乡干部招聘，在一个乡政府当什么委员了。我不禁打心眼儿里为他高兴，兔儿你还真能干！

但是，此后，我将近十多年没有了他的任何消息。

还是在好多年之后，我的一个在外地工作的同学回来，我们一起喝酒时说起兔儿，他说兔儿已经是县内一个有着丰富煤炭资源的大镇的镇长了。同学让我约兔儿一起见个面吃个饭，于是，大约是分别十三年后，我才与兔儿再次见面。兔儿很大方，不要我们破费，他带了三个人，都是那个镇上的干部，他的下属。喝酒、喊拳、抽烟，完了去歌厅唱歌。兔儿精力旺盛，一副指点江山、激扬文字的气派，三个下属在他的指挥之下，言听计从、唯唯诺诺，让我这个没有见过世面的人看得感慨万千。兔儿真是一个能干的人，我知道兔儿没有任何背景，他能够走上从政这条路，并且一路顺利地走下来，当上一个大镇的镇长，的确不容易！我对面前这个虽然个子不高但是已经明显开始发福的兔儿充满了敬佩之情。

那之后不久，我又听说兔儿已经做上了那个镇的党委书记了。

然而，大约又过半年之后，我却听说兔儿出事了。兔儿被双规、被免职、还差点坐牢的事由，好像是挪用了计划生育的什么款项。同时，也隐约听说他和镇长之间关系紧张，而镇长是县委某个副书记的亲侄儿。过了一年多，兔儿的事情才了结，他继续在原来的镇机关上班，但是官职全免，只是个一般职员了。而接任镇党委书记的就是以前那个镇长。

大约又过了一年吧，我在县城十字路口碰上了兔儿，他开着一辆捷达轿车，从车里伸出头来喊我，我才知道他已经辞职，又跑延安跟他大哥阳毛子做铁货生意去了！我和兔儿坐在南门桥河边的茶园里，各自端着一杯绿茶慢慢品着，听他有一句没一句讲他的故事，他似乎是在讲别人的事情，脸上完全没有喜怒之色。但是，我偶尔还是看得出他那昂起脑袋，梗起脖子的犟拐拐的影子！

这个兔儿，在命运之途一直跑着，飞快地跑，甚至是不顾及后果地跑。我只是希望在将来的路途上，他要跑得稳当一些！

麻鲹儿

麻鲹儿是老家一带小河里生长的一种鱼，体长一般不过两寸，细如竹筷，银白色的细鳞上，点缀着一些深色麻点儿，故而得名。我这里不是说鱼，我要说的是一个外号叫作麻鲹儿的人。

麻鲹儿是我在升斗坡读初中时的同班同学，全班就数他个子最高，在我还一米四不到的时候，那个家伙起码就一米七以上了，但是身体却细瘦如灯草，也不知道父母都不高，而且还成天吃得清汤寡水的麻鲹儿何以长得那样高！麻鲹儿被人叫作麻鲹儿，大概也不是自来到我们的班级开始，因为，我印象中，他一到这个班上就被他们队上的娃娃这样叫着，以至于他的真名蒋大科都差不多被人忘掉了。当然，他这个外号来源于太像那种河里的小鱼的外形，那是确定不疑的。何况，麻鲹之"麻"，也实在妥帖不过，因为这个叫作蒋大科的同学，那张白白的小脸上，我数过，真的是长了至少三十颗细小的黑痣。

麻鲹儿是班上长得最高的，但是成绩却一般，尤其是数学很差，经常被那个姓覃的数学老师叫上去站黑板。麻鲹儿虽然读书瘟，但考零分就考零分，绝不抄作业，绝不考试作弊。我曾经在考试时自作聪明要递答案给他，也被他拒绝了，弄得我很是没趣。但是麻鲹儿的语文还真的不赖，字写得出奇的好。后来麻鲹儿才告诉我，他之所以认真学语文，那是他爸爸对他的最大期望，他写得一手好字也是来自这个原因——他爸爸要他初中毕业后去学道士。麻鲹儿的舅舅就是我们老家一带远近出名的道士。说到这里我必须得啰唆一下，这里所说的道士，其实不是那种在道观里修行的人，而是专门给人看风水埋死人做法事的人，我们乡下把这种人叫作道士，也叫作阴阳（或者阴阳先生）。阴阳先生所念的经书，其实大多是佛教的经书。管风水看阴阳宅这是属于道家的，但是做道场等法事，却是属于佛教的。麻鲹儿给我说他未来的理想的时候，我真是觉得不可思议！

麻鲹儿从小学时就开始接受他舅舅的真传，上初中时，他已经可以背两本经书了。有一天早读课，麻鲹儿一时忘形，竟在教室里念起了《金刚经》，最后还忘乎所以，拖声吆吆摇头晃脑地来一句"南——也——无——也——"，被悄悄从后面走过来的语文老师听见，封脸就是一个耳刮子退了他的神光。语文老师骂道："你娃娃居然敢在教室搞封建迷信！"从此麻鲹儿不敢再在教室里念经了。

麻鲹儿读完初二就辍学了。当然，麻鲹儿一辍学就当上了道士。初三那一年，偶尔会听到班上同学说"麻鲹儿到我们队上去埋人了"这样的话。我想象着麻鲹儿戴着像唐僧戴的那种顶部几个角下边飘着带子的帽子，穿着红黄相间的僧袍，手里捧着铙钹碰出嘭嘭的颤音，嘴里唱念着经书的样子，就会突然在意识里将他脸上那三十几颗小小的麻子凸现出来——那真是一种怪异的联想。

但是，那之后我竟然就三年没有再见到过麻鲹儿。再见到他，那是我已经在县中学读高二的时候了。

那年暑假，院子上的一个本家伯娘去世，请了一拨阴阳来看地做法事，我也在那里帮着递送一些东西。阴阳先生们在堂屋里搭好架势，一通紧凑的锣鼓之后，做起了"招请"，然后就开始了三天道场的仪式。不知道那个香灯师跑到哪里去了，主人到处找不到他，竟一把把我抓住，让我暂时到堂前去替代香灯师递送法器和燃点香蜡纸烛。我不好推辞，便答应了。道士先生们各自操着一种乐器，面前摊了一本经书，边念经边奏乐，掌坛师站在灵牌正面，边诵经边作揖。我过去续香，那个作揖的掌坛师偏头看了我一眼，立即就诵经不畅了，吞吞吐吐，时断时续的。旁边一个老头子悄声警告道："你在发啥子神经？"掌坛师还是不能够朗声顺畅地诵经，便被老头子换了下去敲鼓。结果那家伙竟多次敲错了鼓点，弄得整个场合差点乱套。老头子只好停下来，把他拉到一边去问究竟。这时我才看清楚，那个又高又瘦的掌坛师，竟然是麻鲹儿。

我说："麻鲹儿，是你啊？"

麻鲹儿满脸通红，那三十几颗黑痣显得更加明显。他说："你在这个院子住啊？"

我说："是啊！"

他说："哦……哦……在这里住嗦？听说你在县中学读书。读书多好啊！"

我一时竟有些反应不过来，那个曾经如此热衷于做道士的麻鲹儿怎么会有如此感叹，竟至于看见了我还如此不自然了！

他说："其实我现在很想读书啊，就是再没有机会了。现在干这个事情，我自己都觉得不大好意思的。"

麻鲹儿的感叹还是让我觉得有些意外。毕竟，这个职业虽说不上什么光鲜荣耀，至少在我们偏僻而贫穷的乡村来说，还是不错的，每埋一个人做一堂法事，就有一笔不错的收入，还可以提回去一只大红公鸡。

简单地交谈了一会儿之后，麻鲹儿已经没有了刚才的扭捏，继续去做法事。麻鲹儿继续作揖诵经做掌坛师，一切恢复正常。

在接下来几天，我在和麻鲹儿断断续续的一些交谈中，才弄明白了麻鲹儿之所以想再读书的原因。

一年前，麻鲹儿到三大队一家人去埋人做道场，竟然在三四天的时间里，深深地恋上了那户人家的一个还在读初三的女儿。那女孩子是区中学里的尖子生，她也被麻鲹儿那一手漂亮的蝇头小楷给征服了。

两人竟然在繁忙的丧事的间隙，双双躲进主人家的柴房去说悄悄话，被女孩子的母亲给抓住，结果搞得本来一场哀哀戚戚的丧事更是晦气重重。麻鲹儿被他舅舅赶回了家。不过，后来的结局却并不是想象的那样糟糕，那个女孩子竟寻死觅活地恋上了麻鲹儿，说要是家人不同意，她就不读书了。这可吓坏了对她寄予了无限希望的母亲，只好让人带信给麻鲹儿父母，说如果打算和女孩子确定恋爱关系，就必须要读书考学校。已经停学两年多成绩又不咋样的麻鲹儿，要让他再去读书，岂不是逼牯牛下儿？麻鲹儿绝望了，只好生生地断绝了自己那不切实际的痴想，老老实实地跟着舅舅到处去埋人做法事。而那女孩子由于分心，那一年的中考竟然落榜。落榜之后，她居然直接跑到麻鲹儿的家中找到了麻鲹儿，告诉他，她也不再读书，要永远跟定麻鲹儿！

我笑着说："你娃娃好艳福啊！"

麻鲹儿却突然有些难过地说："我其实很对不起她！"

他狠狠地抽了一口烟——看样子那时麻鲹儿已经是一个老烟哥了。

多年后，我在成都接到了麻鲹儿的电话，他说他要来看我。我自然很高兴也很期待。

麻鲹儿来了，开了一辆黑色帕萨特。此时的麻鲹儿已经是重庆超市行列中最大的肉类食品供应商了。

车上下来的不只是麻鲹儿一个人，还有三个人——他的媳妇，两个孩子。

麻鲹儿笑着说："老同学，先声明，我这个老婆就是我最先遇到的那一个哈！"

我说："哈哈，声明多此一举！"

他媳妇站在一边，点了点头，一直没有说话，看起来很贤淑的样子。

自然，在接下来的觥筹交错间，我也知道了麻鲹儿从道士先生变成商人的过程。

一心要跟定麻鲹儿的女孩子毕竟是一个读书出色的人，一直在鼓动麻鲹儿放弃埋人的职业，其实主要就是觉得干这个事见到的死人太多总觉得晦气，况且在乡下这也并不是一个什么好有脸面的职业！被女孩子反复地鼓动，麻鲹儿终于下定了决心，像我们老家一带大多数人一样，外出卖铁货。从陕西卖到甘肃，从甘肃卖到云南，从云南卖到贵州。后来他结识了一个食品供应商，于是转行搞食品批发。接下来就这样慢慢地把自己的事业做大了。

麻鲹儿说："要不是我媳妇，我肯定还在农村当道士先生看地埋人。我觉得是我影响了她的学业她的前途。她对我好，我得对她负责，我得让她幸福。所以，我就不停地动脑筋，不停地拼命奋斗。这才有了今天这个样子！"

"好一个麻鲹儿！爱老婆爱出了一番惊天的斗志！来，为你们的幸福干一杯！"

我趁着酒兴举起酒杯。到底他两口子谁推动着谁在拼命呢？——我想这个问题已经不重要了。喝了酒的麻鲹儿，满脸通红，那三十几颗小小的黑痣浮在脸上分外明显！

老二流子

老二流子被大家当成大名来叫他的时候，他其实并不老。

老二流子本名覃长富，据说几乎就在他父亲给他取这个学名的同一天，他的第一个外号"娼妇"就已经流传开了。他父亲于是有些犹豫，打算给他改个名儿，那时才几岁的"娼妇"竟然说：娼妇就娼妇，我是个男人，别人就叫我娼妇我也不会变成女人，不改！"娼妇"的父亲也就作罢——你都不在乎，我还在乎啥呢？不改就不改！于是在村小读书那几年，别说同学，就是那个姓田的代课老师都常常叫他"娼妇"。别人这样叫他，他非但不恼，还答应得哦啊哦的！

扯远了，该说"老二流子"了。

"二流子"的意思大家都明白，就不做解释了。加个"老"字，就可以指年龄大的"二流子"，也可以指"经验老到，资历深厚"的"二流子"。"娼妇"得其第二外号，自然是缘于第二种意思。这个男"娼妇"自然不可能成为坏女人，倒从小就养成了一副吊儿郎当、流里流气的习气。在学校里，常常偷摸女同学的屁股，爬到那个臭气熏天的烂厕所的隔墙偷窥，在女同学的书本上偷偷画一些似像非像的"黄色图画"，在放学路上扯长声音唱自己乱编的"黄色歌曲"，掏出小鸡鸡朝着小女生撒尿。中午睡午觉，那时的学生都喜欢睡在课桌面上，有一次这个"娼妇"竟悄悄把一个女同学的裤子给脱掉了，被闻讯赶来的女孩子的爸爸猛扇了几巴掌，打得鼻血横流。

一天，"娼妇"放了学从村公所院子旁边过，尿胀慌了，就褪下裤子站在路边对着一棵莲花白摇来摇去地扫射。张裁缝那个胖子婆娘走过来正好看见了，远远的捡了一块泥巴向"娼妇"掷了过去，大声骂道："指拇大个虾虾儿就学到耍流氓，还对着老娘的白菜耍起流氓来，你硬是个老二流子吗？"就这一下，"娼妇"的外号就彻底被"老二流子"取代了。

老二流子小学毕业考不上初中是情理之中的事情。他爹弹棉花的手艺远近闻名，人称"覃弹花"，他回家跟他爹学弹棉花了。老二流子肯长，十几岁就长得牛高马大的，干活一点都不觉得吃力。那时候我每每看见老二流子像他父亲一样弹棉花做被子的时候，就对他那手艺佩服得五体投地。他腰上拴一条汗帕子，在后背一方插一根弹性极好的竹片，弯弯地伸过头顶来，在身体前方吊下一个挂钩，将那个两米多长的弹棉花的巨弓挂上。他左手扶着弹弓在棉花堆上慢慢地来回移动，右手拿着一个锥形的前端有一个凹槽的光滑木锤子，极有节奏地去弹拨巨弓上的弦，发出咣咣的颤响，那声音让人无限痴迷。

农闲时候，老二流子就跟着他爹出门做手艺。田老师跟队上的社员吹空牛说："别看老二流子二流兮兮的，狗日的眼睛巧得很呢，是个好手艺人。"田老师还真说准了，两三年下来，才十五六岁的老二流子就已经是一个手艺娴熟的弹花匠了，并且常常是独自一个人出门做手艺找钱了。

小学时全村出名的老二流子在独自闯社会的时间里，竟然没有听到过丝毫有关他"流氓习气"的传闻，大家不禁有些惊奇。有人说："那狗日的闯祸是迟早的事。"有人说："小时候调皮的人都聪明，懂事了会干大事情。"老二流子后来的情形让大家的猜测都不准了，他既没有闯大祸犯流氓罪，也没有干出什么大事情，他不过是到胜利村一家人去弹棉花，把那家的姑娘给钓上了。姑娘的父母首先看上了老二流子娴熟的手艺，便不反对，但是悄悄来了解情况，却听到了"老二流子"这个匪夷所思的外号，还有那些有关他的少年"传奇"，便开始担忧自己女儿的未来，坚决不答应这门婚事。怎奈姑娘看上了帅气能干的老二流子，"父母之命"也不起作用了。

后来的故事仍然平淡。老二流子娶了那个姑娘做老婆，平时在生产队出工干活，闲时外出做手艺赚钱。不过他还是比别的人要拽很多，在山野里常常长声吆吆地吼唱自己即兴乱编的山歌逗大家乐。那天全队社员在大堰田薅秧，看见一个女子背着一个娃娃从王家大竹林过来，老二流子一时兴起，便开始唱起来——坳口过来个小妹子，背上背了个小娃子。小妹子我问你，我是不是娃儿他老子？他的薅秧歌逗得大家哈哈大笑，都直起身来看着那个背着娃娃的女人的反应。等那个女子走近了，大家认出来那正是老二流子的亲幺妹霞霞妹子，老二流子早羞愧得满脸通红，差点要把身子藏到秧林里去了。就在这次闹了大笑话之后，老二流子从此很少说拽话了！大家虽然当着背着还是叫他"老二流子"，却也没有谁认为他真是个"二流子"，他不过就是个喜乐人罢了。

但是，后来这个徒有"二流子"之名的老二流子，竟然还真被判了"流氓罪"。

二队牌坊下堰塘边那个知青点，有两个重庆女知青请老二流子去弹棉花做被子。为了不耽误第二天生产队出工，老二流子就晚上去加班。女知青嫌晚上陪着他干活无聊，就约了一大群男男女女的重庆知青来聚会，玩扑克，喝酒。半夜时，那些男男女女全都喝醉了，开始疯狂地搂抱、亲嘴、乱摸，搞得乌烟瘴气。后来就在床上地上到处横七竖八地躺着睡着了。这情景，把平时很拽的老二流子都吓着了。他咣咣地弹着棉花，想用深夜里那异常清脆的颤响惊醒那些醉酒的男女，结果那些家伙还是睡得如死猪般深沉。后半夜，他把活干完了，悄悄收拾了工具回家去，准备过两天来收工钱。谁知他回家刚躺下不一会儿，就听到有人来猛敲他家大门。他老婆刚把门一打开就冲进来几个持枪的民兵和两个公安人员，不由分说就把床上的老二流子五花大绑给押走了！这阵仗吓得他老婆目瞪口呆，浑身发抖，不知所措。

原来，那个晚上，知青点发生了一件大事——一个醉得人事不省的女知青在知青点外面的堰塘边被人强奸了。早起赶场的人看见了一个躺在水边一丝不挂的人，以为是死人，吓得魂飞魄散，就去区公所报了案。两个公安人员来到现场，叫醒了那个女知青，接着看见了那些横七竖八地躺在屋子里还没醒来的男男女女。叫醒来，一一询问，个个呆若白痴。接着说起了天亮前悄悄离开的弹花匠，引起了公安的注意，加上大家都说弹花匠名字叫"老二流子"，这不正说明他有重大作案嫌疑吗？这样，老二流子就给抓进了拘留所。

那年，正遇上全国"严打"。几十个罪犯在县城公判，然后被几辆军车载着全城游街。那时我正在县中学读高一，我在人群里看见了站在车上被五花大绑傲然望天的翘沟子，也看见了同样被五花大绑而神情木然的老二流子。后来听说他被判了十五年，押到新疆劳改去了。

其实，再后来的故事才真正有点传奇性——已经被劳改了将近十年的老二流子突然从新疆释放回来了。这时的老二流子已经四十多岁，变得老态龙钟、沉默寡言。大家都以为他是减刑提前释放的，后来才听他断断续续透露出来一个情况——重庆警方在审理一个强奸案的时候，案犯同时供认了在十年前当知青时所犯的另一个强奸案，也就是那个发生在二队牌坊下堰塘边的事情。这样，老二流子就被无罪释放了。

人们再也听不到回到老家的老二流子说拽话了，更听不到他唱山歌了。

人们也不再叫他"老二流子"的外号了。大家叫他——长富！

李胎神

村小放学的时候，李奎总是第一个跑出学校那个破旧的院门，这是他从读小学一年级起就形成的习惯。姓张的女老师总是骂他："是你们家死了人呢还是你们家房子遭火烧了嘛，你跑这么快？"李奎也不说话，还是第一个冲出去。他冲出了校门，却又突然慢下脚步，一公里回家的路他几乎要磨磨蹭蹭走到天黑尽才落得了屋。他妈也常常骂他："你怕是把路上的蚂蚁子都踩死完了呢！"

他和我一个生产队，比我大四岁；我读一年级，他读三年级。

有一天，李奎一出校门就往村公所的后坡上跑，他是要抢先去摘黄葛泡——就是黄葛树还没有长出叶子来的那种芽苞，那个包裹嫩叶的皮可以吃，酸得人腮帮子发疼，那是我们这些乡下孩子的零食。李奎刚跑到村公所院子边就看见了两条狗黏在一起，他兴奋得狂呼大叫：打狗连裆，打狗连裆！两条狗一看吓得想挣脱逃跑，哪知竟挣不脱，痛苦地坐到地上，发出嗷嗷的呻吟。李奎提起他那只瘪瘪的书包就去打，打得两条狗终于步调一致地跑进了路边的芭茅林里去了，地上留下了一摊血。这一幕正好被院子里那个裁缝的老婆看见了，就扯起嗓门骂："你个鬼蛋蛋儿，你没见过你妈老汉干过事吗？老子那狗要是死了，看我不要你狗日的脱层皮！"正走过来的几个重庆知青也在那里笑得人仰马翻。有个家伙一把拽住李奎，往他屁股上踹了一脚，笑骂道："你个死胎神，你坏了人家的好事了！"

这时我们也走到了那里，刚好听到了那个知青骂李奎的话，于是"李胎神"的外号从此流行。

209

"胎神"是何方神圣？有关资料上倒有这样一个名词，但是与我们川渝方言中的这个词语的意义大相径庭。"胎神"作为一个骂人的词语，首先是由来自大城市重庆的知青们引进，大略含有对被称呼者蔑视、厌恶、戏谑等意味。李奎获得"胎神"封号，似乎也还算"实至名归"，因为在我们乡下，这个李胎神真的是一个板眼儿多得出奇的角色。

　　在三岔马路那里有家汽车修理店，店门口常常支着一个牌子，牌子上用牛皮纸写着几个字——"打气补胎"。有一天人们却发现牌子上那几个字竟变成了"补气打胎"。那就是李胎神干的，他用小刀将那几个字换了一下位置，别看那家伙读书成绩一塌糊涂，他在这个恶作剧上竟表现出来惊人的语文天才。但是这个"天才"第二天就被修理店的老板在路边拦住给"修理"了，老板啪啪就给他两个耳光，李胎神被打得鼻血横流。他竟不哭，放下书包取出作业本，撕了本子来揩鼻血，把一个本子都用完了，等鼻血停了，然后跑到水田边捧起水洗了脸，乓一乓地回家去了。

　　李胎神的眼睛有个毛病——斜视。他正眼看你的时候，其实他正看着旁边；当他看着旁边的时候，可能他恰是正眼看着你。这个毛病让那些不知道的人常常受骗。有段时间，李胎神不知道受了什么刺激，突然对抽皮带打架充满了强烈的向往之情，大概是万古街上那一群小混混正在流行这样的"时尚"斗法。每天放学路上，李胎神就会突然停下来，把书包往旁边的草丛里一丢，双手叉腰，然后右手慢慢摸向皮带扣，将皮带从裤腰上抽出来，提在手上，皮带像一条死蛇样垂着。他想象着自己被四面包围，于是慢慢转着圈，然后突然将皮带抽出去，在空中划出一道影子……他这怪异的行径让我看得目瞪口呆。

　　他对我说："今后要是有人欺负你，你别动手，一切让我解决，只需一条皮带！"我当然不信有人会无端地欺负我，但那时是真的相信他那条皮带的威力的。不久后，他终于在街上检验了他的皮带功夫。我们去收购站卖"麻芋子"（半夏），他惹上了街上的几个混混，他真的被包围了起来；几个混混真的都抽出了皮带，李胎神也真的抽出了皮带；几个混混围着他慢慢转，李胎神站在中心也慢慢转……可是那天出了个大意外——李胎神穿了一条大裤腰的裤子，大概是他爸爸的，当他全神贯注对付敌人的时候，那裤子竟突然掉到脚弯儿下去了。小混混们一看，先是一愣，接着就哈哈大笑。李胎神闪电般将裤子捞了起来，趁敌人还没有想起进攻的时候，捏着裤腰撒腿就跑。跑到粮站污水沟旁那段围墙边，他把裤子脱了，丢在地上，背靠着墙等待着追来的敌人。李胎神紧紧盯着面前晃动着的几条皮带，脑子里飞快地想着退敌之策，却突然看见几个小混混不约而同地转过头去看围墙下面那条臭水沟，李胎神趁此机会虚晃一皮带，像一条野狗一样一眨眼就跑得无影无踪。那几个小混混跟着追了去，我捡起李胎神的裤子也跟着跑。后来我才想起那天李胎神之所以有幸逃脱，全靠了他那一双斜视眼给敌人提供了错误信号。

然而，接下来发生的事情他却没这样幸运了！

那时，在我们生产队的一个高坡顶上，一群不知道来历的人竖起了一个几米高的角钢支架，我们也不知道那是做什么用的，就胡乱猜测。有人说那是地质队安装的，有人说那是空军安装的，有人说那是公安局安装的。有人说那是雷达，有人说那是灯塔，有人说那是指示地下有宝物的标志塔，莫衷一是——而且那架子的作用至今我也没弄清楚。有一天，区上的杨公安突然来到村小，进到教室问那个女老师："哪个学生叫李胎神？"女老师用教棍一指，杨公安就径直走过去将李胎神像提一只小鸡一样提出了教室。李胎神在空中挣扎，还想咬杨公安的手，杨公安就将他一丢，扔进了操场边的一个烂水坑里去了。

第二天，我们终于知道了事情的原委——李胎神偷了那个支架上

211

的两根角钢拿到收购站去卖了。李胎神在区上派出所被关了两天才放出来，被打得鼻青脸肿的。他悄悄给我说，那个杨公安坏得很，自己一定要报复他！我被他的话吓住了，不敢吱声。

后来，他的确实施了报复计划。

他用竹筒做了一杆水枪，在水里加入了大半瓶蓝黑墨水，然后把墨水吸进水枪里，趁赶场天人多，他朝着杨公安的白制服的背上痛快淋漓地喷了一枪，然后成功地跑掉了。这一逃跑，便从此失踪，连他爹妈都不知道他的去向。他两年后才回家，我才知道他其实是跟着一个远房亲戚外出卖铁货去了，那时他才十五岁。

再后来，我上中学上大学，毕业工作，和李胎神就几乎没有了任何联系，只是知道他还在卖铁货，而且还成了"砍刀派"的鼻祖。

我们老家以出产小五金闻名，自然就形成了遍布全国的五金经销商——我们称为卖铁货的。但是李胎神却是走的和别人不同的路子，他不是坐摊而是游商，他不是标价售货，而是靠魔术一样的表演吸引顾客。每到一个地方，选好摊位，摆好货品，拉开堂子，扯起把子，一连串江湖气十足的顺口溜迅速吸引来一圈围观的人。然后，他将摆在地上的布条、木块、铁丝、铁皮等一一亮给人们看，接着用地上任何一把刀都可以将那些东西割断、砍断。他挥刀砰砰地砍铁皮的时候，火星四溅，然后拿着刀绕场一圈展示给人们看——刀锋无损。人们惊叹，于是争相掏钱购买。

其实，他卖的铁货基本上都是"歪货"，就是那菜刀也是普通铁皮做成的，根本不经用。但是，他要的是"手风"，行的是江湖一套，每拉开一个堂子也还有不错的销量。因此，县内竟也有不少的人慕名来拜他为师。李胎神于是开始欣然收徒，几年下来，"砍刀派"竟然有了上百人。每年春节，徒弟们都来给李胎神拜年，要摆近二十桌席，拳喊得山摇地动，酒喝得天翻地覆。李胎神端着祖师爷的派头，自是有着无限的享受。然而，那种江湖式的跑摊匠买卖毕竟不能维持长久，后来，"砍刀派"渐渐衰落了，李胎神慢慢失去了往日的辉煌，连他儿子也放弃了这样的买卖方式，在西安自立门户搞起了五金批发。李胎神自己也渐感无力维持，于是回家赋闲了。

去年我在老家的镇上见到了李胎神。他在镇上买了房子，天天都是打牌喝茶，偶尔去长生桥河边钓钓鱼。如今他身形肥壮，完全不见了少年李胎神的影子。他穿了一条背带裤，我怎么看也感觉不出一点绅士的气质，倒像一个电焊工。话是不很投机的，于是匆匆告辞。

后来却常常想起这个李胎神来。以"从小看大"的祖训来看，这个李胎神年少顽劣不堪，慢慢步入歧途，终不成器而自毁应属当然，然而他最终却没有成为一个"坏人"。我便似乎明白了一个道理——人的一生，实在是无法看清楚的！

孙大怪

孙大怪姓孙，但是大名叫自强。

孙自强是我小学同班同学。孙自强个子一直就显得比同龄人要高大好多，在那个缺吃少穿的年代，他竟然这样肯长，也是个奇迹。他爹说，那个龟儿子他就是站在山当头喝风也要长。他与我同年，上小学那一年他就比我整整高出大半个脑袋。那家伙力气很大，在上学放学的路上就常常要傻乎乎地逞能，他要帮我们所有同路的人背书包。大家也乐而为之，把一个个大口袋左一个右一个地斜挂在他的脖子上，把他本来就显得有些臃肿的身体弄得来像一座大草树。他哼哧哼哧地喘着气在山路上走着，像一匹驯顺的驮马，满脸通红，一大筒鼻涕也因为腾不出手来处理而直挂到下巴上。我们在路上疯打，在路两边的山崖上攀爬，孙大怪从来不参与，他总是笑嘻嘻地看着我们，有时发出点笑声。他似乎觉得他生来就是为别人负重的，至于游戏的乐趣，他没有觉得那也是属于他的。

一路疯闹的我们那时不但没有为孙大怪帮我们背了书包而感激，反而常常胡乱地编唱他："孙大怪，偷白菜，偷起拿到街上卖。白菜卖了五分钱，拿给妈妈去买盐。买盐回来化成水，咕嘟咕嘟就喝完。妈妈问他为啥子，他说尝看咸不咸。"我现在都惊奇那时我们是怎么"创作"出这样的顺口溜的，押韵不用说，关键是里面包含着的那种黑色幽默的成分实在有些灵气。不过，在我们乡下，凡是点名道姓编唱别人顺口溜的，大多会遭到别人的咒骂，我们曾经唱队上那个肖癞儿，就差点被肖癞儿暴打一顿。而孙大怪对我们的编唱却一点不恼，他的

214

不恼不是因为他年龄不大，主要是因为他太老实。而"老实"之说，在我们乡下，就差不多等于"呆"或者"二百五"了。孙大怪的确有些呆，从读书的第一个学期开始他就一直是我们班上的倒数第一名，而且算术一科经常都是零分。我是班上个子最矮的，他是最高的，他竟然好几年都和我同桌坐第一排，原因是老师怕他在教室里"流尿"，坐第一排便于发现他是否憋得通红的脸。孙大怪太老实，老实得连上课憋尿都不敢举手。

说了这么多，我忘记了告诉你"孙大怪"这个外号的来历了：小学课本上有一篇毛泽东的"七律"，里面有两句是"今日欢呼孙大圣，只缘妖雾又重来"。老师一遍遍地教我们读，教我们背诵，在我们早就烂熟于心的时候，那个呆子孙自强却连照着课本读都还读不"伸抖"，就是让他照着课本，他也总是要把那个"孙大圣"读成"孙大怪"，老师气得挥起课本啪地扇在他的脸上，叫他再读，结果还是"孙大怪"。老师长叹一声：你不要叫孙自强，你就叫"孙大怪"算了。于是，"孙大怪"就顺理成章地取代了"孙自强"，迅速成为人人见而呼之的名字了。

小学毕业，孙大怪自然是考不上初中的。孙大怪开始在生产队出工。我从村小考进了升斗坡的初中，就要经过孙大怪他们家门口去上学。每天从那里经过的时候，孙大怪总是端着一只大得很夸张的海碗在门口稀里呼噜地喝稀饭。他看到我，也不喊名字，把碗从嘴上移开，另一只手横着把阔嘴一抹，一脸柔和灿烂的笑容，轻轻吼一声——嘿！我也习惯性地"嘿"一声，然后无声地迅速闪过山墙去，钻进屋后那片光线阴暗的竹林里。三年时光一晃而过，我从升斗坡初中毕业了，而这三年，孙大怪已经长得牛高马大，晃眼看去简直就是个大男人了，虽然那时他才十五岁。十五岁那一年，孙大怪竟然在家中遭遇了一场横祸。

215

孙大怪的母亲死得很早，他有个大哥，比他大十多岁，我那时一直没有搞清楚他们兄弟俩为什么会有这么大的年龄差距，开始我还以为他哥哥是他爹，后来才知道他爹是那个癞子老头。哪一个癞子老头是他爹也是再后来才彻底弄清楚的，因为他们家有两个癞子老头——一个老一点，是他爹；另一个年轻点，是他叔叔。他的癞子叔叔是个光棍，一直跟他们家生活在一起。他哥哥有个老婆，也就是孙大怪的大嫂，听说不是一个守本分的女人，而且竟然是跟孙大怪的叔叔（也就是那个稍年轻一点的癞子）有点钩挂。有一次孙大怪的哥哥回家来，发现一个人从他老婆的床上下来翻窗从后阳沟跑了，他追了出去，却发现孙大怪光着上身手上拿了一把砍刀在后面竹林里东盯西盯地晃荡。他冲了过去，二话不说，一拳把孙大怪打翻在地，抢过孙大怪手中的砍刀，一刀劈在他的大腿上，扬长而去。孙大怪被打蒙了，也痛蒙了，更被吓蒙了。他捂着自己的腿一跳一跳地跳回家去，看见他的癞子爹和他哥哥在门口对他怒目而视，他还没有来得及说什么，他那癞子爹又是几巴掌扇了过来，孙大怪当即就昏倒在地。

　　孙大怪后来当然没有死，医好了伤疤的孙大怪到后来很久很久都没有搞清楚他那一场遭遇的原因。他们家里人绝口不再提那件事，全生产队的人估计不知道的人不多，但是也没有人会告诉孙大怪真相。孙大怪就这样吃了一次冤枉亏，而且是吃的他最亲的亲人的亏。老实的孙大怪从此腿有点瘸，生产队那些个别不良的家伙看到他，就会问："孙大怪，那次到底偷到嘴没有啊？"孙大怪开始脸憋得通红，最后总是那一句："偷你妈个脚！"被骂的人不生气，嘻嘻笑着走了，孙大怪也一瘸一瘸地走了。

　　孙大怪离开家去云南打工，大概是在我上大学那一年了。我是在春节回家时才听说的，是他的一个远房的亲戚带他去的，做泥水匠。我在王家垭口碰见了孙大怪那个癞子爹，他爹轻描淡写地说："各人刨各人的吃食！"我说："也好，出去见见世面。"他爹说："就是他妈个乡下的狗！"说完挑着粪桶走了。

那一年的暑假我再回家时，却听到了孙大怪的噩耗。

孙大怪在云南个旧的一个建筑工地打工，由于人太笨，就只能做那种笨重活，挑砖头挑灰沙。他虽然腿有点瘸，但是身体强壮，人很老实，干活不会偷懒，所以包工头还比较喜欢他，甚至还常常照顾他一点。工地上堆了很多建材，包工头就让孙大怪晚上住在建材堆旁的窝棚里负责看守，算是另外给了他一份工。可是，就是这样一份本来照顾他的额外工，却给他带来了灾难。一天晚上，天下大雨，几个盗贼来偷建材，被孙大怪发现，他喝止不住猖狂的盗贼，就冲了过去，死死地抱住盗贼的腿不放。他大声地呼喊，可是倾盆的大雨掩盖了所有声音。第二天，人们才发现倒在泥水中的孙大怪，全身僵硬。头上，插了一根两米多长的螺纹钢。

小鸡儿

　　大约是在三年前的某一天，突然接到一个来自浙江台州的电话，正纳闷何人会从那天遥地远处给我电话，一听竟是熟悉的乡音。打电话的人先是叫出了我的名字，接着又叫出了我小时候的小名，然后嘿嘿地笑着告诉我，他是小军。

　　知道了是小军，我就突然记起了电话中声音的主人很遥远而清晰的身影。小军大名叫徐帮军，比我大一岁左右，家在下湾徐家院子。那是个很偏僻的院子，由三座独立的土房构成，正房两家住的是肥狗徐安成和小肥狗徐安炳两家，左边住的是大肥狗徐安富一家，小军和他爷爷徐海洲住在右边的一座土房里。土房只有两间，一间是他们的家，另一间是牛圈。小军的爷爷给生产队养牛，那条老母牛每天从那个土院坝来回走数趟，把属于小军家的那一片院坝踩得稀烂，门口天晴落雨都是牛粪和泥水混合而成的一个烂泥塘。

　　小军的爷爷说话有点夹舌头，叫"小军"又带儿化音，"小军儿"听起来活像"小鸡儿"，于是"小鸡儿"就成了小军的外号。小鸡儿院子上住的那三个被大家称为"肥狗"的，大肥狗和肥狗是小鸡儿的两个伯父，小肥狗是小鸡儿的爸爸。小鸡儿不和两个伯父生活在一起，这我在很小的时候就是明白的，但是我一直不明白的是小鸡儿为什么不和他的那个叫作小肥狗的爸爸和他的妈妈生活在一起。小肥狗那个老婆长得很丑，嘴歪着，看人总是横眉竖眼的，我那时只要看见她就要跑，总觉得她要追上来扯我的头发（其实那只是我的一种错觉）。小肥狗还有个儿子，长得和他老婆一个模样，看着总让人难受。小鸡儿既然有爸爸，却和爷爷生活在一起，而且还常常被他的两个伯父和几个堂兄弟欺负，这让我很不理解，也让很多人对小鸡儿充满了同情。

后来我才知道，那个横眉竖眼的女人原来并不是小鸡儿的生母。小鸡儿的生母另有其人，名叫王海蓉，是一个从贵州来的女人。但是我却从来没有看见过小鸡儿的生母，只是曾经听我母亲说过，她似乎又逃到不知什么地方去了。小鸡儿跟着爷爷生活，帮他爷爷割牛草。但毕竟人小贪玩，所以就常常跑到我们上湾来耍。小鸡儿爱跑上湾来耍，其实最主要的原因是在自己院子上没人和他耍，甚至常常挨冤枉打。小鸡儿爱来我们家，因为我和哥哥对他很友好，我善良的母亲也总觉得自己和小鸡儿的母亲同姓，便更对他多了一份同情，所以小鸡儿有时便是好几天吃在我家，住在我家。小鸡儿的爷爷会牵着牛站在我家大门外面田坎上长声吆吆地喊：小鸡儿，该回自家的耗子洞了！而小鸡儿的那个父亲有一次却在我们吃饭的时候，直接冲进来把他从桌子上提下来，连扇了几个耳光带走了。

小鸡儿个儿矮小，估计成年了也不过一米六，这倒真没冤枉那个"小鸡儿"的外号。我们一起在村小读书，乡下孩子大多顽劣不堪，而小鸡儿却出奇地安静。小鸡儿似乎天生就懂礼貌，会很亲热得体地叫喊他所认识的每个人，从不干偷瓜盗李的事，别人遇到需要帮忙的事情，他也会主动帮助，所以全湾上下的人还都喜欢他。他长了一张带着笑容的娃娃脸，见面一说话总是话语和笑声同时出来，小时候如此，长大了也如此，在阔别了二十多年之后的电话中，同样如此。

自从我进县城读高中后，小鸡儿似乎就再没有在我的生活中出现过了。之后偶尔听老家的人们说起过，也很快淡忘。那一次小鸡儿从遥远的东海之滨台州给我打来电话，原来是那之前他回过一次老家，去看望我大哥，知道了我的电话，于是便和我再次取得了联系。从电话中我这才知道了小鸡儿在这二十多年中生活已经发生了巨大的变化。

他先是到了贵州——也不知是不是由于他的生母是贵州人的原因——在一个煤矿挖煤，并在贵州结了婚安了家，还生了一个女儿。在贵州生活了多年之后，又带着全家去了台州，在当地一家企业打工。电话里我听到了一个小孩子的声音，我问他是不是又生了一个老幺儿。他嘿嘿地笑着说："啥子老幺儿哟，我外孙。"我那时是吃了一惊的，一个才四十出头的男人，竟然已经做了外公！他接着又嘿嘿地笑着告诉我，他外孙都5岁了。他说，像他那样的没用的男人，除了娶老婆生孩子还会干点什么嘛！我知道他是开玩笑，但是想想也并非全无道理。我以一句"早生娃儿早享福"的套话结束了我们那一次电话交谈。

在后来，小鸡儿便总会在各种节日里给我打个电话，随便聊聊生活，感觉很是客气而友善的。我给他发过短信，他总不回，后来才知道他不会发短信。他说，他没读过几天书，不像我这样的读书人什么都会弄。我听得出他那略有自卑仍是友善的口气。他还说，他会让他女儿教他怎么发短信，后来还真收到了他发来的短信。

今年春节前，我提前给他发了一条问候的信息。他没有回，我便忘了。回老家那两天，竟无意中听到大家说起了小鸡儿。我问："小军怎么了？"哥哥告诉我，不久前小鸡儿在台州因为一场车祸把命丢了！那一瞬间我是很震惊的，接着几天我总是满怀抑郁地不停地想起他，想起那笑嘻嘻的娃娃脸，想起那带着笑声的话音。那天再次和大哥说起小鸡儿来，我竟然再次错愕了——原来他的身世比我以前知道的还要复杂。

小鸡儿的母亲是从贵州逃出来的，小鸡儿也是他母亲从贵州带出来的。这一点让我终于明白了那个住着三条"肥狗"的院子为什么对小鸡儿如此不善的原因。小鸡儿的母亲带着他来到这里，最先是打算嫁给一个姓张的男人的，结果几天后却莫名其妙上了小肥狗的床。小肥狗嫌弃小鸡儿是累赘，就打算把他拿去送人，小鸡儿母亲不答应，结果小肥狗就天天打这个贵州女人，半年后，贵州女人在一个黑夜里偷偷逃走了，把小鸡儿扔在了这里，那时小鸡儿才三岁。后来小肥狗娶了个横眉竖眼的丑女人，又生了个横眉竖眼的儿子，小鸡儿便被那个小肥狗继父扔给了他爷爷。小鸡儿的爷爷自然并不是他的亲爷爷，但是几个肥狗对自己的父亲早就不敬了，小鸡儿倒成了老人晚年唯一的精神寄托。在这个不是自己家的大家庭里，大概爷爷是小鸡儿童年和少年时期唯一感受到亲情温暖的人了。但是，小鸡儿的爷爷也在小鸡儿十几岁的时候去世了，孤独的小鸡儿就决定回贵州寻母（至于最终是否寻找到自己的母亲，我们都不得而知）。

小鸡儿，这个被自己的母亲带到这个世上，又扔到了远方的人，在成年后的确是为着寻找母亲的踪迹重返贵州的。矮小虚弱的个子却承担了世上最劳累的挖煤的活，只为了在母亲曾生活过的土地上用生命延展自己的生活。这是藏在一个人骨子里的生命力顽强的属性使然吧。他在自己都做了外公的时候，却又带着全家人去了天遥地远的浙江台州，并且在那个遥远的地方失去了自己的生命。这又未尝不显示着一个人生命的无常和脆弱！

善良的小鸡儿，在人世间没有得到母亲翅膀的庇护，只愿你在九泉下安好！

李勇奇

他本来叫李勇，但是电影《智取威虎山》放映之后，第二天便有了李勇奇这个外号。他为得到了这个外号感到自豪，因为他特别喜欢那个猎人戴着狗皮帽斜挎着猎枪的样子。那时我们是小学同班同学；小学毕业，我们又一起到升斗坡上初中。

有一天在教室里，李勇奇神神秘秘地从书包里掏出一张纸来给我看。那是一张作文本上的纸，格子的背面用铅笔画有一幅奇怪的图画，一个竖着的矩形，每个角和四方都有一些圆圈，矩形中间的上端是一个骷髅图样，紧贴骷髅下巴处是两条交叉的骨头图样，那样子跟后来在有毒物品的包装箱上看到的图样几乎一样。骨头下方又画了几个圆。骷髅的嘴巴、鼻子和双眼都是圆圈，在嘴巴那个圆圈里写着"碟仙"两个字，其余的圆圈里分别写有 0 到 9 的数字，还有的圆圈里写有"是""否""男""女""凶""吉""多""少"等文字。这张皱巴巴的图画把我看得一头雾水，李勇奇就把我拽到教室外面的黄葛树下，悄悄地对我说那是一张"神图"，是他读高中的哥哥从学校抄回来的，叫作"碟仙儿"。他说，那个碟仙儿神得很，问啥子都晓得。最后他还叮咛我不要告诉别人，只准我们两人知道。他说："今天我们回家就去玩。下午放学后到欧洪林那里去买白打纸。"看他那样子兴奋得直喘气，而我还是一头雾水。

下午放学回家的时候，我以为只有我们两个人会悄悄绕道去公社买纸，结果跟了一大群人。一问才晓得几乎全班同学都知道了，这个把不住嘴巴的李勇奇！我们去欧洪林那里买了白打纸就直奔李勇奇家而去。我们在他家饭桌上把纸摊开，照着那个样图扩大比例把图画了出来。当然李勇奇特别告诫，那个圆圈一定要用碟子扣着绕着边缘画，而且那个碟子一定要用细瓷碟子。

图画好了，李勇奇告诉我们，将碟子扣在骷髅中那个写着"碟仙"的圆圈里，任意选两男一女，每个人用一根指头轻轻放在碟子上，不准用力，然后围着的人齐声呼唤"碟仙儿碟仙儿请你出来"，那个碟子就会从那个圆圈里面慢慢移动出来。我们当然是很怀疑的，不过强烈的好奇心又驱使着我们跃跃欲试。首先由我和李勇奇，再加上他妹妹来试。我们将指头搁到碟子底上的时候，大家就开始齐声呼喊。开始，碟子一动不动，过了一会儿就发现那碟子真的已经从圆圈里让出了一片儿空隙，空隙越来越大，最后竟全部从圆圈里移了出来。我心里的感觉，与其说是惊奇，不如说是惊骇——这事情太神奇了！然而，更神奇的事情还在后面。

李勇奇说，你们可以提问题了。李勇奇的妹妹问："碟仙儿碟仙儿，我是男的还是女的？"那碟子便缓缓地移到了写有"女"字的那个圈里。我问："碟仙儿碟仙儿，我多少岁了？"碟子先移向"1"，停留了大概两秒钟又开始滑向"4"。我一看，惊奇得几乎要晕死。然后有问学习成绩的，也有问考不考得上中师的，甚至还有个家伙问："碟仙儿碟仙儿，明天早晨我捡得到几斤狗屎？"碟仙儿就跑进"1"那个圈里去了，引得大家哈哈大笑。随着问的问题越多，碟子滑行的速度越来越快，后来甚至只需要一个人用一根指头挨着，它也照样在纸面上嚯嚯地滑行，而每次滑行到圆圈里停下来时，一定是扣得纹丝合缝。

李勇奇趴在桌沿上，兴奋得脸红筋涨。李勇奇的爸爸开始一直站在我们的后面看热闹，慢慢地受到了感染，可能他也觉得这事太神奇了，就挤了进来说："给我问问，我活得到多少岁？"李勇奇就帮他问了碟仙儿。那碟子先在纸面上转了两圈，然后就滑进"4"那个圈里，停留了一下，又滑向了"2"那个圈。李勇奇说："嘿嘿，老汉儿，你活42岁!"李勇奇爸爸就说："啥子狗屁碟仙儿啊，乱说。再问一次!"于是又来一次，结果跟上一次完全一样。李勇奇爸爸便自言自语地说"乱说乱说"，然后退到一边去了。那天我们一直疯狂地玩到天黑才回家。

　　李勇奇玩碟仙儿似乎上了瘾，隔三岔五就要约我们去他家玩。他的成绩不错，和我一样，是被老师确定为可能考上中师的苗子的。玩碟仙儿时他总爱问："碟仙儿碟仙儿，我是不是考得上中师?"碟仙儿便滑进"是"那个圆圈里，李勇奇便很兴奋。他又问："碟仙儿碟仙儿，张玉兰是不是喜欢我?"张玉兰是我们班上长得最乖的女生，她爸爸是长河煤矿的工人，我知道李勇奇暗恋她。碟仙儿毫不犹豫地滑进了"是"那个圆圈。后来，李勇奇几乎每次都会问这两个问题，碟仙儿每次都满足了他的愿望，李勇奇便有了十分的自信心。他壮起胆子给张玉兰写了一封情书，结果那天刚放学他就被那个叫作文国凡的教导主任叫进了办公室，不仅劈头盖脸挨了一顿训斥，还被文主任扇了一巴掌，牙齿都打出血来了。

　　回家玩碟仙儿，他问："碟仙儿碟仙儿，张玉兰爱我吗?"碟仙儿回答"否"。他又问："碟仙儿碟仙儿，文国凡是不是会病死?"碟仙儿回答"否"。以后每次都问，答案不变，李勇奇越来越失望。又一次他问："碟仙儿碟仙儿，我是不是考得上中师?"碟仙儿居然滑进了"否"那个圆圈，这让李勇奇备受打击。再问了一次，答案还是"否"，他便彻底没有了兴致，我们都散场各自回家。

　　过了几天，学校发生了一件"臭事"，有人从文主任靠围墙的那个后窗扔了一大包大粪进去，正好落在了文主任的床上。调查几乎没费什么周折就找到了作案者，就是李勇奇。李勇奇立即就被开除。这样，他读中师的梦想破灭了，追张玉兰的勇气也彻底消失。回到家，他爸爸倒也没骂他，他爸爸很老实，本来就不爱说话。不过生气伤心是肯定的，因为很快他爸爸就生了病，并且一病不起，半年后竟死了，真的只活了42岁。

失了学又失去了父亲的李勇奇，倒也没有颓废，他开始在赶场天去万古街上混生活。他先在马路边用扑克牌玩"人人儿宝"，后来又在三角碑那里借一张桌子玩写数字的游戏。那游戏就是放上一个本子一支笔，赌那些不服气的人来输钱。从1开始写，凡是能够顺畅地写到300的，李勇奇给写数字的人一块钱；要是写数字的人在写的过程中出了错，或者停顿时间过长，就输给李勇奇一块钱。这游戏当然是李勇奇赢的时候多，不过后来因为和一个人发生争执并打了起来，在扭打的过程中他用那支写数字的铅笔戳瞎了那人一只眼睛，结果被判刑两年。

刑满释放的李勇奇完全变了一个人，显得阴郁沉默，很少与人交往。他常常独自外出，三五天之后又回来，人们也不知道他去了哪里，在干些什么。直到有一天，一群警察围住了李勇奇的院子，把他从家里铐了出来，接着又从他家里扶出一个陌生男人。这时大家才大吃一惊——李勇奇出狱后，就跟和他一起出狱的几个狱友联合做贩卖仔猪的生意，那时他迷上了赌博，贩卖仔猪赚的钱都输光了，还欠了一大笔赌债。那天，他们在县城绑架了一个做皮鞋生意的温州老板。他们趁着黑夜把温州老板弄到了李勇奇的家里，关在柴屋里勒索钱财。没想到，两天后就被警察找到了。

李勇奇，自导了一出"二进宫"！不知道那时他是否还记得少年时代玩过的"碟仙儿"游戏，还有他的中师梦想，以及他喜欢的张玉兰。也不知道那时他是否还在羡慕"李勇奇"的那顶狗皮帽和那杆猎枪。

灶神菩萨

灶神，我们老家的人又称之为灶神菩萨，就是农历每年腊月二十三送走腊月二十九又要接回来的那一位尊神。但是我这里要讲的这个灶神菩萨，不是指这个神仙，而是我的一个初中同班同学。

灶神菩萨家里兄弟姐妹一共六个，他是老幺。他的年龄与他大哥的儿子差不多大。俗话说，皇帝爱长子，百姓爱幺儿。灶神菩萨这个老幺儿就极得他年事已高的父母的宠爱。每当家里人做饭的时候，他都要守在灶旁，眼鼓鼓地望着菜板和锅里，随时希望得到提前的额外犒赏。乡下人祭灶神菩萨，为了方便，常常就把烟囱的石头底座雕刻成灶神，这样那灶神便时常守在锅台边，样子和我这位同学大概差不多。于是，灶神菩萨便顺理成章地成了我那同学的外号。

虽然我们两家的距离只有两块水田的间隔，我和灶神菩萨做同学却是在上初中时了，那时我们都十二三岁。学校在离家十几里路远的升斗坡，中午是不能回家吃饭的，我们大多数学生就忍着饥饿，等下午放学回家再吃（我后来严重的胃病就是那时候开始的）。灶神菩萨却是每天上学时都有他母亲为他准备的有盐有味的饭菜，并且用搪瓷缸装好，拴一条带子让他提着，这让我很是羡慕。好在灶神菩萨虽有些被娇生惯养，却是一个很和善的人。到了中午的时候，他就总是硬要把他的饭菜留一半给我吃，我开始推却不过，也实在是饥饿难耐，就吃了几次。后来我就坚决不吃他的饭了，因为那让我实在太难为情。当我坚决不吃他的饭的时候，他也坚决不让他母亲给他准备午饭了，他说要饿我们一起饿。这个背时的灶神菩萨，是个犟拐拐——他母亲这样骂他。

灶神菩萨兜里常常有花生胡豆之类的零食，那也是宠他的母亲给他准备的。每天上学他都要在大堰田那个大水缺边等我，当我们一起上路的时候他就把零食塞一些在我衣兜里，于是我们就一路嘁嘁喳喳地嚼着上学去。有时没有零食，灶神菩萨也有自己的办法，就是在书包里装一袋麦子或者米，拿到学校附近孙家湾孤人孙大得家里去换李子桃子之类的东西。是你妈妈给你的吗？我看着麦子或者米问他。是我悄悄偷的。他笑咧咧地说。他的几个嫂子都对他母亲对他的溺爱有意见，而且又没有分家的，他竟然敢偷家里的粮食，这让我很震惊；当他把换来的李子桃子塞给我的时候，我心里已满是惴惴不安了。

三年的初中时光，让我完全见识了他淘气顽劣的一面。虽然我也不算安分之辈，比起灶神菩萨来，我却只是个"小巫"。夏天上学路上感觉热了，他竟然脱光了跳进路边院子的水井去洗澡，被一个胖得出奇的女人捉住，没收了衣裤。灶神菩萨一丝不挂地一直追到胖女人的家里去，硬是撒泼打滚地要回了自己的东西。他爬到一家人的桃子树上去偷桃子，被人发现，一紧张，竟然从树上掉下来，直接砸到了房顶上，砸穿了房顶，跌坐在一个臭气熏天的猪圈里，弄得他大哥来说了好多好话，费了半天时间才给人家把房顶修好。

还记得初中即将毕业的时候，我们的老师为了给我们几个成绩拔尖的学生辅导，让我们提了油灯在学校上夜课。灶神菩萨本来没资格的，我让灶神菩萨留下来陪我，好上完夜课后一起回家。结果有一天晚上，老师在讲课，他就在桌子上烧废纸玩，不知怎么就把前面一桌的女生的裤子屁股那个地方给烧了一个洞。女生当场又跳又拍，又哭又叫。出于对灶神菩萨留下来等我的感激，我竟毅然替他背了黑锅，结果被那个叫文主任的人叫到办公室猛扇了两个耳光，还被骂为流氓，还被勒令将女生的裤子拿回去让母亲补好交回学校来。而且这事让我备受打击的还是，后来竟然被同学们取笑为"给女生缝裤子的人"，使我羞愧难当。

初中毕业了，灶神菩萨没有考上高中。我进县城上高中后，基本上就和他没有联系了。我上大学那一年，听说他到陕西当兵去了。我毕业分配出来在老家所在的区中学任教那一年，又听说他复员回家了。不过，一直都没有联系。有一天，他到学校来找我了，看起来和以前没有多大的变化，只是身体强壮了许多。几句寒暄之后，他就开始滔滔不绝地给我讲他在部队的经历，什么偷当地老乡的核桃，什么套老乡家的狗，什么和当地群众打群架……他讲得眉飞色舞、口沫飞溅，也不管你爱不爱听。以后好多年的每次见面，几乎都是如此。我就奇怪，他怎么就只记得当兵的经历呢？他怎么就只记得那些并不很光彩的经历呢？这个灶神菩萨，真是个怪人！

又是几年之后，我们见面，他除了那些固有的话题之外，终于添加了新的内容。听说他在跟他的一个战友跑生意。所以，一见面他往往开口就问："你说这个生意咋个没得搞头嘛？连傻卵都赚得到钱的！"然后就开始滔滔不绝口沫飞溅地讲起来。告辞的时候就向我借路费。如是多次，我还是没有见他有什么发达的迹象，见面先是重温他的当兵往事，接着就是听他天花乱坠的赚钱秘诀，最后是借路费……当然那借过的路费是从来没有还过的。

直到三年前，我才晓得，这个灶神菩萨，已经在家里待了好几年了。生过一场大病，差点要了他的命；所做过的生意，几乎没有一次是赚到过钱的；老婆给他生了两个女儿，据说读书还可以，为了孩子，老婆独自外出打工已经好几年没有回家了。现在他就待在老家，勉强地侍弄自己那点田地，空下来时打打一块钱一炮的"倒倒胡"麻将。他就这样，守候着他那周末回家的两个女儿，守候着这个家，等待着他出门多年的老婆的归来！

屠夫王

一个本家兄弟打电话来，让我到他在城里做生意的店铺去坐坐，因为他的亲弟弟从老家来了。

他说起他那亲弟弟，我才突然想起这样一个人来。这个人虽然年龄比我小几岁，也可以说是"从穿开裆裤时一起长大的"，但是很早以前就跑到外地混生活去了。大略算一算，已经有十三年没有见过他了。而且，他这次从外地回老家，再从老家到成都来，竟是由于已经病入膏肓——癌症晚期了。这实在令人有些伤感。

我记忆当中对他是有着清晰印象的。二十世纪八十年代中期，农村经济普遍好转，市场逐渐开放，我老家一些农民开始操起了屠夫的行当，并且很快就干得有声有色，在老家万古场的集市上非常活跃。他的父亲也是屠夫队伍中的一员，据说当时他们是赚得了不少钱的。那时他才十二三岁，就已经辍学跟他父亲杀猪卖肉，很快在万古场的农贸市场上，"屠夫王"的名声就很响了。别看他年龄不大，可卖肉的手艺却不一般，肉割得规范，分量掐得极准，各种缺斤少两的手法几乎玩得炉火纯青。他是个左撇子，不了解他的人看他左手举起砍刀砍肉的时候，站在旁边总会提心吊胆，生怕他把刀给砍偏了或者把刀给甩飞出来，其实实在是不用担心的，肯定比我们的右手还要来得稳当。

也就在这个时期，屠夫王也跟他的父亲学会了成年男人的一些消遣本事，比如喝酒、抽烟、赌钱，这些方面的名声几乎不输于卖肉的名声。十六岁就找了个非常漂亮的媳妇，大概十八岁时就有了一个儿子。后来的经历我也不甚清楚，只是知道他与未婚同居的媳妇分手了，分手后媳妇到了哪里仍然不甚清楚。后来不知道什么原因，他也没有卖肉了，再后来就听说他到广东去了，又听说他从广东跑到新疆去了，后来又听说他从新疆回了广东。就这样四海为家般地晃荡着，他几乎忘记了自己的老家，忘记了老家的父母兄长，忘记了还有一个未成年的儿子，听说好多年他都没有与他的家人有过联系。在三四年前，我又才听说他从广东打电话回来了，家里人也从此才了解了他的行踪。但是在外面这么多年他是怎么混过来的，恐怕除了他自己，别人是很少知道的。而一个多月前他突然回来了，回来的原因竟是……据说大概只有两三个月的时间了！

我还未到他哥哥的店铺的时候，他就给我打来了电话，希望我早点过去，听口气很有些急迫的样子。我很理解他此时此刻的心情，毕竟童年还有那么多年一起成长的时光深深地埋藏在我们的心底，那些穷困却也不乏欢乐的日子，亲兄弟般的情谊，如何不让人眷恋呢？当我踏进店铺的时候，他正躺在一张架子椅上；看见我时，他迅速站起来拉住我的手紧握不放。虽然十几年未曾见过面，他也没有多大变化，还是那样的帅气，只是明显成熟了许多；脸消瘦暗黄，让人突然心酸。寒暄过后，他似乎有些急迫地向我讲起了这十多年的经历。

由于媳妇离开了他和儿子，他自己也因为赌博而欠下了赌债，别人要来追债，他就无法卖肉了，于是只好出走。先到了广东，辗转在好多个砖厂打工。其间与一个湖南的女子好上了，后来钱被那女子耗光，女子离开了他。再后来又结识了一个重庆女子，这个女子后来到了新疆，便让他也到新疆去。女子对他极好，可女子的母亲却十分刁钻难缠，他便又回到了广东，后来莫名其妙的双方就永远失去了联系。再后来，他又与一个贵州女子结识，并一直在一起生活到现在，已有了一个八岁的孩子。那贵州女人真是个好女人——他加重语气叹道。他很自豪地把手机中的信息翻给我看，都是些缠绵感伤的话语，我完

230

全可以看出来这个女人对他的关心和爱，她并没有因为他得了绝症而抛弃他，相反，我看到了那个女人的真诚和内心无限的疼痛。短信上说让他好好养病，她只要一得到工资就会给他寄钱来……我看着这些短信，眼泪差点就流了出来，但是我还是努力控制住了，只好不断地给他说一些安慰的话，虽然我知道这些话不会起到丝毫的作用，但是我还能做什么呢？

他对我说，他不甘心。这还用说吗？才到生命的黄金时期，生命之火就将悄然熄灭，任谁也不会坦然接受的。他幽幽地说，其实死还并不特别让他害怕，他最怕的是他年龄都已经七十左右并且多病的父母，白发人要送黑发人，他一想到就难过不已。他在絮絮叨叨地述说这些话的时候，不断地夹杂着无可奈何的叹息，我此时怎么也不能够把他与过去那个生龙活虎的青年人联系在一起，怎么也不能够把他与那个曾经在万古菜市场上踌躇满志的少年人联系在一起。在外的十多年，据他说，生活是十分随意甚至是放纵的，无节制地喝酒，没有规律地生活，根本没有想到过关心自己的身体。当身体疲软疼痛的时候，竟然是买廉价的头痛粉来对付，而这种药恰恰对肝脏有巨大的损伤作用。后来实在疼得不行了才去检查，结果竟是这样了，而这时他自己还不相信。在那个贵州女人的陪护下，他从广州回到重庆老家，到县医院去复查，结果还是一样，贵州女人也伤心得用头撞墙。也许是他对自己的命运已经伤心得有些麻木了，在这样叙说的时候，竟然还不时带着笑，不过，那明显是一种绝望的苦笑。

那天告别回家后，我一直心情抑郁。这一两年多以来，自我的母亲离去开始，我的亲人已有好几个要么逝去、要么也身患绝症，感伤的情绪一直如幽灵般罩在头顶。妻子让我到车站去送一个亲戚，我没有去，她埋怨我：一个八竿子打不着的人，你却跑得飞快。我没有说话，因为我知道她无论如何也不能理解我的心情——屠夫王，这个人并不是一个八竿子打不着的人，他是我本家的兄弟，即便不是至亲，也是有着"发小"情谊的童年玩伴，更何况是一个三两个月后就将从这个世界上消失的生命……

我只能说一声——我的兄弟，你好好保重！如果到了那边还有机会挥刀卖肉的话，我真的希望你再做你的屠夫王，因为不管怎么说，那做屠夫卖肉的时光才真正是你一生中快乐过的时光！希望你不要再四海为家，漂泊天涯；即使要漂泊天涯，也要不时给父母家人传递一点安慰的音讯，减轻他们一些牵挂的痛苦！

四壳子

  说大话，摆闲龙门阵，在川渝方言中就叫作"冲壳子"。四壳子在兄弟姊妹中排行第四，由于从小性格粗鲁，喜欢冲壳子，便得了四壳子的外号。

  四壳子是我同院子的兄弟，比我小五六岁，也算是从小耍到大的。四壳子小时候就表现出了胆大残忍的性格。要是我们抓到了小鸟或者青蛙之类的小动物，总是爱不释手呵护备至，虽然后来往往还是把它给"玩"死了，毕竟那不是我们的本意，"玩"死之后便常常伤心甚至哭泣。而四壳子绝不会这样的，他多半会把握在手心里玩耍的小鸟使劲一捏，挤出一摊肠肠肚肚来，或者把抓来的青蛙用一根麦秆从屁眼里插入，吹得青蛙的肚子像气球一样鼓胀，然后抛来抛去地玩耍。及至长大结婚后，他老婆让他杀鸡，他就将鸡抓来把脖子按在门槛上，一挥刀将整颗鸡头剁下，其手法之利落和残忍，常常引得他老婆笑骂不止，旁观者往往侧目。

  四壳子读书也是"死不得行"，就像他老汉骂他的一样——读个书比爬皂角树还要恼火！每次考试大概都是全班垫底的角色，所以，早先他就在回家的路上用笔将成绩通知书上的那些可怜的数字涂改成他觉得满意的分数。后来他知道那骗不了他老汉，也就在回家的路上直接将通知书撕掉扔到水田里去，然后硬着头皮回家等待他老汉的发落。其实他老汉从来不在乎他的成绩，所以也就从来没有因此责罚过他。四壳子于是在小学读完之后也就自然而然地辍学了。

  辍学后的四壳子迷上了用电瓶打鱼。成天胸前挂着一个电瓶，手里拿着一个用电线连接在电瓶上的网兜，在上湾下湾的水田里扫荡。打来的鱼小的留着家里吃，大的拿到街上去卖，四壳子半年里竟然卖鱼攒下了一百多块钱。每天四壳子看见我都要说，在什么什么田里跑掉了一条鲫鱼，起码有两个巴掌大，在什么什么田里跑掉了一条乌棒，起码有五斤……他这样说着的时候，是完全相信自己所说的话的，其实我知道他是充分地夸大了在说，所以常常会不客气地回敬他：你冲壳子不打草稿，跑掉的鱼都是最大的！四壳子便悻悻地离去，嘴里还在说：真的耶，真的耶！然后回头用一种与他那个年龄不相称的口气说：咦，狗日的，这个打鱼的买卖还真的是个发财的买卖耶！

"发财"了的四壳子却很快放弃了打鱼，开始挖麻芋子（半夏）了。街上的收购站每年都要收购麻芋子，价钱还不低。四壳子成天就背着一个笆笼，手拿一把楠竹削成的竹刀，到坡上坡下的地里去挖麻芋子，不久，好多小麦地红苕土就被四壳子掏出了大大小小无数的洞，有些庄稼苗也被掏死了。队长在地头喊四壳子："你狗东西要再在土里掏来掏去的，老子就把你裤裆里的雀雀儿给掏了！"四壳子不敢再挖麻芋子了，他把挖来还没有卖掉的麻芋子埋到了土里，等待来年收获赚大钱。他又跑来对我说："说不定种植麻芋子还真能赚大钱呢！"我说："说不一定！"第二年，四壳子种下的麻芋子全部发芽了，在一米见方的沙土里，密密麻麻犹如豆芽一般。等到秋天倒苗，四壳子掏开沙土一看，全部是些小如豌豆的颗粒，全部重量还不如去年的种子多，四壳子失望了。不过那个年龄的四壳子还不知道总结让他失望的原因是什么。

后来，四壳子还采过油桐，抓过蛇。就这样一晃一晃的，晃到了十六七岁，他跟他老汉学杀猪卖肉了。

在万古场那个菜市场上，四壳子很快就成了人物。这成了人物，不是因为他会卖肉，而是由于他的耿直和好斗。四壳子虽然那时还不到十八岁，但是在市场上做生意的人都已经把他当成成年人了。他人长得高大，又讲义气，谁要是请他帮忙，他就会不计后果下死力帮，谁要是招惹了他，他也会不计后果下死力对付。他碰到我的时候，总是这样对我说："二哥，要是哪个惹了你的话你就跟兄弟说一声，我保证帮你搞定！"我倒是一直相信四壳子能够"保证帮我搞定"的，不过，我的确还没有遇到招惹我的人，即使有我也不会给他说的，因为我实在怕他帮我"搞定"。有一次，一个据说是万古场上的地头蛇到四壳子的案桌前来"臊皮"（惹事），才说到几句话，四壳子抓起案桌上的砍刀就向那家伙扔了过去，把那来"臊皮"的家伙吓得撒腿就跑，四壳子顺手抓起剥皮尖刀就追，直到把那家伙追到了冬水田中央不敢上坎。四壳子从此在万古场扬名。

卖了两年肉，四壳子不想干了，他打算买车搞运输。他贷款买了一辆货车，在山里去拉煤和转矿。开始一切都顺利，四壳子见了我，很是兴奋，给我大谈未来发财的宏图，并无论如何要拉我去喝酒，说兄弟我现在找到生财之道了，请二哥喝酒那还不是个小意思吗？两杯酒下肚，又是那一番话，二哥，要是哪个招惹了你，兄弟我负责给你搁平！我在酒意蒙蒙之中也忍不住感叹：我这个四壳子兄弟，人倒是一个不错的人，就是太冲动了！

几年前，我终于从老家的县城举家远走。离开的时候，四壳子来帮我收拾东西并随车几百里送到了成都。而那个时候，他已经因经营不善把货车卖掉了，并且欠下了十多万块钱的外债。那年春节回家，我看到四壳子背了一个大背篼在田坎上走，我喊住他，他说他去割鱼草。原来他已经承包了生产队那个大堰塘养鱼了。我蹲在地边看他割草，听他盘算他养鱼将会获得的利润，也为他高兴。可是后来我听说他还是没有赚到钱，原因就是，经常有人来他的鱼塘钓鱼，这些人大多是四壳子的社会朋友，都称赞四壳子耿直，耿直的四壳子也常常不好收取别人的费用，即使因此他与老婆打架无数次，也仍不改正。终于，鱼钓得差不多了，再加上一次鱼病，耿直的四壳子养鱼发财的算盘又落空了。

前年，四壳子经过朋友的介绍又找到了一份开长途大货车的工作，每次都从成都出发，拉上十多辆小汽车跑广州或者昆明，返回后现钱到手，这让被债务困扰了很久的四壳子很是兴奋。那天他返回成都，与另外几个兄弟来找我出去喝酒，我们开车顺着沙西线乱跑，跑到了一个叫作唐昌镇的地方，找了个路边店开始喝酒。我们喝了好多酒，酒桌上，他大讲特讲在开车途中的经历，比如打架，比如结交朋友，等等。在返回的路上，四壳子开始发牛劲，说今天没有让他开账他很不高兴，是我们看不起他。说着说着，他就掏出衣兜里的一包钱，一下就扔出了车窗外。我们大吃一惊，立即停车，打开车门出去帮他捡钱。那些红色的纸币洒落了十几米远，所幸捡回来的钱一张没少。这个时候，四壳子已经在车上醉成了死猪。后来不久，四壳子突然又失去了这份开车的工作。原因我直到现在都还不知道。

前不久，他打来电话，说他又在家里承包鱼塘养鱼了。他说，不踏踏实实干不行了，还有十几万欠账要还啊！

老姜疙瘩

老姜疙瘩是我一个远房的舅舅，其实他比我还要小两三岁，我们常常叫他"小五舅"，从童年割柴打猪草开始就厮混在一起，这样亲热地叫着他，也曾经这样叫着与他吵架甚至打架。老姜疙瘩排行第五，个子瘦小，就是长到十五六岁了，身高也不超过一米五，体重不超过六十斤。他父亲看到他只吃不长，也并不着急，只是有一次淡淡地说了一句："他就是个老姜疙瘩，没得改！"老姜疙瘩就成了他的外号。

老姜疙瘩的"横"是队上出了名的，从小就是这样。谁要是招惹了他，他就撒泼打滚，几个钟头不收风，直到嗓子吼哑，桌子板凳摔坏，地面蹭掉一层皮才会罢休。按说，在那样的时代，像他那样的家庭，也绝对没有娇惯的可能，他有这样桀骜的脾气，也只能说是天生的了。有一次他的二哥惹上了他，那时才十二三岁的老姜疙瘩，提了扁担就撵，把他二哥撵了几面坡，持续的时间至少有四个小时，把他二哥累得脸色铁青，向他求饶，他才用扁担在他二哥的腿上猛砍了一下，丢了扁担，突然坐在地上，张开嘴抽着气，就是哭不出声来。这就可以想见，他与别家的孩子"角逆"时的样子了。因为他的"横"，因为他的死缠烂打敢拼命，所以在我的印象中，这老姜疙瘩总是战无不胜，远近几个队的小娃儿没有不惧怕他的。

长大后的老姜疙瘩，身高也没有多大变化，即使体重增加了一些，也不会超过八十斤吧，还是一个"老姜疙瘩"，也还是蛮横粗暴，霸气冲天。别人都以为像他那样的模样，要找个老婆恐怕只有做梦了。可是他却很顺利地娶了个老婆，而且他老婆比他高出整整一个脑壳，人还长得很伸抖，白白胖胖的，也很勤快，一点也不嫌弃他。这样的运气让所有的人都既觉得不解也有些妒忌。而且，即使婚后不久，老姜疙瘩的坏脾气就施加到他老婆身上了，他老婆也仍然一副无怨无悔甘愿承受的模样。别人怀疑他老婆是不是有什么"缺陷"，而事实上，她就是邻村的姑娘，都知根知底的，的确是个好女人，并且一年后又给他生了一个大胖儿子。

老姜疙瘩能娶到这样的老婆，也不全是靠运气。

老姜疙瘩有个远房的亲戚是做杆秤的，十八岁时他就被他父亲送到了那里当学徒。对他师傅，这老姜疙瘩却出乎预料地尊敬，他表现得极懂事，每天除了跟师傅学习手艺之外，还帮师傅家做很多家务活，比如洗衣做饭、种菜挑粪之类的。在十多个学徒中，老姜疙瘩最得师傅的喜欢。一般的学徒要在师傅家学两年才能出师自立门户，老姜疙瘩只学了半年就把手艺全部学到家了，并且回家开起了杆秤作坊。我记得在他家堂屋里成排地摆着大大小小的还没有加工的木棒，更记得他拿着一把很小的钻在画好标记的木棒上飞快地钻眼的动作，记得他一手拿着一根铜丝、一手拿着一把刀子飞快地安星子，把铜丝插进事先钻好的眼子，然后用刀子贴着木棒表面一切，再用刀口在切口上一抹，又接着安下一颗，速度之快、动作之潇洒，很让人着迷。老姜疙瘩开始赚钱了，这才是他能够找到一个好老婆的真正原因。

赚了钱的老姜疙瘩，后来却犯了事。他违背了师傅的教诲，偷偷为一些不法商贩做起了"八两秤"，很快他就把附近几个场镇的这门生意给垄断了，这就引起了另一伙做同样买卖的手艺人的不满。有一天在肉市场撞见了，那一伙人见老姜疙瘩这么小点的个子，便想趁机收拾一下他，他们哪里知道碰上了一个不要命的角色。挨了几拳的老姜疙瘩，在一个屠夫的案桌上抓了一把砍刀直扑那一伙人而去，那几个人一看情况不妙，转身就跑，其中一个跑得慢一点的男人就被撵上来的老姜疙瘩在肩膀上砍了两个大口子，鲜血淋漓，昏倒在地。老姜疙瘩一看要出人命，丢了砍刀趁乱溜了。他不敢回家，在一个亲戚家躲了几天，他老婆来看他，还给他带来了一个更可怕的消息，说是被砍的那人已经到公安局报案，同时还告了他造"八两秤"的事，公安局派人在到处抓他。这下老姜疙瘩更不敢回家了，过了几天，他就跑云南去了。

老姜疙瘩到了云南，在一个老乡的建筑工地上打工。没有泥水匠的手艺，就只能干粗活，他个子小，体力差，根本就吃不消，加上工钱又少，便不安心。后来在一个熟人的介绍下，他加入了当地的一个"收债公司"。公司老板看到他个子如此瘦小，不想要他；介绍人把老姜疙瘩的性格和他的一些经历讲给老板听了后，老板就勉强地收下了他。老板让他跟着别人出去收债，他很快就表现出了比别人更厉害的本事来。老板就让他做了个小头目，手下有五六个人。在老姜疙瘩的带领下，收债队几次帮人收债都大获全胜，他那不要命的德行是他的制胜法宝。每次收债，一伙喽啰全都带着砍刀，据说跟电视上看到的香港黑社会差不多。老姜疙瘩一般不先伤对方，要是对方赖账，他就拿出砍刀来，把自己的手放在桌子上威胁要砍掉自己的手，对方怕了，于是交钱。老姜疙瘩很快在那一带出了名。

然而，有一次，老姜疙瘩的运气却差了一点，当他拿出砍刀威胁对方要砍自己的手的时候，对方却轻蔑地说，莫说砍你的手，你就是把你脑袋砍了也当球踢。老姜疙瘩下不了台，一怒之下，命令喽啰们上，结果把那个欠债的男人砍成了重伤，送到医院后不久就死了。老姜疙瘩于是又开始逃亡，他到过新疆，到过上海，到过广东，到过河南。两年后，他觉得风声已经过去，于是又回到了云南。在他曾经出事的地方，他得意扬扬地和兄弟伙喝夜啤酒，喝得兴起，他竟然大声地吹嘘起两年前自己在这里所做过的"大事"，结果被旁边的人听到后报了警。几分钟后，老姜疙瘩就被当地的警察抓获了。老姜疙瘩被判了无期徒刑。

今年回家，看到了老姜疙瘩的老婆，也就是我称"五舅娘"的那个女人，已经憔悴得不像样了，但她还是带着儿子在家中老老实实地等着远在云南服刑的男人。听说老姜疙瘩在劳改队表现出色，已经改为十五年有期徒刑了。根据他被抓的时间算来，他还有五年时间就可以出来了。我在想：五年后回家的老姜疙瘩，该是个什么样子呢？

二肥坨

二肥坨是我的表弟，我俩年龄只相差一个月。

表弟从小就长得白胖胖肥滚滚的，大概看起来非常可爱，每个大人看到他都会忍不住伸出手来在他那常常凝着鼻涕的肥脸蛋上捏一把。我们乡下把猪蹄膀做成的肘子称为二肥坨，也就是肥而不太肥的肉坨坨，这就极像长得白胖的小孩子。我的表弟便得了二肥坨的外号。

我的家与外婆家就只隔一根田坎，站在山当头喊都喊得答应。二肥坨从小就和我们厮裹在一起玩耍，就像我和哥哥常常把外婆家的饭桌当成自家的饭桌一样，二肥坨和他哥哥也常常把我们家的饭桌当成自家的饭桌。不但如此，晚上滚在一张破床上睡觉也是经常的事。那时，我们晚上睡觉总爱在床上疯打，好多次把被子都扯破了，把蚊帐都弄垮了，引得母亲很是生气，冬夜里赶我们下床罚站，二肥坨也逃不掉。站在黑暗中，冷得瑟瑟发抖，我们几个还在嘻嘻嘻地笑闹个不停。其实，母亲是很喜欢二肥坨的，就像他是我们家的孩子一样，母亲不像别人那样叫他二肥坨，而是特别用了一个更亲昵的称呼——二坨子！

二肥坨小学和我同班，我俩几乎每天都是同路去三里路外的村小上学。小学五年，我们在上学路上搞了不少的乡下孩子调皮的名堂，比如掏鸟窝、挖蛇洞、偷甘蔗，爬上高高的黄葛树摘黄葛泡（我们称黄葛树发出的嫩芽还没有开出叶子的那个翠绿的如小指头的东西为黄葛泡，那个裹住嫩叶的皮可以吃，酸得流清口水）。干这些事情，二肥坨总是比我能干。他那时比较肯长，记得八九岁的时候，他比我整整高出了一个脑壳。也许不是他肯长，而是我太不肯长的缘故，我不但矮，而且极其瘦弱，干调皮的事情往往就"心有余而力不足"。像爬高树这样的事，我就常常只有站在地上痴痴地仰望的份儿。所以，那时认得他的人都称二肥坨叫作"烦王"。

二肥坨是一个喜欢闷着干事的人，从小话就不多。他不但调皮，而且很有心计。我们上学的路上有三个长满了青枫树的坡，属于三队，从春末一直到深秋时节，青枫林里都会长野菌子，那是我们小孩子非常喜欢的东西，放学的时候总会绕着路去寻找。每当野菌子出来的时候，二肥坨就会在放学的时候最先冲出教室，一个人跑得飞快，等我们赶到青枫林的时候，他都提了一大串菌子在手里了。我们只会在树林里胡乱地搜寻，总是收获寥寥，而二肥坨却有自己的秘诀。我们问他，他说那是他的地盘，不得告诉任何人。我说，我是你哥哒？他说，哥也不说。我就只有赌着气跟在他屁股后头回家。

小学毕业，我们又一同到十几里路外五里冲的升斗坡去读初中，还是一个班。从小学开始，我读书成绩一直就比较好，在初中也一直名列前茅，而二肥坨的成绩却一般。开始，我们每天还是一起上学，一起回家，但是，渐渐地，他就喜欢独行了，那时大概是上初二的时候了吧。有时，我们身上会有干胡豆这样的零食，在上学的路上，我们会拿出来与同路的伙伴分享，而二肥坨却总是一个人拖在远远的后面或者独自跑到远远的前面去，悄悄独享。那时我们之间已经不再像小时候那样亲密无间，他开始嫉妒我的好成绩。

1980年，中学生流行一套叫作《数理化自学丛书》的资料，一套这样的资料要将近二十块钱。我的老师给我推荐，希望我买一套，但是，以我当时的家境根本想都不要想，所以我从来没有给父母提起过。而家境比较宽裕的二肥坨，他的爸爸，也就是我的大舅，就给他买了一套。他把那一摞书整整齐齐地竖在他的床头的木柜上，上面还罩了一块白纱巾。他回家，就取出那书来学习。说实话，那时我是羡慕不已的，好多次想开口借一本来看，最终还是没有开得了口。后来我的母亲终于知道了，母亲厚着脸皮给大舅说，大舅说，你问问二肥坨吧，是他的书。二肥坨却说，怕我把书给他弄烂了。母亲无言地回家，晚饭的时候沉沉地对我说，你自己读书要争口气！

升斗坡三年一晃就完了。二肥坨没有考上中师，连高中都没有考上。我因为身高的原因，也落榜了。接下来的读书生涯，我俩终于分开了。他到了高峰二小初中部，我到了万古镇小学初中部，我们都做了被称为"补锅匠"的复读生。一年后，我考进了县里的省重点高中，二肥坨考上了我们老家的区中学。记得我们还相互通过几次信，我还给他带过几次资料。然而，又一年后，他却辍学了。放假回家，我们见面，他就常常唉声叹气，说自己命不好，只有打牛脚杆（种田）的命。这个时候，我的身高已经和他差不多了，虽然那时我还不足一米五高。不过，我还是那样瘦壳叮当的，而二肥坨还是那样白白胖胖的。他反复感叹道：我这一辈子到底该咋个过呢？我感觉他这样的沉重与他的年龄太不相称了，我们似乎好多年没有接触过一样，眼前的二肥坨显得有些陌生了。

我高中毕业，上了省城的大学。二肥坨这一年，找人悄悄改了年龄，不满十八岁就到甘肃当兵去了。这一年，我俩大概都还只有一米六高。在甘肃当兵，他给我写过几封信，告诉我他每天都是在挖山洞，辛苦异常，说那简直不是人过的日子。大概一年过后，他写信告诉我，他想提前复员。那一年正逢全国大裁军，提前复员是有机会的，但是要有充分的理由。于是他让我代他父亲（也就是我的大舅）给他部队的首长写一封信，说他父亲患了重病，需要他回家照顾。我就如法炮制，然后寄回老家，让大舅再寄到二肥坨的部队去。果然，参军一年半之后，二肥坨复员回家了。那年春节我回家，见到了二肥坨。眼前的二肥坨让我吃了一惊，身高倒是比以前高了一些，但是一点也没有了以前白白胖胖的影子，站在我面前的是一个整整比我矮了半个头的又黑又瘦的家伙。一说话，还是像以前一样，唉声叹气，一副焦头烂额的样子，不断地感叹人生的艰难。

接下来的一年多时间，他进过化工厂，在厂里耍了女朋友；化工厂很快就倒闭了，他又开始卖肉，然后结婚。我毕业出来工作的时候，他已经到甘肃庆阳做铁货生意去了。再后来我们见面，他似乎永远改变不了那种焦头烂额、唉声叹气的习惯，即使那时我已经听说他的生意做得还不错，已经赚下不少的钱了。只是，我知道他那生意的确是很辛苦的。北方很冷，让他脸上布满了许多红色的皲纹，一双手粗糙不堪。他新修了楼房，把读书成绩不好的儿子也带出去做生意了。他看到好多人家的子女都考上了大学，心里一定是很难受的，我就多次听到他要么对别人的孩子争气不以为然、要么就怒骂自己的儿子是窝囊废。每当这个时候，我就无言地走开，因为这让我想起了他曾经专门把儿子送到我所任教的学校学习，一心想让儿子在我的看管之下考个好学校，而最终却没有达到目的的往事来，我知道他对我是多少有些怨意的。

去年春节，在老家，他的父亲——我的大舅办七十大寿的前一天，我在我大哥的院坝边，看到二肥坨手里拿了一把镰刀从田坎上过来，大概是去割猪草。我说，明天大舅的七十大寿一定很热闹吧？二肥坨却淡淡地冒了一句：你这样的哥哥，我们咋个请得起哟！

这句话把我噎得半天说不出话来。我眼见着他从堰坎上独自走去，越走越远。我不禁想起了我们一起厮混的童年，一起上学的少年，想起了他曾经那张白白胖胖可人的小脸，想起了很多很多一去不复返的时光，心底便升起一种隐隐的失落和黯然！

蝌蚪儿

"蝌蚪儿"是由"科五儿"谐音而来，"科五儿"则是季正科的小名。季正科明明在家中排行第三，却被喊成"科五儿"，我却不知道是什么原因。

小时候的蝌蚪儿总是挂着一筒鼻涕，挂得长了，就使劲地一吸，刺溜一声就收回去了，一会儿又挂出来，实在收不回去，就用手背横着一抹，于是两边的小脸就总是结着一层亮晶晶的硬壳。他又总是跟在他那两个分别叫日本和牙狗的哥哥和二哥的屁股后边跑，撵不上就哭，蹲在地上撒一泡尿又跟着撵，又哭。他父亲听不得他的哭声，就在不知道的哪个角落扯长声音大声地骂："日本，牙狗，你两个塞桥墩儿的，又在放蝌蚪儿的血吗?"日本或者牙狗挨了骂，便倒回来牵着蝌蚪儿，并悄悄在蝌蚪儿的屁股上踢一脚以泄愤，蝌蚪儿又要哭，看到了哥哥举起的拳头，于是咧着嘴噤声。

蝌蚪儿小学和我是同学。蝌蚪儿一上小学就成了班上的倒数第一名。他其实智力并不差，就是读书不行。每个学期二块七毛钱的学费，蝌蚪儿总是拖到期末都不交。老师把在课堂上睡觉的蝌蚪儿叫醒，问他啥时候交学费，蝌蚪儿揉了揉眼睛，打着呵欠说："我爸爸说，星期七交。"差点把老师气晕死。小学五年，我记得蝌蚪儿算术得零分的次数起码不少于十次，就算不是零分，也最多得十多分。他写自己的名字，总是把"正"写成"王"，把"科"写成"料"。所以，蝌蚪儿其实还有一个外号，就叫"季王料"，这是我们的小学老师经常叫的，不过没有形成气候。

上中学后我就很少在家里，与蝌蚪儿也就没有了什么接触，只是知道他没有考上初中，跟他两个哥哥跑云南当泥水匠去了。那时的蝌蚪儿十三四岁，但是他肯长，已经比我要高出一个脑壳，起码有一米六几。成天待学校里为了考中专、中师而拼命学习的我，有次回家看到了从云南回来的蝌蚪儿，觉得他到了大地方、见了大世面，我那点所谓"成绩好"的优越感，差点被蝌蚪儿给消灭殆尽。我上了县城高中，高三那一年放假回家，看到回家过年的蝌蚪儿时，那家伙已经差不多接近一米八了。有人开玩笑说："这么大个蝌蚪儿，该变成蛤蟆了。"蝌蚪儿一表人才，又在外面当泥水匠，并且听说已经是个小包工头了，给蝌蚪儿做媒的人差点把他家门前的田坎都踩垮了。可是，蝌蚪儿却宣言，他要干大事，他现在不会考虑个人事情，即使要考虑，也不会找乡下女子。蝌蚪儿的豪言壮语镇住了所有的人，也让我考大学的人生理想差点动摇，我对蝌蚪儿衷心地佩服了。蝌蚪儿一定会干一番大事业的，一定会成为万元户的（那时候"万元户"这个概念很流行）——我坚信。

再次见到蝌蚪儿已经是在我大学毕业之后好几年了。在县城的一家银行门口，一辆云南牌照的桑塔纳轿车突然停在闷头疾走的我的面前，吓了我一跳。车窗摇下，露出一颗戴着墨镜的大平头。"认不到了嗦？"大平头笑扯扯地问。"嘿嘿，蝌蚪儿！"我脱口而出。蝌蚪儿也嘿嘿地笑，说上车上车，我们去喝茶。

喝了茶，吃了饭，也就知道了眼前的蝌蚪儿可真是成了人物了。此时的蝌蚪儿在云南的昆明市和个旧市都有好几个建筑工地，他手下有好几百号人马，还有了成套的先进的建筑设备，他在那里已经是个响当当的角色，与当地的很多政府官员都有了很深的交情。言谈之中的蝌蚪儿自然是神采飞扬、意气风发，有着指点江山的气势，任何人也无法把他与从前那个鼻脓口呆的并发明出"星期七"的家伙联系起

246

来了。我必须承认，我那时的内心的确是生出了深深的自卑感的，我只是在内心不断地感叹人事的不可逆料和命运的不可捉摸。读书有什么用？算术得零分的蝌蚪儿就是不会算账，现在也专门有人给他管账；就算现在他还可能把名字写成"季王料"，他签的名也照样有效并且值钱。蝌蚪儿开着桑塔纳回来接他的父母到昆明，与我不期而遇而愿意主动招呼，他的自信再次彻底地盖住了我这个老家的第一个大学生。我并不嫉妒蝌蚪儿，但是我开始怀疑自己的人生。

最近一次见到蝌蚪儿，那是前年我母亲去世的时候了。那时正是重庆最热的时候，气温高达41℃。接到家中的噩耗，我从成都一路伤心地赶回去，未能给母亲送终令我痛苦不已。那天晚上，在母亲的灵前，我流着泪久久独坐，突然一只手伸过来握住了我的手，我抬头，才见是蝌蚪儿。他光着上半身，穿了一条蓝色短裤，脚上踏一双人字拖，一双脚黢黑。我在伤心中猛然一惊，这蝌蚪儿怎么这样了呢？他递了一支烟给我，拍了拍我的肩膀，并没有说话，悄悄走了。后来我又才知道了蝌蚪儿另外一些故事。

在云南发了财的蝌蚪儿随着交往圈子的扩大，结识了很多不同的人。这些人常常聚集在一起玩耍吃喝。在这样的过程中，蝌蚪儿竟然沾上了毒品。后来的情形基本上就可想而知了，钱耗完了，生意没了，家散了——剩下一个光光的蝌蚪儿了！蝌蚪儿进了三次戒毒所，我不知道他经历了怎样死去活来的过程，竟彻底地戒掉了毒瘾。孤身一人的蝌蚪儿回到了老家，以种田为生。开始时他担心大家瞧不起他，基本上不与别人接触；后来，感觉到队上的人都很关心他，都热情地帮助他，他才有了抬头生活的信心。凡是队上人家有事需要帮忙，蝌蚪儿总是第一个到，最后一个走。他帮忙非常诚心，干事的时候闷声不响，尽抢最脏最累的干。在为我母亲办丧事的那几天，我的确看到蝌蚪儿总是在热得要命的厨房里做饭，偶尔跑出来站在屋檐下透口气。

他很少说话，别人也很少找他说话。但是我看得出来，大家都很喜欢很尊重蝌蚪儿。

我想，这个蝌蚪儿，我儿时的玩伴儿、小学的同窗，他与我走了完全不相同的人生之路。他经历了辉煌，更经历了惨痛的挫折。我们也许会同情他的不幸，甚至会谴责他的自我毁灭。但是，当一切都沉淀下来之后，我们看到的是一个虽然显得沉默，却并未失去生机的蝌蚪儿，一个经历了大起大落大喜大悲，却还坚守着善良本分的人生准则的蝌蚪儿，一个享受过锦衣玉食，也能安于失落的困窘的蝌蚪儿。现在，这只蝌蚪儿大概算是真正甩掉尾巴变成青蛙了。

我为蝌蚪儿感到欣慰！

狗弯儿

今年春节一回到老家，就听人说狗弯儿花了两万块钱在云南买了个媳妇。

已经三十岁的狗弯儿还没有娶媳妇，这我是知道的，但是就我们老家一带的情形来看，基本上不存在买媳妇、更别说到遥远的地方去买媳妇这样的事情。不过，这个狗弯儿从云南买了个媳妇，还是个白族姑娘，这却是事实，别人都说得有眉有眼的，让我不得不信。大年三十的傍晚，在我哥哥家旁边的小公路上，我就看到了狗弯儿带着一个姑娘从他堂兄的小车上下来，急急地往他家走去，只不过那时天色很暗，我无法看清楚那个姑娘的样子。他们从我的身边走过，狗弯儿与我打招呼，我看见那个姑娘紧紧地吊着狗弯儿的膀子，这时我是真的相信了。

狗弯儿就是我前面写过的叫作矮脚虎的那个人的儿子，算起来也是我一个远房的表弟。他小的时候，他母亲就给他取了个"狗娃儿"的小名。这"狗娃儿"一念快一点儿，再加上他母亲发音上的问题，听起来就变成了"狗弯儿"，这个外号的确是"非理性"的，但是恰恰这样的外号最容易流传。于是，"狗弯儿"这个外号就这样跟了他近三十年了。他母亲生下他不久，就开始出现精神不太正常的情况，常常抱着狗弯儿湾上湾下到处走，逢人便说，我狗弯儿二天一定长得高，你看嘛，腿肚子这样粗！别人碍于她男人是个矮子的缘故，不好给予反驳，就附和着说，那是当然的，肯定长得高，你看腿肚子好粗嘛！然后她就乐呵呵地抱着狗弯儿走了。后来这个狗弯儿当然没有他母亲期待的那样长得高，只是比他那个叫矮脚虎的父亲稍高一点点罢了。他虽然长得不高，身坯却不小，整个看起来就像一个圆球，不过，一张脸红红的，有点娃娃像，倒也显得有些可爱。

狗弯儿读幼儿园、读小学、读初中，成绩中等，就没有读高中了。听说读乡里初中时狗弯儿就要了个女朋友，女孩儿的家长并不在意狗弯儿的身高，说娃儿年龄还小，还要长的。一打听狗弯儿家的情况后，立即就反对。原因自然就是父亲矮脚虎的粗暴和母亲的精神病。别人说，要是把女儿放到这个家里去，还活得出来吗？狗弯儿的初恋就这样活生生地被扼杀了。

初中毕业后，他回家帮父亲管理果园。果园在高峰寺坡上，常常要挑水挑粪上坡，狗弯儿身材矮小，就很吃力，挑着桶两头都要着地。别人见了就笑话他"三爷子一样长"，狗弯儿生性腼腆，也不好回敬那个不厚道的取笑者，但是矮脚虎却发威了，立即就和那个人吵了起来。狗弯儿过去劝架，说："吵啥子嘛，就让他说又有啥子呢？未必他不说我就长高了吗？"矮脚虎马上就把怒气转到了狗弯儿身上，骂道："别人洗刷你你还一副无所谓的样子，看到你那个矮打杵的样子老子就着急，你吃了那么多饭，长到哪个地方去了哇？"狗弯儿一听，就嘟嚷着回了一句："还不是你的遗传？"这下矮脚虎是彻底的暴怒了，拖过扁担来就去追打狗弯儿。狗弯儿吓得丢了粪桶就跑，两只粪桶就顺着山坡咚咚咚地滚了下去，摔得稀烂。

终于有人给狗弯儿说媒了。女方家是槽上（山里）的，父亲死了，家里三姊妹，这个是老大，个子也很矮小，不过配狗弯儿还是可以了。媒人带起女孩和女孩母亲来看家屋，狗弯儿家有几间瓦房，又经营着一个不小的果园，觉得还是很满意。然而，狗弯儿那个母亲却不满意，嫌人家姑娘太矮了。女孩母亲说："你家儿子也不高嘛！"狗弯儿母亲说："我狗弯儿还要长的，长个一米七没有问题的。"女孩母亲就接了一句："长啥子哟？长胡子还差不多!"这边矮脚虎一听，立即把板凳一摔，大声说道："你这个栽婆娘咋个这样说话呢？你不喜欢就带起你姑娘给老子爬，我有儿子还怕找不到婆娘吗?"结果媒人也生气了，带着母女俩气咻咻地走了。后来还有好几次机会，大多是由于他父母的缘故，都没有成功，狗弯儿也就越来越没有信心了。

矮脚虎还是经常为一些鸡毛蒜皮的事与别人角逆打架，狗弯儿母亲的精神病也越来越严重。远远近近的人大多知道了这一家的情况，渐渐连媒人的影子也看不到了。此时，狗弯儿已经二十多岁，在农村就算大龄青年了。眼看着在家中这样待下去不是个办法，狗弯儿就只好到云南打工去了。他在云南待了好几年都不愿意回家。直到前年春节我回家，才见到回家过年的已经二十七八的狗弯儿。当时他家里正张罗着给他配媳妇，听说那女子也是精神有点问题的，狗弯儿有些犹豫。他父亲却说，算了嘛，好歹也是个女人，总比打一辈子光棍好。那是我第一次听到矮脚虎说这样的软话，不禁心里有些发酸。私下里也听旁人说，不要嫌弃别人是个精神病，你自己家里不是还有个更严重的吗？也有的说，要是这个姑娘进了矮脚虎的家，今后不跑才怪。谁受得了一个疯子和一个土匪的压迫呢？还有一个说，一家两个疯子一个土匪，这个狗弯儿才活不出来呢！人们随意的议论，竟让我也开始为狗弯儿的未来担忧了。后来又才知道，这些担忧都是多余的，姑娘的父母了解了狗弯儿家里的情形后，根本就不愿意把女儿许给狗弯儿。狗弯儿于是再一次离家外出打工。

今年春节回家来，狗弯儿终于用自己打工攒得的钱在云南买了一个媳妇，准备春节接媳妇上门。姑娘说她从来没有出过远门，更没有坐过飞机，要求从昆明坐飞机到重庆。狗弯儿舍不得钱，就独自坐车先回家，然后在家等坐飞机过来的媳妇。腊月三十这一天，狗弯儿终于接回了自己的媳妇。据说媳妇刚一到家，矮脚虎就找媳妇谈话，说不是我家狗弯儿找不到婆娘，像你这样一开始就要坐飞机、花大钱，我担心我家养不起你。结果刚进门的媳妇哭了整整一夜。

正月初一的中午，我们正在吃饭，狗弯儿的母亲突然走到我哥哥家堂屋的门口来，她先站在门口往饭桌上张望，嘴里叽叽咕咕不知道说些什么，接着就跨过门槛到饭桌边指着我大嫂开始骂："就是你，就是你这个卖××的，老子晓得你……"把我们都搞晕了头，觉得扫兴至极。大嫂很不客气地要推她出去，她却力气大得惊人，准备要打一架的样子。这时，狗弯儿跑来了，不由分说把他妈拖了出去，一直拖到田坎上去了，她都还在回头骂骂咧咧。我看到狗弯儿在拖他母亲的时候，眼里含着泪水。

很多人在看热闹。那个新媳妇也站在田坎的另一头往这边张望……

252

小栽瘟

天黑的时候，我们正在幺叔的堂屋里吃晚饭，突然两条黄狗风风火火地窜了进来，一进来就在饭桌下乱拱，还把两只前腿往我们腿上搭。堂弟说："小栽瘟来了！"于是大声喊："小栽瘟，吃饭没有？"话音刚落，一个头戴矿灯帽，穿着迷彩服，脚踏高筒水靴的男人就走进屋来了。他把矿灯帽取了下来提在手上，慢吞吞地说："还不吃？都等到吃明天的早饭了！"

小栽瘟是来约堂弟晚上去坡上撵兔子的。

小栽瘟的爷爷以前就是打猎的，那时其实已没有真正的猎人，小栽瘟的爷爷是生产队唯一还在农闲时带着撵山狗打猎的人，所以我一直觉得他有些传奇和另类。我记得他家里有一支像锄把一样粗细近两米长的鸟铳，记得他小心翼翼装填火药和铁砂子的情形，也记得他把鸟铳扛在肩上带着两条黄狗在山野里搜寻野兔的样子，还记得撵山狗欣喜若狂的吠叫和紧接着"砰"的一枪后冒出的一缕蓝色烟雾。

小栽瘟的爷爷后来生了怪病。那时我还很小，只是从大人那里隐隐约约感觉到了一种异乎寻常的紧张。后来他们全家就搬到了生产队上头那个叫柏树湾的一个崖堑里去住了。那时小栽瘟自然还没有出生。也从那以后，他们家的人就几乎再也不和队上的人交往了。有什么事情，人们就站在黄连嘴那个坟包上朝着湾里头大声叫喊，生产队分了粮食什么的，就有人将那些东西送到湾头那个凉水井旁，然后由他们自己下来拿。再后来，我才知道，那是因为小栽瘟的爷爷患了麻风病，据说那是一种非常恐怖的传染病，他们家被隔离了。

然而，我似乎也不太记得我的父母对我们有过多么严厉的警告，本来喜欢满山满野疯跑的我们，几乎整个童年便对那个阴森森的柏树湾望而却步了。每日清晨我踏着露水牵着我家那头大水牛出去吃草的时候，我喜欢站在黄连嘴的长坡上遥望柏树湾，倒也没觉得什么恐惧，只是觉得有些神秘而已——多年来，那家人在那个崖垄下自搭的窝棚里生存着，只见得他们在那里进出走动，偶尔听得到随风飘来的几缕声音，慢慢地我已经忘掉了他们一家人的相貌了。记得那时住那里的是小栽瘟的爷爷、奶奶、父亲和母亲。再后来我听母亲说那家人生了个孩子，再后来我便在黄连嘴上看见了有个小孩子在蹒跚学步——这就是后来的大名叫作覃勇、外号叫作"小栽瘟"的人。小栽瘟在两三岁的时候，他爷爷死了，不久他们一家便搬出了柏树湾，住到生产队保管室的空屋子里。

　　他外号叫"小栽瘟"，是因为他爷爷叫"老栽瘟"。他父亲居然没得"栽瘟"的外号，原因至今我也不得而知。先解释一下"栽瘟"的含义——"瘟"，即瘟疫，瘟症，这个好理解，比如骂牲畜就常常骂作"瘟丧""瘟汤锅"；"栽"有"栽倒""倒下"的意思，暗含"死亡"之意，对某人死去不屑的表述就是"栽了"，骂人的话如"栽舅子""栽婆娘"都有比较恶毒的意味；把这两个字连在一起，所表达的信息就同时带有"死亡"和"厌恶"的双重意味了。麻风病让小栽瘟的爷爷被人们喊作"老栽瘟"，老栽瘟的孙子便顺势得了个"小栽瘟"的外号。而得了麻风病的老栽瘟并没有传染人，他们家虽然在崖垄里住了七八年，人们也只是玩笑着说不敢靠近，也的确在空间里和他们保持着距离，但是心理上却似乎并不是别人想象的那样害怕。就是人们给他这一家"栽瘟"的外号，我所感觉到的，大概戏谑占了大多的成分，轻视也有一点，而厌恶确乎占得并不多。

　　我想，老栽瘟已经死去，隔着空间的距离得到的外号，大概他至死也是不知道的。而"小栽瘟"却是一搬出柏树湾便被大家当成他的大名来叫了，那年他大概六岁。他到村小去读书，那个软弱得连学生都管不住的女老师也常常叫他"小栽瘟"而不叫他"覃勇"的大名。因为他家那特殊的经历早被远近所知，小学生们更是故意疑神疑鬼，就排斥和疏远小栽瘟，于是小栽瘟在村小的六年时光无疑是孤独而灰暗的。

小学毕业他本来是可以去升斗坡读初中的，但是他打死也不去读。年龄小，又不能干什么，就在家里瘟头瘟脑地过了两年。遇到政府清理农村辍学少年，要求家长无条件送孩子回学校读书，否则予以惩罚，于是小栽瘟被他父亲给拽到了学校的课堂上。本来成绩就差，加上已经辍学两年，他哪里还听得懂什么课？况且，几乎就在他回到学校的那一天，他"小栽瘟"的外号就已经在全校叫开了，甚至有学生到处宣扬他有传染病。那个和他只坐了半天的同桌就去老师的办公室又哭又闹，说自己全身发痒，染上了麻风病，把老师也闹得哭笑不得。结果那天放学，小栽瘟就没有回家——他把书包挂在徐家院子旁边的那棵桐子树上，就跑掉了。书包里那个新发的作业本上歪歪斜斜地写了一行字：我到外婆家去了！

他外婆在贵州的安顺，相隔几百里路远。他父亲急了，到处乱找，然而最远也只找到了几十里外的县城就回来了。他说，狗日的，是你自己跑的，是死是活听天由命了哈！于是不再寻找。后来，小栽瘟居然写信回来了，说他在那边下井挖煤，每个月有两百多块钱的收入。那一年，小栽瘟才十五岁。至于他是怎样去到几百里外的安顺、怎样找到了挖煤的工作，不知何故，他至今没向别人说过，所以就成了一个谜。

大概是在他跑出去的第八年吧，他的母亲死去了。小栽瘟从贵州回来奔丧，他已经长成一个五大三粗的二十几岁的大男人了。安葬了母亲，接着修了一座一楼一底的小洋楼。他让他奶奶和父亲守着他的新居，又出门了。不久，人们就听说小栽瘟是到甘肃的庆阳卖铁货去了。后来，又听说小栽瘟在甘肃的庆阳和陕西的延安都开了门市，生意越做越大，成了那一带最大的小五金批发商了。

其间他回老家来，我见过他几面。小时候那种畏缩腼腆的样子已经全无，七八年矿工经历养成的粗鲁气质也基本消失。他不但健谈，而且还隐隐带了点儒雅的味道，真是让人惊叹的变化——他要是一直待在这个湾头、一直处于那种被人排斥和疏远的人际关系里，我无法设想他现在是个怎样的情形！

而且，他现在也一点不忌讳别人叫他"小栽瘟"的外号。

此时，他坐在堂屋门口，等着还在吃饭的堂弟。明亮的灯光照着他的脸庞，我隐隐约约看见了老栽瘟的形象。只是，早已在苦难中作古的老栽瘟，恐怕无论如何也想不到他的孙子会有这样的今天，想不到他的孙子是开着几十万的豪车回来过年，更想不到一个开着几十万豪车的人居然会这样一身打扮，在严寒的冬夜里兴致勃勃地牵着撵山狗跑几十里上百里去满坡满野撵野兔！

堂弟收拾准备停当，两人带着四条早已兴奋不已的撵山狗上了停在屋侧边路上的越野车。很快，灯光和声音都消失在乡村茫茫的深冬夜色里。